Mark Twain ist das Pseudonym des 1835 in Florida (Missouri) geborenen und 1910 in Redding im Staate Connecticut verstorbenen amerikanischen Humoristen Samuel Langhorne Clemens. Ein bewegtes Leben als Buchdrucker in New York, Lotse auf einem Mississippi-Dampfer, Goldgräber in Virginia City und schließlich als Journalist gab ihm reichen Stoff für seine humorvollen Schilderungen aus dem amerikanischen Leben und für seine Mississippi-Romane, von denen »Die Abenteuer des Tom Sawyer« und »Huckleberry Finn« (Knaur-Taschenbuch 639) seinen Namen unsterblich machten.

Juli 1979
Vollständige Textausgabe
Droemersche Verlagsanstalt Th. Knaur Nachf.
München/Zürich

Ins Deutsche übertragen von Ulrich Johannsen
Umschlagillustration Horst Lemke
Satz IBV Lichtsatz KG, Berlin
Druck und Bindung Ebner Ulm
Printed in Germany
ISBN 3-426-00634-0

Mark Twain:
Die Abenteuer des Tom Sawyer

Reich illustriert von Walter Trier

Droemer Knaur

Erstes Kapitel

»Tom!« – Keine Antwort. »Tom!« – Tiefes Schweigen. »Möcht' nur wissen, wo der Bengel wieder steckt! To-om!« Die alte Dame schob ihre Brille fast auf die Nasenspitze hinunter und schaute über sie hinweg im Zimmer umher; dann schob sie sie hoch hinauf und spähte unter den Gläsern hervor nach allen Seiten. Nie, niemals

würde sie durch die Brille hindurch nach etwas so Unbedeutendem Umschau gehalten haben, wie's ein kleiner Junge ist, denn sie war ja der Stolz ihres Herzens, ihre Staatsbrille, die nur zur Zierde diente und nicht etwa zum Gebrauch; denn durch ein paar Herdringe hätte sie ebensogut sehen können. Sie stand einen Augenblick ratlos da, dann sagte sie, nicht allzu zornig, aber doch laut genug, daß die Möbel ringsum es hören konnten: »Na warte, wenn ich dich kriege – ich will dir –« Sie sagte nicht, was sie wollte, denn schon hatte sie sich niedergekniet, um mit dem Besen unterm Bett herumzustochern, und da brauchte sie ihren ganzen Atem, auf daß die Stöße

möglichst wirkungsvoll ausfielen. Aber sie förderte nichts als die Katze zutage.
»So'n Junge ist mir doch noch nie vorgekommen!« Sie trat an die Haustür und sah über die Tomatenranken und Kartoffelkräuter hinweg, die den »Garten« vorstellten. Kein Tom zu sehen! Da erhob sie ihre Stimme, und zwar zu einer Stärke, die auf beträchtliche Entfernung berechnet war, und rief: »To-o-m!« Plötzlich vernahm sie ein schwaches Geräusch und konnte sich gerade noch rechtzeitig umdrehen, um einen Jungen am Rockzipfel zu erwischen und seine Flucht zu verhindern. »Na, da haben wir's ja! Hätt' ich doch bloß gleich an die Speisekammer gedacht! Was hast du da drin wieder angestellt, he?« – »Nichts!« – »Nichts? Guck doch mal gefälligst deine Hände an! Und was hast du denn da am Mund hängen?« – »Ich – ich weiß nicht, Tante.« – »So? Aber ich weiß es! Marmelade ist's! Hundertmal hab' ich dir gesagt, wenn du die Marmelade nicht zufrieden läßt, dann gibt's was! Reich mir mal den Stock her!« Schon schwebte der Stock drohend in der Luft – die Gefahr war dringend. »Um Gottes willen, Tante! Guck bloß mal, was da hinten ist!«
Die alte Dame fuhr herum, raffte vor Schreck ihre Röcke zusammen, und im nächsten Augenblick war der Schlingel entschlüpft. Mit einem Satz kletterte er über den hohen Bretterzaun und war im Nu vor ihren Blicken verschwunden.
Tante Polly stand einen Augenblick ganz verdutzt da, dann aber mußte sie lachen. »Nein, so'n Junge!« dachte sie. »Ich werde aber auch nie klug! Als ob er mir nicht schon Streiche genug gespielt hätte, daß ich ihm immer wieder auf den Leim gehe. Aber er erfindet ja jeden Tag was Neues, wie kann man bei dem Racker wissen, was ihm im nächsten Augenblick einfällt? Der weiß ganz genau, wie weit er's treiben darf, bis ich wütend werde, und wie er's anstellen muß, mich immer gerade dann, wenn ich zuhauen will, zum Lachen zu bringen. Und dann ist's natürlich mit dem Hauen vorbei! Weiß Gott, ich tu' meine Pflicht nicht an dem Jungen! Wer die Rute spart, verdirbt sein Kind, heißt es, und wahrhaftig, ich bin sicher schuld dran, wenn nichts aus ihm wird. Er steckt voller Streiche«, dachte sie weiter, »aber er ist doch das einzige Kind meiner verstorbenen Schwester, und ich hab' nun mal nicht das Herz, ihn hart anzufassen. Jedesmal, wenn ich ihn entwischen lasse, schlägt mir das Gewissen, aber wenn ich ihn wirklich mal haue – ja – dann will mir

fast das dumme Herz brechen! Heut' nachmittag wird er sicher wieder die Schule schwänzen, da bleibt mir nichts anderes übrig, als ihm morgen zur Strafe irgend'ne Arbeit zu geben. Es ist ja eigentlich furchtbar hart – am Sonnabendnachmittag, wenn alle Jungen frei haben, und noch dazu, wo Tom die Arbeit so verabscheut wie sonst nichts auf der Welt, aber ich muß doch meine Pflicht wenigstens einigermaßen tun; ich muß, sonst bin ich ganz gewiß sein Verderben.«

Tante Polly hatte recht.

Tom hatte in der Tat die Schule geschwänzt und seine Zeit wundervoll verbracht. Mit größter Unbefangenheit kam er gerade noch rechtzeitig heim, um vor dem Abendbrot noch an seine allabendliche Aufgabe zu gehen, nämlich Jim, dem kleinen Niggerjungen, beim Holzspalten zu helfen – das heißt, er benutzte die Zeit dazu, dem Kleinen von den Erlebnissen des Nachmittags zu erzählen, während Jim drei Viertel der Arbeit tat. Toms jüngerer Bruder – oder vielmehr Stiefbruder – Sid war schon mit dem Zusammenlesen der Holzspäne fertig. Er war ein stiller Junge, der nichts von Toms unbändigen und abenteuerlichen Neigungen besaß.

Während des Abendessens, bei dem Tom jede günstige Gelegenheit zum Mausen von Zuckerstückchen benutzte, stellte Tante Polly Fragen an ihn – Fragen voller Arglist und Verfänglichkeit, die ihn zu verderbenbringenden Geständnissen verlocken sollten. Wie so viele schlichte und einfältige Gemüter lebte auch sie in dem unerschütterlichen Glauben, mit einem besonderen Talent für die schwarze, geheimnisvolle Kunst der Diplomatie begabt zu sein, und ihre allerdurchsichtigsten kleinen Kniffe schienen ihr wahre Wunder raffinierter Schlauheit. So begann sie also: »Tom, es war wohl ziemlich heiß in der Schule?« – »Hm – ja.« »Furchtbar heiß, nicht wahr?« – »Hm – ja.« – »Hattest du denn keine Lust, schwimmen zu gehen?« Tom stutzte – hatte sie etwa Verdacht? Er blickte forschend in Tante Pollys Gesicht, aber es war nichts darin zu lesen. So sagte er: »Nein, hm – wenigstens – nicht so sehr.« Die Tante streckte die Hand aus und befühlte Toms Hemdkragen. »Aber jetzt ist dir doch nicht mehr zu heiß«, fragte sie, »nicht wahr?« Und sie bildete sich allen Ernstes nicht wenig ein auf ihre Schläue, mit der sie sich nunmehr von dem trockenen Zustand des Hemdkragens überzeugt hatte, ohne daß auch nur eine Menschenseele ahnen könnte, daß sie von vornherein nur dies und nichts anderes bezweckt hatte. Aber Tom wußte nur zu gut, woher der Wind wehte, und beeilte sich, einer womöglich drohenden Wendung der Sachlage zuvorzukommen. »'n paar von uns haben die Köpfe unter die Pumpe gehalten. Meiner ist noch ganz feucht – guck nur!« Es war sehr verdrießlich für Tante Polly, daß sie diesen belastenden Beweis

so ganz übersehen hatte und sich nun des Erfolges ihres vermeintlich so schlauen Tricks beraubt sah. Dann kam ihr aber eine neue Eingebung: »Tom, du hast dir doch nicht etwa deinen Kragen, den ich dir an die Jacke genäht habe, abgenommen, als du den Kopf unters Wasser hieltest? Knöpf doch mal deinen Rock auf!« Aus Toms Gesicht war jegliche Sorge geschwunden. Er öffnete die Jacke – der Kragen war fest und sicher angenäht. »Na, so was!« sagte die Tante. »Also mach dich fort! Ich hätte drauf geschworen, daß du heute mittag die Schule geschwänzt hast und schwimmen gegangen bist. Na, dein Glück! Dir geht's diesmal wie der verbrühten Katze – bist besser, als du aussiehst, aber – nur diesmal, Tom, nur diesmal!« Halb war sie ärgerlich, daß all ihre Schlauheit so ganz umsonst gewesen war, und halb freute sie sich ob Toms ungewohntem Gehorsam. Da sagte Sidney: »Nanu, Tante, ich hab' doch gesehen, wie du den Kragen mit weißem Faden angenäht hast, und da ist er schwarz.« – »Natürlich habe ich weißes Garn genommen – du,

Tom –.« Aber Tom wartete keine weiteren Erörterungen ab und hatte gerade noch Zeit, bevor er aus der Tür schlüpfte, Sid ein bedrohliches: »Na, warte, das sollst du mir büßen!« zuzurufen.
In gesichertem Versteck nahm Tom zwei Nadeln unter seinem Rockkragen hervor, wovon die eine mit schwarzem, die andere mit weißem Garn eingefädelt war, und betrachtete sie prüfend. »So'ne Gemeinheit!« sagte er. »Sie hätt's nie gemerkt, wenn der Sid nicht gepetzt hätt'! Aber mal nimmt sie weißes Garn und mal schwarzes – da soll der Kuckuck wissen, was gerade dran ist! Aber Sid – na, die Haue, die der kriegt! So 'n Musterknabe, so 'n ekliger!«
Jedoch schon nach zwei Minuten oder vielleicht noch etwas früher hatte er alle seine Bitternisse vergessen. Nicht etwa, als ob sie weniger auf ihm lasteten, wie sonst auf Männern derartiges zu lasten pflegt – o nein, durchaus nicht! Nur war plötzlich ein neues, mächtiges Interesse in ihm aufgestiegen, das ihm im Augenblick über seine trüben Gedanken hinweghalf – so wie eben ein Mann sein Mißgeschick im Anreiz zu neuen Unternehmungen vergißt. Dieses neue mächtige Interesse stand in Verbindung mit einer unschätzbaren Neuheit auf dem Gebiete des Pfeifens, die ihm neulich ein Niggerjunge gezeigt hatte und die jetzt ungestört geübt werden mußte. Es war durchaus nicht so einfach – die Kunst bestand darin, einen vogelschlagähnlichen, schmetternden Triller hervorzubringen, indem man in kurzen Zwischenräumen während des Pfeifens die Zunge gegen den Gaumen schnellte. Der Leser wird schon wissen, wie's gemacht wird – sofern er je ein Junge war. Tom hatte sich mit Fleiß und Aufmerksamkeit den Trick bald angeeignet und schlenderte nun, tönenden Wohllaut auf den Lippen und stolze Genugtuung im Herzen, die Dorfstraße entlang. Es war ihm zumute wie einem Astronomen, der einen neuen Planeten entdeckt hatte, nur bezweifle ich, daß die stolze Freude des glücklichen Entdeckers der Toms an Größe, Tiefe und ungetrübter Reinheit gleichgekommen wäre.
Die Sommerabende waren lang und die Dunkelheit noch nicht völlig hereingebrochen. Tom hielt plötzlich mit Pfeifen inne, denn ein fremder Junge stand vor ihm, nicht viel größer als er selbst. Die Erscheinung eines Ankömmlings, welchen Alters und Geschlechtes er auch sein mochte, war kein geringes Ereignis in dem armseligen kleinen Nest St. Petersburg. Und nun gar, wenn es sich um einen sauber angezogenen Jungen handelt, man denke – sauber angezo-

gen an einem Werktag! Das war einfach unglaublich! Er hatte eine feine, zierliche Mütze auf, seine dunkelblaue Jacke war neu und tadellos und seine Hose ebenfalls. Und Stiefel hatte er an – Stiefel! Und dabei war's doch noch gar nicht Sonntag! Der ganze Junge hatte so etwas Städtisches, Zivilisiertes an sich, das Tom gegen sein innerstes Wesen ging. Je mehr er dieses Wunder an Eleganz anstarrte, je mehr er die Nase rümpfte über »so 'n Zierbengel«, desto schäbiger und ruppiger kam ihm doch zu gleicher Zeit sein eigenes Äußeres vor. Keiner der beiden sagte etwas. Wenn der eine sich bewegte, bewegte sich der andere nach derselben Seite, und so standen sie sich eine ganze Weile gegenüber, ohne ein Auge voneinander zu lassen. Schließlich sagte Tom: »Du, paß auf, ich krieg' dich runter!« – »So? Man los! Versuch's doch mal!« – »Meinst du vielleicht, ich kann's nicht?« – »Nee, kannste auch nicht!« – »Ph, ob ich's kann!« – »Nee, du kannst's nicht!« – »Doch kann ich's!« – »Kannste nich!« – »Doch!« – »Nee, sag' ich!« – Ungemütliche Pause. Dann fängt Tom wieder an: »Wie heißt du?« – »Geht dich gar nichts an!« – »Ich will dir schon zeigen, ob's mich was angeht!« – »So zeig's doch!« – »Wenn du noch viel sagst, dann tu ich's.« – »Viel – viel – viel! Na, also, kommst du jetzt ran?« – »Och du! Du meinst wohl, du bist wer weiß was? Ph! Wenn ich bloß wollte – mit einer Hand könnt' ich dich ja umwerfen.« – »Nun, warum tust du's denn nicht, sagen kann's jeder!« – »Wenn du frech wirst, tu ich's!« – »Na, sieh doch, ich warte ja schon!« – »Dummer Affe! Bild dir nur nichts ein, hörst du? – Puh, was 'n Hut!« – »Wenn er dir nicht gefällt, guck woanders hin. Kannst 'n ja runterschlagen, wenn du Lust hast, 'n blaues Auge zu kriegen!« – »Prahlhans!« – »Selbst einer!« – »Lügner, Feigling!« – »Du, mach, daß du fortkommst!« – »Ich sag' dir, wenn du nicht bald mit deinen Unverschämtheiten aufhörst, schmeiß' ich dir 'n Stein an den Kopf!« – »Das möcht' ich mal sehen!« – »Kannst dich drauf verlassen!« – »Na, warum tust du's denn nicht? Du sagst es ja immer bloß – tu's doch! Hast wohl Angst?« – »Vor dir vielleicht?« – »Jawohl hast du Angst!« – »Hab' ich nicht!« – »Doch, hast du!« Neue Pause. Fortdauerndes Anstarren und einander Umkreisen. Plötzlich sind sie Schulter an Schulter: »Scher dich fort«, beginnt Tom. – »Scher dich selbst fort.« – »Fällt mir gar nicht ein.« – »Mir erst recht nicht.« – So standen sie, jeder auf den im Winkel gespreizten Fuß gestützt, und während sie sich mit aller Kraft schubsten und stießen, starrten sie einander aus

wütenden, haßerfüllten Augen an. Aber keiner vermochte einen Vorteil über den andern zu erringen. Nachdem sie in schweigender Verbissenheit gerungen hatten, bis beide ganz heiß und glühend rot waren, ließen sie mit wachsamer Vorsicht, wie auf Verabredung, gleichzeitig in ihrer Anstrengung nach, und Tom sagte: »Bist 'n Feigling und 'n Affe! Und ich sag's meinem großen Bruder, der ist so stark, daß er dich mit seinem kleinen Finger zu Mus hauen kann. Ich werd's ihm sagen, daß er's tut!« – »Was ich mir aus deinem großen Bruder mach'! Ich hab' einen, der ist noch viel größer als deiner; der wirft deinen – wuppdich über 'n Zaun rüber, jawoll!« Schade, daß beide Brüder nur in ihrer Einbildung lebten! »Ist ja gelogen.« – »Du mußt's wissen.«
Nun zog Tom mit seiner großen Zehe einen Strich in den Straßenstaub und rief: »Wenn du dich unterstehst, da rüberzukommen, verhau ich dich, daß du Funken siehst!« Ohne sich zu besinnen, überschritt der neue Junge den Strich und rief herausfordernd: »So, nun tu's doch, bitte!« – »Du, reiz mich nicht, rate ich dir.« – »Na, nu mach aber mal endlich, jetzt hab' ich's bald satt.« – »Donnerwetter, jetzt tu ich's für zwei Pfennig.« – Im Nu zieht der neue Junge

ein Zweipfennigstück aus der Tasche und hält es Tom herausfordernd unter die Nase. Tom schlägt es zu Boden. Im nächsten Augenblick wälzen sich beide im Straßenschmutz, fest ineinandergekrallt wie zwei Katzen. Sie zausen und zerren sich an Haaren und Kleidern, sie zerbläuen und zerkratzen sich die Nasen und bedecken sich mit Schmutz und mit Ruhm. Allmählich nimmt die formlose Masse Gestalt an, und aus dem Kampfesgewirr taucht Tom empor, der rittlings auf dem neuen Jungen sitzt und ihn mit seinen Fäusten bearbeitet. »Sag: Genug!« schreit Tom. Aber der andere ringt stumm und verzweifelt, um sich zu befreien, und heult vor Wut und Zorn. »Sag: Genug!« mahnt Tom noch einmal und drischt unermüdlich weiter. Endlich stößt der Fremde ein halbersticktes »Genug« hervor, Tom läßt ihn los und sagt: »So, jetzt weißt du's! Und paß 'n andermal auf, mit wem du anbindest.« Schluchzend und schnaubend rannte der fremde Junge davon und klopfte sich im Laufen den Schmutz von den Kleidern; ab und zu sah er sich um, schüttelte wütend die Faust und rief drohend zurück, was er Tom alles tun würde, wenn er ihn »nächstesmal zu fassen kriege«. Tom hatte aber nur ein höhnisches Lachen dafür und machte sich in sehr gehobener Stimmung nach der entgegengesetzten Richtung auf den Weg. Aber kaum hatte er den Rücken gewandt, da hob der besiegte Junge einen Stein auf, schleuderte ihn Tom nach und traf ihn gerade zwischen den Schultern – worauf er sich geschwind wie ein Reh auf die Sohlen machte. Tom, nicht faul, verfolgte den Verräter bis vor sein Haus, das er bei dieser Gelegenheit erkundete, pflanzte sich dort vor dem Gartenzaun auf und forderte den Feind auf, herauszukommen, aber der zog es vor, nicht darauf zu reagieren, und begnügte sich damit, ihm durchs Fenster Fratzen zu schneiden. Schließlich erschien die Mutter des Feindes, schimpfte Tom einen bösen, ungezogenen Jungen und jagte ihn fort. Da half ihm nichts – er mußte gehen, aber dabei brummte er allerlei vor sich hin, was dem »verdammten Zieraffen« nichts Gutes versprach. Er kam sehr spät abends nach Hause. Als er vorsichtig durchs Fenster klettern wollte, stieß er auf ein Hindernis in Gestalt seiner Tante, und sobald diese den Zustand seiner Kleider gewahrte, reifte ihr Entschluß, die Freiheit des Sonnabendnachmittags in Gefangenschaft mit schwerer Arbeit zu verwandeln, zu eiserner Festigkeit.

Zweites Kapitel

Der Sonnabendmorgen brach an, und die ganze sommerliche Welt draußen war hell und klar und sprühte von Leben und Bewegung. Es sang und klang in jedem Herzen, und wem das Herz jung war, dem traten die Töne unversehens über die Lippen. Freude lag auf allen Gesichtern, und die Schritte der Menschen schienen leichter beschwingt als sonst. Die Akazienbäume blühten und erfüllten die Luft mit ihrem Wohlgeruch. Da erschien Tom auf der Bildfläche. In der einen Hand trug er einen Eimer voll Tünche, in der andern einen langen Pinsel. Er überschaute den Gartenzaun, und da schien es ihm auf einmal, als wäre aller Glanz aus der Natur verschwunden. Über seiner Seele lag tiefe Schwermut. Fünfzehn Meter Zaunbreite und neun Fuß Höhe! – Fürwahr, das Leben war öde und das Dasein eine Last! Seufzend tauchte er den Pinsel in den Eimer, fuhr damit über die oberste Planke, einmal und noch einmal, verglich das winzige Stückchen des übertünchten Zaunes mit der unendlichen, noch nicht gestrichenen Fläche und – sank entmutigt auf einen Baumstumpf nieder.

In diesem Augenblick trat Jim singend aus dem Hoftor, um Wasser von der Dorfpumpe zu holen. Sonst war Tom dieses Wasserholen immer gründlich verhaßt gewesen, aber jetzt schien es ihm höchst verlockend. Er stellte sich vor, wieviel Gesellschaft man dort immer traf; Weiße und Mulatten, Niggerjungen und Niggermädchen lungerten dort stets herum und warteten, bis die Reihe an sie kam; da wurde getauscht und gehandelt, gezankt, gerauft und Unfug getrieben. Und er dachte daran, daß Jim niemals vor Ablauf einer Stunde mit seinem Eimer Wasser heimkam, obschon die Pumpe kaum hundert Schritte vom Hause entfernt war, und gewöhnlich mußte man ihn dann noch holen. Aus diesen Erwägungen heraus sagte er: »Du, Jim, ich will 's Wasser besorgen, streich du mal indessen hier 'n bißchen an.« Aber Jim schüttelte energisch den schwarzen Wollkopf. »Kann nich, alte Misses sagen, ich sollen gehen Wasser holen. Sie sagen, Master Tom wohl werden Jim fragen, ob er anstreichen wollen, aber Jim sollen es ja nicht tun.« – »Ach, glaub doch nicht, was sie sagt, Jim. So redet sie doch immer. Her mit dem Eimer – ich bin ja gleich wieder da. Paß auf, sie merkt's gar nicht.« – »O nein, ich nicht dürfen, Master Tom. Alte Misses sagen, sie mir reißen Kopf ab, gewiß tut sie's.« – »Die? Die kriegt's ja gar nicht fertig, ordentlich zuzuhauen – sie fährt einem höchstens mit der Hand so 'n bißchen über 'n Kopf, und ich möcht' wissen, wer sich daraus was macht. Sie redet bloß immer vom Durchhauen, aber Reden tut nicht weh – das heißt – hm – wenn sie nur nicht immer dabei weinen würde. Du, Jim, ich schenk' dir 'ne Murmel.« Jim schwankte. »'ne Murmel, Jim – aus Glas! 'ne feine, sag' ich dir, guck mal.« – »Meine Güte, sein das eine wunderschöne Glasmurmel! Aber Master Tom, ich haben mächtiges Angst vor alte Misses.« Jedoch Jim war nur ein Mensch, diese Versuchung war zu stark für ihn. Er setzte den Eimer nieder, ergriff die Glasmurmel und – flog im nächsten Augenblick, als brenne seine Rückseite, nebst seinem Eimer die Straße hinunter, während Tom mit Feuereifer drauflospinselte und Tante Polly sich stolz vom Schlachtfeld zurückzog, in der Hand den Pantoffel, im Auge blitzenden Triumph.
Aber Toms Eifer hielt nicht lange vor. Er mußte fortwährend an all das Schöne denken, das er für heute geplant hatte, und sein Kummer nahm immer größere Dimensionen an. Bald würden die Jungens, die heute frei hatten, vorbeikommen auf ihren Wegen zu allen möglichen verlockenden Plätzen; und wie würden sie sich über ihn

lustig machen, daß er heute daheimbleiben und arbeiten mußte! Dieser Gedanke brannte ihn wie Feuer. Er leerte seine Taschen und musterte seinen irdischen Besitz: zwei alte Federn, einen Bleistiftstumpf, Murmeln, Bindfaden – lauter Dinge, die höchstens dazu ausreichten, eine fertige Schulaufgabe einzuhandeln, die aber nie und nimmer genügen würden, sich damit auch nur eine halbe Stunde der ersehnten Freiheit zu erkaufen. Resigniert steckte er seine Schätze wieder ein und ließ endgültig den Gedanken fahren, bei dem einen oder dem andern Jungen Bestechungsversuche zu unternehmen. In diesem düstern, hoffnungslosen Augenblick kam ihm plötzlich ein Einfall – ein großer, wahrhaft glänzender Einfall! Er nahm seinen Pinsel wieder auf und machte sich still und emsig an die Arbeit, denn dahinten sah er Ben Rogers auftauchen, gerade den, dessen Spott er am allermeisten fürchtete. Hopsend und springend näherte sich Ben, ein Beweis, daß er leichten Herzens und voll hochgespannter Erwartungen war. Er verschmauste einen Apfel und gab dabei ab und zu langgezogene, höchst melodische Heultöne von sich, denen er regelmäßig ein grunzendes Ding-dong-dong-ding-dong-dong folgen ließ – denn er war ein Dampfschiff. Als er näherkam, mäßigte er seine Geschwindigkeit, lenkte der Straßenmitte zu, wandte sich stark nach Steuerbord und glitt schließlich in majestätischem Bogen und mit gewichtiger Würde und Umständlichkeit zur Seite – stellte er doch nichts Geringeres vor als den »Großen Missouri«, dessen Tiefgang von neun Fuß er anschaulich zu verkörpern wußte. Er war alles zu gleicher Zeit: Dampfer und Kapitän, Mannschaft und Schiffsglocke, und zeigte sich dieser komplizierten Aufgabe durchaus gewachsen. Von der Kommandobrücke aus erteilte er geschäftig Befehle, die er ebenso geschäftig in höchsteigener Person ausführte. »Ha-alt! Klingelingeling!« Die Fahrt war zu Ende, und er legte langsam und vorsichtig am Ufer an. »Zurück! Klingelingeling! Tschu-tschu-tschu-u-tschtu!« Sein rechter Arm beschrieb mächtige Kreise, denn er hatte ein vierzig Fuß großes Rad darzustellen. »Backbord wenden! Klingelingeling! Tschu-tschuu-tschtsch.« Jetzt begann der linke Arm Kreise zu beschreiben. »Steuerbord stoppen! Klingelingeling! Langsam wenden! Tschu-uu-uu. Immer lustig, Jungs! Runter mit dem Tau dort! Na, wird's bald? So-o! Werft's um den Pfeiler! Anziehen! Ran an die Landungsbrücke! Maschine stoppen! Halt! Klingelingeling! Scht-scht-sch-scht!« (Die Dampfventile sind geöffnet.)

Tom pinselte unerschütterlich weiter, ohne den Dampfer eines Blikkes zu würdigen. Ben hielt einen Augenblick verwundert an, dann grinste er: »Aha – Strafe, he?« Keine Antwort. Tom prüfte seinen letzten Strich mit dem Auge eines Künstlers, dann fuhr er mit dem Pinsel noch einmal elegant darüber hin, um mit ebenso kritischem Blick das Resultat von neuem zu überschauen. Ben pflanzte sich neben ihm auf. Tom wässerte der Mund nach dem Apfel, aber er schien ganz vertieft in seine Arbeit. »Hallo, alter Junge! Mußt wohl heute fest ran, was?« – »Ach, du bist's, Ben! Ich hab' dich gar nicht bemerkt.« »Du, ich geh' schwimmen! Willst du mit? Aber nee, du arbeitest ja lieber, was? Kann mir's lebhaft vorstellen!« Tom sah erstaunt auf. »Was verstehst du eigentlich unter arbeiten?« – »Na, ist das vielleicht keine Arbeit?« Tom tauchte seinen Pinsel ein und sagte nachlässig: »Vielleicht ist's 'ne Arbeit – vielleicht auch nicht! Ich weiß nur, daß es mir Spaß macht!« – »Nanu, du willst mir doch nicht einreden, daß du's zum Vergnügen tust?« Der Pinsel war ununterbrochen in Bewegung. »Zum Vergnügen? Ja, warum denn nicht? Meinst du vielleicht, 's gibt jeden Tag so 'n Zaun anzustreichen?« Das ließ die Sache allerdings in ganz anderem Licht erscheinen. Ben hörte auf, an seinem Apfel zu knabbern, und Tom fuhr indessen mit seinem Pinsel schwungvoll auf und nieder, trat von Zeit zu Zeit zurück, um die Wirkung zu prüfen, tupfte hier und da verbessernd nach, überschaute den Eindruck von neuem, während Ben kein Auge von ihm wandte und alle seine Bewegungen mit fieberhaftem Interesse verfolgte. Endlich sagte er: »Du, laß mich doch mal 'n bißchen streichen.« Tom schien zu überlegen und nachgeben zu wollen, aber dann meinte er: »Nee, nee, 's geht nicht, Ben. Guck mal, Tante Polly ist furchtbar tiftelig mit diesem Zaun – so grade an der Straße, weißt du. Ja, wenn's der hintere wär', da wär's ihr ja egal und mir auch. Wirklich, du glaubst gar nicht, wie sie sich mit dem Zaun hat! Und 's ist verteufelt schwer, es richtig zu machen! Ich wett', daß unter tausend Jungs – was sag' ich – unter zweitausend vielleicht – nicht einer ist, der's richtig machen kann.« – »Wahrhaftig? Och du, laß mich doch bloß mal probieren! Nur 'n ganz kleines bißchen! Ich tät dich auch ranlassen, wenn ich du wär'.« – »Ben, ich würd's ja gern tun – auf Ehre. Aber sieh mal, Tante Polly ... Jim wollt's schon machen und Sid auch, aber sie hat's absolut nicht erlaubt. Du mußt doch einsehn, daß ich die Verantwortung hab'? Wenn du nun den Zaun anmalst und 's passiert was dran und – –« – »Ach Quatsch! Ich kann's gerade so gut wie du! Man los, laß mich's mal versuchen! Hier hast du auch das Kernhaus von meinem Apfel – guck, 's is noch 'ne ganze Masse dran.« – »Na also ... nee, Ben, lieber nicht, ich hab' solche Angst ...« – »Hier geb' ich dir 'n ganzen Apfel –« Da reichte Tom ihm den Pinsel hin, Widerstreben im Antlitz, Frohlocken im Herzen. Und während der frühere Dampfer »Big Missouri« in praller Sonne schweißtriefend drauflospinselte, saß der vom Schauplatz abgetretene Künstler behaglich im Schatten auf einer Tonne, schlenkerte mit den Beinen, verzehrte mit Appetit seinen Apfel und spann listige Pläne, wie er noch mehr Opfer in die Falle locken könne. An Material war kein Mangel, jeden Augenblick strichen Jungens vorüber. Sie kamen, um zu spotten, und blieben, um anzustreichen. Denn als Ben mit der Zeit müde wurde, hatte Tom schon einen günstigen Abschluß mit Billy Fischer gemacht, der ihm einen noch fast unbeschädigten Pa-

pierdrachen bot; und als der abtrat, erkaufte sich Johnny Miller dessen Rechte für eine tote Ratte nebst einer Schnur, um sie damit durch die Luft zu schleudern. Und so ging's weiter – stundenlang. Kaum war die Hälfte des Nachmittags verstrichen, als Tom, am Morgen noch ein armer, besitzloser Junge, sich buchstäblich in Reichtümern wälzen konnte. Außer den bereits erwähnten Dingen hatte er zwölf Murmeln eingeheimst, ferner das Mundstück einer Trompete, eine Scherbe von blauem Flaschenglas zum Durchgukken, eine Garnspule, einen verrosteten Schlüssel ohne Bart, ein Kreidestümpfchen, einen Glasstöpsel von einer Wasserflasche, einen Zinnsoldaten, ein paar Kaulquappen, fünf Feuerschlangen, eine einäugige junge Katze, einen Türgriff aus Messing, ein Hundehalsband – jetzt fehlte ihm nur noch ein Hund –, einen Messerstiel, die Schalen von vier Apfelsinen und einen alten, kaputten Fensterrahmen. Außerdem hatte er sich während der ganzen Zeit in angenehmer Gesellschaft famos unterhalten, dabei behaglich gefaulenzt und – der Zaun hatte nicht weniger als eine dreifache Schicht Farbe bekommen. Nur gut, daß schließlich die Tünche zu Ende ging, sonst hätte er unfehlbar sämtliche Jungens im Städtchen bankrott gemacht. Tom fand auf einmal die Welt gar nicht mehr so öde und traurig. Ohne es zu wissen, hatte er ein tief in der menschlichen Natur wurzelndes Gesetz entdeckt, die Triebfeder zu vielen, vielen

Handlungen. Um nämlich einem Menschen – sei er nun erwachsen oder nicht – irgend etwas begehrenswert zu machen, braucht man ihm dieses Etwas nur als recht schwer erreichbar hinzustellen. Wäre Tom ein tiefgründiger Philosoph gewesen wie zum Beispiel der Verfasser dieses Buches, so hätte er daraus gelernt, daß man unter »Arbeit« alles versteht, was man tun muß, dagegen unter »Vergnügen« das, was man aus freien Stücken unternimmt. Und es wäre ihm klargeworden, weshalb zum Beispiel das Anfertigen künstlicher Blumen und die Bedienung einer Tretmühle als »Arbeit« gelten, während man Kegelschieben und die Besteigung des Montblanc allgemein als ein »Vergnügen« bezeichnet.

Drittes Kapitel

Als Tom fertig war, ging er zu Tante Polly hinein, die am offenen Fenster eines gemütlichen Hinterzimmers saß, das zugleich als Schlafraum, Frühstückssalon, Eßzimmer und Bibliothek diente. Die balsamische Sommerluft, die friedliche Ruhe, der Duft der Blumen und das Summen der Bienen – dies alles hatte seine Wirkung auf sie ausgeübt, und sie war über ihrem Strickstrumpf eingenickt in Gesellschaft der Katze, die gleichfalls friedlich schlummernd in ihrem Schoße ruhte. Die Brille hatte Tante Polly vorsichtig bis fast zu den grauen Haaren hinaufgeschoben. Sie hatte geglaubt, Tom wäre längst durchgebrannt, und war daher nicht wenig überrascht, als er sich jetzt so unerschrocken in ihren Machtbereich wagte. »Darf ich jetzt gehn und spielen, Tante?« – »Was? Jetzt schon? Wie weit bist du denn?« – »Ganz fertig, Tante.« – »Tom, schwindele nicht, du weißt, das kann ich nicht vertragen.« – »Ich schwindele ja gar nicht! Ich bin ganz fertig, auf Ehre.« Tante Polly schien nur geringes Vertrauen zu derlei Beteuerungen zu haben, denn sie ging hinaus, um selbst nachzusehen. Sie wäre schon zufrieden gewesen, wenn sie nur zwanzig Prozent von Toms Aussage bestätigt gefunden hätte, als sie aber den ganzen Zaun fertig angestrichen fand – und nicht nur einmal flüchtig überpinselt, sondern sorgsam mit mehreren Lagen Farbe bedeckt, war sie fast sprachlos vor Überraschung. »Na, so was!« stieß sie endlich hervor, »da sieht man's wieder, Tom, daß du arbeiten kannst, wenn du willst! Aber leider«, fügte sie, das Kompliment abschwächend, hinzu, »leider willst du das nur allzu selten! Geh jetzt meinetwegen und spiel! Daß du mir aber vor Ablauf einer Woche wiederkommst, hörst du, sonst gibt's was!« Sie war aber so gerührt von seiner glänzenden Leistung, daß sie ihn zuerst noch in die Speisekammer nahm und ihm einen besonders schönen Apfel aussuchte, den sie ihm zugleich mit dem belehrenden Hinweis verabfolgte, um wieviel würziger und schmackhafter doch so ein Apfel sei, wenn man ihn, anstatt ihn sich widerrechtlich anzueignen, durch ehrliche Arbeit verdient hätte. Als sie mit einem gut angewandten Bibelspruch schloß, stibitzte Tom schnell einen Pfannkuchen, um sich diese Errungenschaft sündiger Tücke nicht weniger gut schmecken zu lassen als den Lohn verdienstvoller Tugend. Nachdem er sich an der Tante vorbeigedrückt hatte, sah er Sid draußen, der gerade die Steintreppe zum ersten Stock hinaufhüpfte. Im Nu waren Lehmklumpen zur Hand, und im nächsten Augenblick war die Luft davon erfüllt. Sie sausten wie ein Hagelwetter um Sids Kopf, und bevor noch Tante Polly ihre überraschten Sinne sammelte und zu Hilfe eilen konnte, hatten sechs oder sieben Geschosse ihr Ziel erreicht. Sid brüllte, und Tom sah man gerade noch über den Zaun springen, obwohl es eine Tür gab – aber wie gewöhnlich hatte er es viel zu eilig, um sie zu benutzen. Nun hatte doch seine liebe Seele Ruhe, da er mit Sid abgerechnet und ihm seine Verräterei mit dem schwarzen Garn gründlich heimgezahlt hatte.

Er schlich den Zaun entlang, bis er zu einem schmutzigen Gäßchen kam, das hinter Tante Pollys Kuhstall vorbeilief; hier fühlte er sich sicher und außer dem Bereich drohender Ergreifung und Bestrafung. Dann wandte er sich dem Marktplatz zu, auf dem für heute eine entscheidende Schlacht zwischen zwei feindlichen Knabenheeren angesetzt war. Tom war General der einen Armee, während sein Busenfreund Joe Harper die andere befehligte. Die beiden ruhmreichen Feldherren ließen sich jedoch nicht etwa so weit herab, in eigener Person in den Kampf einzugreifen – so etwas schickt sich doch nur für gemeines Fußvolk –, vielmehr sahen sie von einer Erhöhung aus der Ferne zu und leiteten die kriegerischen Operationen durch Befehle, die sie von ihren Adjutanten weiterbefördern ließen. Nach langem, heißem Kampf errang schließlich Toms Armee einen glorreichen Sieg. Nun wurden die Toten gezählt, die Gefangenen ausgetauscht, und nachdem man noch die Bedingungen für das nächste Treffen vereinbart sowie den Tag dafür festgelegt hatte, marschier-

ten die beiden Heere in Reih und Glied ab, während Tom sich allein auf den Heimweg machte.
Als er an dem Hause vorüberging, in dem Jeff Thatcher wohnte, erblickte er im Garten ein fremdes Mädchen – ein niedliches, zartes, blauäugiges Geschöpf mit blonden Haaren, die ihr in zwei langen Zöpfen über den Rücken hingen, in weißem Sommerkleid und Spitzenhöschen. Der ruhmgekrönte Held war getroffen, ohne daß jemand einen Schuß abgefeuert hätte. Eine gewisse Anny Lorenz verschwand aus seinem Herzen und ließ auch nicht den Schatten einer Erinnerung darin zurück. Und er hatte doch gemeint, sie bis zum Wahnsinn zu lieben, mit leidenschaftlicher Anbetung, bis es ihm

nun auf einmal klarwurde, daß er nicht mehr als ein leichtes, flüchtiges Wohlwollen für sie empfand. Viele Monate hindurch hatte er sie umworben, und erst vor einer Woche hatte sie ihm ihre Gegenliebe gestanden. Sieben Tage lang war er der glücklichste, stolzeste Junge der Welt gewesen, und jetzt – jetzt verabschiedete er sie aus seinem Herzen wie einen zufälligen Gast, der sich nach kurzem Besuch empfiehlt. Verstohlen warf er bewundernde Blicke auf diesen neu aufgetauchten Engel, bis er bemerkte, daß auch sie ihn entdeckt hatte. Da stellte er sich natürlich, als wüßte er gar nichts von ihrer Gegenwart, und fing an, nach echter Jungenart »sich aufzuspielen«, um ihre Bewunderung zu erringen. Er trieb allerlei seltsame Possen, bis er mitten in seiner halsbrecherischen gymnastischen Leistung zur Seite schielte und sah, daß die Holde sich dem Hause zuwandte. Da brach er ab, lief an den Zaun, lehnte sich mit tiefbetrübter Miene dagegen, und doch mit der heimlichen Hoffnung, daß sie noch etwas verweilen würde. Wirklich blieb sie einen kurzen Augenblick auf der Treppe stehen, näherte sich dann aber um so schneller der Tür. Tom stieß einen tiefen Seufzer aus, als sie ihren Fuß auf die Schwelle setzte, aber im Nu hellte sich sein melancholisches Gesicht wieder auf, denn ehe sie verschwand, hatte sie ein Stiefmütterchen über den Zaun geworfen. Der Junge rannte drauflos, blieb aber dann ein paar Schritte von der Blume entfernt stehen, beschattete die Augen mit der Hand und schaute die Straße hinunter, als entdecke er dort etwas von größtem Interesse. Nun las er einen Strohhalm vom Boden auf, ließ ihn auf der Nase balancieren, wobei er den Kopf weit nach rückwärts bog und seinen Körper hin und her bewegte, wodurch er der Blume immer näher kam. Endlich berührte er sie mit seinem nackten Fuß, die gelenkigen Zehen erfaßten sie, und auf einem Bein hüpfte er mit seinem Schatz davon und verschwand um die nächste Ecke. Aber nur auf eine Minute – nur bis er die Blume unter der Jacke auf seinem Herzen geborgen hatte –, oder auf seinem Magen, denn er war in der Anatomie nicht sehr bewandert, und außerdem nahm er's auch nicht so genau. Jetzt kehrte er an den Zaun zurück und trieb sich dort herum, bis die Dunkelheit anbrach. Alle möglichen Kunststücke trieb er – aber vergebens, die blonde Schöne blieb unsichtbar. Er tröstete sich jedoch mit dem Gedanken, daß sie vielleicht hinter einem Fenster gestanden und so von seinen Aufmerksamkeiten Notiz genommen hätte.
Endlich entschloß er sich widerstrebend zum Abzug, den Kopf voll

lieblicher Bilder und Vorstellungen. Während des ganzen Abendessens war er in so übermütiger Stimmung, daß die Tante sich erstaunt fragte, was nur in den Jungen gefahren sein mochte. Von der Schelte wegen Sids Beschießung mit Lehmklumpen schien er überhaupt nicht das geringste zu hören, ja, er trieb's so weit, daß er vor Tante Pollys eigener Nase ganz ungeniert versuchte, Zucker zu grapsen. Als er dafür eins auf die Pfoten bekam, meinte er vorwurfsvoll: »Sid kriegt nie Haue, wenn er sich selber was nimmt.« – »Ja, Sid treibt's aber auch lange nicht so wie du. Du kämst überhaupt nicht aus der Zuckerdose raus, wenn ich nicht aufpassen würde.« Damit ging sie in die Küche, und Sid, im sicheren Gefühl seiner Unbestrafbarkeit, langte nach der Zuckerdose, mit so viel Überhebung im Blick, daß es Tom schier unerträglich dünkte! O weh! Da rutschten Sids Finger aus, die Zuckerdose fiel auf den Boden und zerbrach. Tom triumphierte – triumphierte so, daß er sich bezwang, seine Zunge im Zaum hielt und erwartungsvoll schwieg. Er nahm sich vor, kein Wort zu sagen, selbst nicht, wenn die Tante hereinkäme – nein, ganz still sitzen wollte er, bis sie fragen würde, wer das angestellt hätte. Aber dann – dann wollte er erzählen, und wahrlich – er konnte sich nichts Schöneres auf der Welt vorstellen, als zu sehen, wie der »geliebte Musterknabe« auch mal »was abkriegte«. Er war so übervoll von Erwartung, daß er kaum an sich halten konnte, als die Tante zurückkam, entsetzt vor den Scherben stehenblieb und drohende Zornesblitze über den Rand ihrer Brille hervorschleuderte. »Jetzt geht's los«, frohlockte Tom innerlich, und – im nächsten Augenblick fühlte er sich gepackt, zu Boden geworfen, und schon holte eine gewichtige Hand zum zweiten oder dritten Male zu neuem Schlage aus, ehe er sprachlos vor Verblüffung und Entrüstung Worte fand: »Halt! Laß doch los! Warum haust du mich denn? Sid hat's doch getan –« Tante Pollys erhobene Faust sank noch einmal mechanisch klatschend auf sein Rückenende, dann hielt sie inne, erstaunt, verwirrt, während Tom in der Erwartung, daß jetzt ein selbstanklagender, tröstender Mitleidsausbruch erfolgen würde, vorwurfsvoll zu ihr emporstarrte. Aber als sie endlich wieder zu Atem kam, war alles, was sie sagte: »Schadet nichts, wenn du auch mal einen Schlag zuviel kriegst. Bist dafür schon manchmal leer ausgegangen, wenn du was Ordentliches verdient hättest.« Aber sie fühlte doch Gewissensbisse und hätte ihm gerne etwas Liebes und Freundliches gesagt, fürchtete jedoch, es könnte als Zugeständnis ihres Unrechts aufgefaßt werden, und so etwas verbot die Disziplin. So schwieg sie und ging bekümmerten Herzens ihrer Arbeit nach. Tom aber zog sich in einen Winkel zurück und wühlte in seinem Schmerz ob der ungerechten Behandlung. Er wußte, daß die Tante in Gedanken vor ihm auf den Knien lag, und dieser Gedanke erfüllte ihn mit grimmiger Genugtuung. Er spürte, wie ihn hin und wieder ein liebevoller Blick aus tränenverschleierten Augen traf, aber er tat, als merke er es nicht. Er sah sich krank, sterbend auf seinem Bette, die Tante beugte sich händeringend über ihn und flehte um ein einziges Wort der Verzeihung. Er aber kehrte sein Gesicht der Wand zu, ohne das Wort zu sprechen, und – starb. Oh, welche Reue sie dann hätte! Und wieder sah er sich, wie man ihn vom Flusse nach Hause brachte, tot, mit triefenden Haaren, die armen Glieder starr und steif und Friede in seinem wunden Herzen – Friede für immer. Wie würde sie sich dann über ihn werfen und unter Strömen von Tränen zu Gott flehen, er möchte ihr doch ihren Jungen wiedergeben, sie wollte ihm auch nie, nie wieder unrecht tun! Er aber läge da – kalt und weiß und starr – ein armer Dulder, dessen Leiden nun ein Ende hatten. So schwelgte er in den schauerlichsten Vorstellungen, bis er schließlich vor lauter Mitleid mit sich selbst kaum das Schluchzen unterdrücken konnte. Seine Augen standen voll Wasser, und wenn er blinzelte, floß es über, lief vorn die Nase hinunter und fiel an ihrer Spitze in einem Tröpfchen zu Boden. Und doch empfand er bei diesem Wühlen in seinem Elend eine solche Wollust, daß er sich in seinem Schmerz nicht stören lassen wollte durch irgendeinen Laut irdischer Lust oder brutaler Freude – denn er war viel zu heilig für eine Berührung mit der profanen Welt. Als daher seine Kusine Mary nach einem »furchtbar langen«, fast achttägigen Besuch auf dem Lande strahlend vor Wiedersehensfreude, wie ein lachender Sommermorgen zu der einen Tür hereintanzte, schlüpfte Tom – trübselig wie drei Tage Regenwetter – durch die andere hinaus. Er ließ die gewöhnlichen Tummelplätze der Jungens weit hinter sich und suchte nach einsamen Orten, die zu seiner Stimmung paßten. Auf dem Fluß schwamm ein altes Holzfloß, darauf setzte er sich und starrte auf die weite, öde Wasserfläche. Wenn er nur ertrinken würde – aber ganz plötzlich und unbewußt und ohne all das lästige Wasserschlucken, das meistens damit verbunden sein soll! Auf einmal dachte er an seine Blume, und er zog sie hervor. Sie war ganz verwelkt und zerdrückt, und ihr

Anblick vermehrte gewaltig die süße Bitternis seiner seelischen Leiden. Ob sie wohl Mitleid mit ihm hätte, wenn sie alles wüßte? Würde sie am Ende weinen und wünschen, ihre Arme um seinen Hals legen zu dürfen und ihn zu trösten? Oder würde auch sie sich kalt und gefühllos von ihm abwenden wie alle, alle andern? Die Vorstellung seiner trostlosen Einsamkeit versetzte ihn in einen wahren Rausch wonniger Schmerzgefühle, die er unaufhörlich zergliederte und zerpflückte und in immer neuer Beleuchtung schillern ließ. Dann seufzte er tief auf, erhob sich und schlich in die Finsternis hinaus. Gegen halb zehn oder zehn Uhr kam er durch die wie ausgestorben daliegende Straße, in der seine angebetete Unbekannte wohnte. Er blieb einen Augenblick stehn. Kein Ton drang an sein lauschendes Ohr. Hinter den Vorhängen eines Fensters im zweiten Stock schimmerte ein schwacher Lichtschein. War dort der geheiligte Raum, der sie umschloß? Er erkletterte den Zaun, stahl sich lautlos durch die Sträucher und Büsche, bis er unter jenem Fenster stand. Lange schaute er hinauf, dann streckte er sich rücklings auf dem Boden aus, indem er seine Hände, deren Finger die armselige, verwelkte Blume umschlossen, über der Brust faltete. So wollte er sterben – unter freiem Himmel, kein Dach über seinem heimatlosen Haupte, keine Freundeshand, die ihm den Todesschweiß von der Stirn wischte, kein liebevolles Antlitz, das sich mitleidsvoll über ihn beugte, wenn der letzte, große Kampf nahte. Und so sollte sie ihn finden, wenn sie das Fenster öffnete und hinausschaute in den heiteren Morgen. Ach, ob sie wohl eine Träne hatte für seine arme, tote Hülle, einen Seufzer, daß dieses frische, junge Leben so grausam in seiner Blüte vernichtet, so vorzeitig dahingerafft wurde? Das Fenster ging auf. Die schrille Stimme eines Dienstmädchens entweihte die heilige Stille, und eine Sintflut von Wasser ergoß sich über die Gebeine des dahingestreckten Märtyrers! Der eingeweichte Held sprang unter Prusten und Schütteln auf, ein Ton wie von einem Wurfgeschoß schwirrte durch die Luft, vermischt mit einem halblauten Fluch, ein Klirren wie von zersplitterndem Glas folgte, und – eine kleine, undeutliche Gestalt verschwand eiligst über den Zaun und schoß in die Dunkelheit hinaus. Nicht lange danach prüfte Tom, schon zum Schlafengehen ausgezogen, bei einem Lichtstümpfchen angelegentlich seine durchnäßten Kleider. Da wachte Sid auf. Aber wenn er auch nur die geringste Absicht gehabt hätte, sich für Vergangenes zu rächen, so zog er es wohlweislich vor, dies noch aufzuschieben – denn aus des Bruders Augen blitzte Gefahr. Tom kroch ins Bett, ohne sich erst mit so überflüssigen Schikanen wie Beten und Waschen aufzuhalten – eine Unterlassungssünde, von der aber unser Sid getreulich Notiz nahm.

Viertes Kapitel

Die Sonne ging auf über einer feiertagsstillen Welt und strahlte hernieder auf das friedliche Städtchen wie ein Himmelssegen. Nach dem Frühstück hielt Tante Polly Familienandacht. Sie begann mit einem Gebet, das sich auf soliden Schichten biblischer Zitate aufbaute, die ein dünner Mörtel eigener Gedanken mühsam zusammenhielt; und von dem Gipfel dieses stolzen Baues – wie vom Berge Sinai herab – ließ sie ein dräuendes Kapitel aus den fünf Büchern Mose los. Sodann gürtete Tom seine Lenden – wenn man so sagen darf – und machte sich daran, seine Sonntagsschulaufgabe zu »pauken«, während Sid natürlich seine Lektion schon am Tage vorher gelernt hatte. Mit beträchtlicher Energie warf sich Tom auf seine fünf Bibelsprüche – und zwar wählte er sie aus der Bergpredigt, weil er keine kürzeren finden konnte. Nach Ablauf einer halben Stunde hatte er denn auch ganz glücklich eine blasse, verschwommene Ahnung von ihnen, aber sonst nichts, denn sein Geist hatte unterdessen das ganze weite Feld menschlichen Denkens durchflogen, und seine Hände waren rastlos beschäftigt mit allerlei angenehmen, ablenkenden Zerstreuungen. Schließlich nahm Mary das Buch, um ihn zu überhören, während er sich durch seine nebelhaften Vorstellungen mühsam einen Weg zu bahnen suchte. »Selig sind die-e-e« – »da geistig –« – »Ach ja – die da geistig« – »arm –« – »arm sind. Selig sind, die da geistig arm sind, denn sie – sie –« – »ihrer –« – »Richtig, denn ihrer. Selig sind, die da geistig arm sind, denn ihrer – ist das Himmelreich. Selig sind, die da Leid tragen, denn – sie – sie –« – »s-« – »Denn sie-e« – »so-o-« – »Denn sie so-s- ach, weiß der Teufel, wie das heißt.« – »sollen –« – »Ach so, sollen! Denn sie sollen, denn sie sollen -e-e- sollen Leid tragen. Selig sind, die da sollen – die da -e- Leid tragen. Denn sie sollen -e- sollen? Was, zum Kuckuck, sollen sie denn? Sag mir's doch endlich, Mary – sei doch nicht so eklig!« – »Aber Tom, was bist du doch für 'n Dickschädel! Da hilft dir nix, du mußt's eben noch mal lernen.

Man los, es wird schon hängen bleiben, und wenn du's kannst, dann schenk' ich dir auch was – was Wunderschönes, sag' ich dir.« – »Na ja, aber was denn, Mary? Sag mir erst, was es ist.« – »Fällt mir nicht ein. Du weißt, wenn ich sage, es ist was Schönes, dann kannst du dich darauf verlassen.« – »Hm, also gut – machen wir uns noch mal ran.« Und er »machte sich ran«, und zwar unter dem doppelten Ansporn von Neugier und lockendem Gewinn mit glänzendem Erfolg. Und Mary schenkte ihm ein funkelnagelneues Taschenmesser, »echt Horn«, das unter Brüdern mindestens seine fünfzig Pfennig wert war und das ihn in einen wahren Taumel von Entzücken versetzte. Allerdings – schneiden tat's nicht gerade so sehr gut, aber um den Tischrand damit einzukerben, war's scharf genug; doch als er es eben auch noch an der Schrankecke probieren wollte, wurde er abgerufen, um sich für die Sonntagsschule fertig zu machen. Mary reichte ihm eine Blechschüssel und ein Stück Seife. Er nahm beides und begab sich damit in den Hof, setzte die Schüssel auf eine kleine Bank, tauchte die Seife ins Wasser und legte sie daneben. Dann krempelte er die Ärmel hoch, goß das Wasser vorsichtig auf den Boden aus und ging in die Küche zurück, wo er an dem Handtuch hinter der Tür eiligst sein trockenes Gesicht abzuwischen begann. Doch Mary ließ sich nichts vormachen. »Aber Tom«, rief sie, indem sie ihm das Handtuch wegriß, »du hast wohl Angst, du könntest mal sauber werden?« Nun war er in der Klemme, denn die Schüssel wurde unerbittlich zum zweitenmal gefüllt. Eine ganze Weile stand er davor, um sich Mut zu machen, holte dann tief Atem und – entschloß sich. Als er diesmal mit fest zusammengekniffenen Augen in der Küche nach dem Handtuch tastete, sah man die Triumphzeichen seiner heldenhaften Selbstbezwingung in Form von Wasser und Seife von seinem Gesicht heruntertropfen. Aber als das Handtuch fiel, zeigte es sich, daß er immer noch nicht Marys unersättlichen Sauberkeitsansprüchen genügte, denn das reine Gebiet hörte wie eine Maske kurz vor dem Kinn und den Backenknochen auf, während sich jenseits dieser Linie – von der Stirn abwärts über Hals und Nacken, eine schwärzliche Fläche unberührten Schmutzes ausbreitete. Da nahm ihn Mary unter ihre Finger, und als sie ihn daraus entließ, bot er einen durchaus menschenwürdigen Anblick dar, ohne irgendwelche Farbunterschiede. Sein Haar war gehörig mit Wasser gebürstet und seine kurzen Locken zu einer zierlichen und ordentlichen Gesamtwirkung bearbeitet. Diese Locken erfüll-

ten übrigens sein Leben mit Bitternis, denn er fand sie weibisch und scheute weder Arbeit noch Mühe, sie mit Fett und Wasser so dicht wie möglich am Kopfe festzukleben. – Nun brachte Mary seinen Sonntagsanzug, den er seit zwei Jahren nur an diesem heiligen Tage trug. Er wurde kurzweg »der andere Anzug« genannt, woraus man leicht auf den Umfang seiner Garderobe schließen kann. Nachdem er sich angezogen hatte, zupfte Mary noch verbessernd an ihm herum, knöpfte ihm die Jacke zu, zog ihm den großen Hemdkragen herunter, bürstete ihn noch einmal ab und krönte ihn mit seinem gesprenkelten Strohhut. Er sah nun ungemein anständig und unbehaglich aus – und er fühlte sich womöglich noch unbehaglicher, als er aussah, denn er hatte nun einmal eine unüberwindliche Abneigung gegen ganze und saubere Kleider – eine tief eingewurzelte Abneigung. Wenn Mary doch wenigstens seine Stiefel vergessen würde! Aber diese Hoffnung erwies sich leider als trügerisch, und ehe er sich's versah, standen sie, fein mit Talg eingeschmiert, vor ihm. Da war's aber aus mit seiner Geduld, und er brummte und maulte, daß er ausgerechnet immer gerade das tun sollte, wozu er nun mal absolut keine Lust hätte. Mary aber suchte ihn zu überreden und brachte ihn schließlich so weit, daß er – wenn auch mit bedrohlichem Knurren – in die Stiefel fuhr.
Die Sonntagsschule dauerte von neun bis halb elf und fand vor dem Gottesdienst in der Kirche statt, die mit ihren hochlehnigen ungepolsterten Kirchenstühlen etwa dreihundert Personen Platz bot. Die Kirche war klein und schmucklos und trug als Turm eine Art Kasten aus Fichtenholz. Die Kinder strömten von allen Seiten herbei; Tom zögerte an der Tür, ließ die andern vorangehen und wandte sich an einen sonntäglich geputzten Kameraden: »Sag mal, Bill, hast du 'n gelben Zettel?« – »Ja.« – »Was willst du dafür haben?« – »Sag erst, was du geben willst.« – »Hm, 'ne Zuckerstange und 'n Angelhaken.« – »Erst zeigen!« Tom wies seine Tauschobjekte vor, Bill fand sie des Zettels wert, und das Geschäft wurde abgeschlossen. Gegen ähnliche kostbare Artikel erhandelte er noch von ihm drei rote und zwei blaue Zettel, und nach Ablauf einer Viertelstunde hatte er noch allen möglichen Jungens Zettel in den verschiedenen Farben zu günstigen Bedingungen abgekauft, bis er eine stattliche Anzahl davon beisammen hatte. Dann trat er mit einem Schwarm sonntäglich gesäuberter und lärmender Jungen und Mädchen in die Kirche und setzte sich auf seinen Platz, wobei er natürlich mit dem erstbesten

Jungen, der ihm in den Weg kam, in Streit geriet. Der Lehrer, ein ernster älterer Mann, brachte sie auseinander, aber kaum drehte er ihm einen Augenblick den Rücken, hatte Tom schon blitzschnell einen Jungen in der Vorderbank an den Haaren gezupft, war aber angelegentlich mit seinem Buch beschäftigt, als der sich herumwandte. Einem andern versetzte er einen Stich mit einer Stecknadel, nur um ihn »Autsch« schreien zu hören, welcher Aufschrei Tom einen neuen Verweis vom Lehrer eintrug.

Toms ganze Klasse war wie er – unruhig, lärmend und voller Streiche. Wenn sie ihre auswendig gelernten Sprüche hersagen sollten, konnte sie kein einziger fehlerlos und ohne daß der Lehrer fortwährend weiterhalf – indessen, sie kamen mit Mühe und Not durch, und als Belohnung für zwei aufgesagte Verse erhielten sie kleine, blaue Zettel mit einem Bibelspruch. Zehn blaue Zettel konnten für einen roten eingetauscht werden, zehn rote für einen gelben; und für zehn gelbe bekam man vom Herrn Vikar eine mehr als einfach gebundene Bibel, die vielleicht vierzig Pfennig wert war. Wie viele meiner Leser besäßen wohl den Fleiß und die Ausdauer, zweitausend Bibelsprüche auswendig zu lernen, selbst für eine Prachtbibel mit Bildern von Doré? Und doch hatte Mary sich schon zwei Bibeln auf diese Weise erworben – durch die geduldige, mühevolle Arbeit zweier Jahre. Ja, ein Junge deutscher Abstammung hatte sich sogar schon vier oder fünf errungen! Der hatte einmal dreitausend Sprüche ohne zu stokken aufgesagt, aber diese Anspannung war für seine geistigen Kräfte zu groß gewesen, und seit der Zeit ähnelte er einem Idioten. Ein trauriges Mißgeschick für die Schule, denn gerade diesen Jungen hatte der Herr Vikar bei Visitationen oder andern besonderen Gelegenheiten immer aufgerufen und sich mit ihm »dicke getan«, wie Tom sich wenig respektvoll ausdrückte.

Nur die verständigeren Schüler gaben sich die Mühe, ihre Zettel aufzuheben und so lange auszuharren, bis sie Anspruch auf eine Bibel hatten. Aber dadurch wurde auch die Preisverteilung zu einem seltenen, bemerkenswerten Ereignis, und der glückliche Erringer erschien an einem solchen Ehrentage so groß und erhaben, daß sich beim Anblick seiner Größe in jedes Schülers Brust ein glühender Ehrgeiz entzündete, der oftmals sogar viele Wochen anhielt. Es ist kaum anzunehmen, daß Toms geistiger Magen jemals nach dem Besitz einer solchen Bibel gehungert hätte, aber zweifellos sehnte er sich mit seinem ganzen Wesen nach dem Ruhm und dem Glanz, mit dem eine solche Preisverteilung den glücklichen Sieger umstrahlte. Als es Zeit zum Beginn war, stellte sich der Herr Vikar ein, trat vor die Kanzel, in der Hand ein geschlossenes Gesangbuch, zwischen dessen Seiten der Zeigefinger geschoben war, und gebot Ruhe. Wenn ein Sonntagsschulvikar seine herkömmliche Rede vom Stapel läßt, ist ihm ein Gesangbuch in der Hand so notwendig wie das unvermeidliche Notenblatt dem Sänger, der auf dem Podium steht und im Konzert ein Solo vorsingt. Das Warum bleibt ein Rätsel, denn weder das Gesangbuch noch das Notenblatt wird von dem betreffenden Dulder je eines Blickes gewürdigt.

Der Herr Vikar war ein dünnes, schmächtiges Männchen von etwa fünfundzwanzig Jahren. Er trug einen steifen Stehkragen, dessen oberer Rand beinahe seine Ohren berührte und dessen scharfe Spitzen fast bis zur Höhe seiner Mundwinkel reichten – wodurch er gezwungen war, immer steif geradeaus zu sehen und den Körper vollständig umzuwenden, wenn er zur Seite blicken wollte. Um sein Kinn wand sich eine riesige Krawatte mit ausgefransten Enden. Mr. Walters trug eine sehr ernste Miene zur Schau und hatte ein braves, biederes Gemüt. Vor heiligen Dingen empfand er eine ungeheure Ehrfurcht, und alles, was mit ihnen zusammenhing, hielt er so streng von weltlichen Angelegenheiten getrennt, daß sogar seine Stimme in der Sonntagsschule einen ganz andern Ton hatte als am Werktag. Er begann also folgendermaßen: »Nun, Kinder, sitzt einmal alle so hübsch ruhig und gesittet, wie ihr könnt, und hört mir ein paar Minuten ganz aufmerksam zu. So, jetzt ist's recht! So schickt es sich für artige kleine Jungen und Mädchen. Da sehe ich noch ein kleines Mädchen, das zum Fenster hinausschaut – ich glaube, es meint, ich säße da droben auf dem Baum und spräche dort zu den kleinen Vögelein.« (Beifälliges Kichern). »Zunächst also möcht ich euch sagen, wie wohl es mir tut, so viel saubere, frohe, kleine Gesichter hier an diesem Ort zu sehen, an dem man lernen soll, gut und brav zu sein und das Rechte zu tun.«

In diesem Stil ging's weiter. Es ist wohl nicht nötig, den Rest dieser rednerischen Leistung zu verzeichnen. Sie hielt sich an die üblichen Vorlagen, die sich niemals verändern und die uns allen nur zu gut bekannt sind.

Das letzte Drittel der Rede wurde durch die Wiederaufnahme von Stößen und Püffen und andern Ungezogenheiten von seiten der schwarzen Schafe der kleinen Gemeinde gestört. Ein Raunen und

Flüstern entstand, das sich mehr und mehr ausbreitete und selbst die Grundfesten so unerschütterlicher Felsen wie Sid und Mary zu unterspülen drohte. Aber jetzt, bei dem schlußandeutenden Sinken von Mr. Walters' Stimme, hörte das Summen plötzlich auf, und der Schluß selbst wurde mit dem Ausdruck dankbaren Schweigens entgegengenommen.

Der Grund des allgemeinen Flüsterns vorhin war aber einem ganz außerordentlichen und seltenen Ereignis zuzuschreiben – es war Besuch gekommen, nämlich der Notar Thatcher in Begleitung von zwei Herren, einem alten, schwächlich aussehenden und einem jüngeren, stattlichen mit schon stark ergrautem Haar. Voran ging eine Dame, jedenfalls die Frau des jüngeren, die ein kleines Mädchen an der Hand führte. Tom war bis dahin schlecht gelaunt und unruhig gewesen, denn er hatte Gewissensbisse. Er konnte Anny Lorenz nicht ins Auge sehen, und ihre liebeheißen Blicke waren ihm unerträglich. Als er nun aber die kleine Fremde erblickte, war sein Herz im Nu ganz erfüllt von seligem Entzücken. Sofort begann er mit allen Kräften »sich aufzuspielen«, puffte seine Nachbarn, zupfte sie an den Haaren, schnitt Gesichter – kurz, er wandte alle jene Künste an, die geeignet sind, ein Mädchen zu bezaubern und seinen Beifall zu gewinnen. Nur ein bitterer Tropfen mischte sich in seine Wonne – der Gedanke an die Demütigung, die er in dieses Engels Garten erfahren hatte; aber diese Erinnerung glich nur einer leichten Spur im Sande und war sofort hinweggespült von den Wogen des Glükkes, die ihn jetzt überfluteten.

Den Gästen wurde der höchste Ehrenplatz angewiesen, und sobald Mr. Walters' Rede zu Ende war, wurden sie der Schule vorgestellt. Der Herr in mittleren Jahren entpuppte sich als eine gewaltige Persönlichkeit. Er war nichts weniger als der höchste Richter des Kreises – gewiß das erhabenste Produkt der Schöpfung, das den Kindern je vor Augen gekommen. Sie grübelten darüber nach, aus welcher Art von Stoff der wohl gemacht wäre, und halb waren sie begierig, seine Herrscherstimme zu vernehmen, und halb fürchteten sie sich davor. Er war aus Konstantinopel, zwölf Meilen flußabwärts – also ein weitgereister Mann, der die Welt kannte. Diese Augen hatten also auf dem Kreisgerichtsgebäude geruht, von dem man sich erzählte, daß es ein richtiges Zinndach hätte! Die ehrfurchtsvolle Scheu, die solche Gedanken erweckte, prägte sich in dem atemlosen Schweigen, in den Reihen starr auf ihn gerichteter Blicke

aus. Das also war er, der große Kreisrichter Thatcher, der Bruder ihres eigenen Bürgermeisters? Sofort trat Jeff Thatcher aus der Bank, um den großen Mann zu begrüßen, und das Flüstern, das ihn umwogte, klang in seinem Herzen wie süße Musik.
»Sieh doch bloß, Jim, sieh doch, er geht wahrhaftig hin! Guck doch nur, er gibt ihm die Hand! – Wirklich, er tut's! Donnerwetter, wenn du jetzt der Jeff wärst, he?«
Nun begann der Vikar »sich zu tun«, indem er mit allen Zeichen offizieller Würde und Geschäftigkeit hin und her rannte, Befehle gab, Lob und Tadel austeilte – wie's gerade kam und wo er nur irgend etwas anbringen konnte. Der Bücherausteiler »tat sich«, indem er mit den Armen voll Büchern umherlief und dabei einen Spektakel vollführte, der ihm zur Dokumentierung der Wichtigkeit seines Amtes unerläßlich schien. Die jungen Lehrerinnen, die in den verschiedenen Abteilungen unterrichteten, »taten sich« gleichfalls. Süß lächelnd neigten sie sich über kleine Schülerinnen, die sie kurz zuvor noch gepufft hatten, hoben lieblich warnende Fingerlein gegen ungezogene Jungens und bedachten die Braven mit zärtlichem Streicheln. Die jungen Lehrer »taten sich«, indem sie ihrer Schülerschar ernste Strafreden hielten als offenkundige Beweise ihrer Autorität und strengen Disziplin. Alle Unterrichtenden beiderlei Geschlechts hatten ganz erstaunlich viel mit dem Bücherwechseln in der Nähe der Kanzel zu tun, und zwar gab es dort so viel Arbeit, daß sie zwei- und dreimal hin- und herlaufen mußten, worüber sie sich gewaltig zu ärgern schienen. Auch die kleinen Mädchen »taten sich«, in den verschiedensten Variationen, und die Jungens »taten sich« mit solchem Eifer, daß die Luft ganz voll war von Papierkugeln und den Geräuschen ausgeteilter Püffe. Und auf all dies sah der große Mann hernieder, ließ sein majestätisches Richterlächeln über das ganze Haus erstrahlen und wärmte sich an der Sonne seiner eigenen Größe, denn er – »tat sich« erst recht.
Etwas fehlte nur, um Mr. Walters' Glück vollkommen zu machen, und dies eine war die Möglichkeit, einen Bibelpreis zu erteilen und eines seiner Wunderkinder glänzen zu lassen. Nur wenige Schüler konnten ein paar gelbe Zettel aufweisen, keiner aber besaß die nötige Anzahl, wovon er sich bei einer Umfrage unter den »Stars« leider überzeugen mußte. Was hätte er dafür gegeben, wenn sein deutscher Junge nur für eine Sekunde seinen normalen Menschenverstand wiedergehabt hätte! Da, im letzten Augenblick, als schon

fast jede Hoffnung geschwunden war, trat Tom Sawyer vor mit neun gelben, neun roten und zehn blauen Zetteln – trat vor und verlangte eine Bibel! Dies wirkte wie ein Blitzschlag aus heiterem Himmel! Der Herr Vikar hätte alles eher erwartet als ein solches Ansinnen aus dieser Sphäre – wenigstens für die nächsten zehn Jahre. Aber die unglaubliche Tatsache war nicht wegzuleugnen – die bestimmte Anzahl von Scheinen war vorhanden, und daran war nicht zu rütteln. Tom wurde also vor den Kreisrichter und die anderen Auserlesenen geführt, und von diesem Ehrenplatz aus wurde das erstaunliche Ereignis verkündet. Es war die verblüffendste Überraschung des Jahrzehnts, und so überwältigend war der Eindruck, daß er den neuen Helden beinahe auf die Höhe des Kreisrichters hob und die Schule nun zwei Weltwunder auf einmal zu bestaunen hatte. Die Jungens verzehrten sich vor Neid; die bittersten Qualen aber litten diejenigen, die nun zu spät einsehen mußten, daß sie selbst zu diesem verhaßten Ruhm beigetragen hatten, indem sie ihre Zettel an Tom für die Reichtümer verschacherten, die er durch den Verkauf seiner Tünchprivilegien aufgehäuft hatte; und sie verachteten sich selbst als die überlisteten Opfer eines elenden Betrügers.

Nun wurde Tom der Preis überreicht mit so viel Salbung, wie der Vikar nur irgend bei einer solchen Gelegenheit anbringen konnte. Aber der richtige Schwung schien ihm dennoch zu fehlen, denn sein Instinkt sagte ihm, daß hier ein Geheimnis verborgen liege, das womöglich das Tageslicht scheuen müsse. Denn es war einfach ein Ding der Unmöglichkeit, daß dieser Junge zweitausend Körner biblischer Weisheit in den Vorratskammern seines Geistes aufgespeichert haben solle – dieser Junge, dessen Fähigkeiten nicht ausgereicht hätten, nur ein Dutzend dieser köstlichen Früchte einzuheimsen. Anny Lorenz war stolz und glücklich und gab sich alle Mühe, Tom dieses in ihren Augen lesen zu lassen, er aber wollte nicht hinsehen. Sie wunderte sich darüber; dann wurde sie unruhig, und schließlich stieg ein leiser Verdacht in ihr auf – verflog – und kam wieder. Sie paßte auf; ein verstohlener Blick, den sie auffing, sagte ihr Welten – und dann brach ihr Herz. In eifersüchtigem Zorn vergoß sie heiße Tränen, und sie haßte die ganze Welt – Tom aber am allermeisten.

Nun wurde Tom dem Kreisrichter vorgestellt, aber die Zunge war ihm wie gelähmt. Er konnte kaum atmen. Sein Herz klopfte, teils

wegen der schwindelerregenden Größe des Mannes, hauptsächlich aber, weil er ihr Vater war. Er hätte anbetend vor ihm niederknien mögen, wenn's nur dunkel gewesen wäre. Der Richter legte die Hand auf Toms Kopf, nannte ihn einen tüchtigen kleinen Mann und fragte, wie er heiße. Der Junge stammelte, stotterte und stieß endlich mühsam hervor: »Tom.« – »O nein, nicht Tom – sondern –« – »Thomas.« – »Ach, so ist's recht, ich dachte doch gleich, es müßte noch etwas fehlen. Du hast aber doch noch einen Namen, meine ich, und den wirst du mir doch auch sagen, nicht wahr?« – »Nenne dem Herrn deinen ganzen Namen«, mahnte der Vikar, »und sage auch ›Herr Kreisrichter‹. Du mußt doch zeigen, daß du weißt, was sich gehört!« – »Thomas Sawyer, Herr Kreisrichter.«

»So ist's recht, so lob' ich mir's. Bist ein prächtiger Bursche! Wirklich ein famoser kleiner Kerl! Zweitausend Bibelsprüche sind eine ganze Masse, wahrhaftig! Aber es wird dich nie gereuen, daß du dir so viel Mühe gegeben hast, sie zu lernen, denn Wissen ist mehr wert als alles andere in der Welt, und nur wer etwas gelernt hat, wird ein guter und großer Mann im Leben. Auch du wirst eines Tages ein guter und großer Mann werden, Thomas, und dann wirst du auf deine Jugend zurückblicken und sagen: ›Das alles verdanke ich den unbezahlbaren Wohltaten, die ich durch die Sonntagsschule genossen, verdanke ich meinen lieben Lehrern, die mich zum Lernen anhielten, dem guten Herrn Vikar, der mich immer anspornte und mir eine wundervolle Bibel schenkte, eine kostbare, elegante Bibel, die ich immer behalten durfte und die mir ganz allein gehörte, und alles, alles verdanke ich meiner guten Erziehung!‹ So wirst du einst sagen, Thomas, und für kein Geld der Welt würdest du dir diese zweitausend Sprüche abkaufen lassen – nein, für kein Geld der Welt! Und jetzt willst du gewiß der Dame hier und mir etwas erzählen von dem, was du gelernt hast – das tust du doch gern, nicht wahr? Denn sieh, wir sind stolz auf kleine Jungens, die etwas wissen. Sicherlich kennst du die Namen von allen zwölf Jüngern des Herrn? Nun sag einmal, wie heißen die zwei, die er zuerst erwählt hat?«

Tom drehte an einem Knopf seiner Jacke und machte ein schafsdummes Gesicht. Er war glühend rot und senkte die Augen. Mr. Walters' Herz sank mit. Ach, er wußte nur zu gut, daß dieser Junge unmöglich die allereinfachste Frage beantworten konnte, warum mußte der Kreisrichter auch gerade an ihn geraten! Dennoch fühlte er sich veranlaßt, ermunternd zu sagen:

»Antworte dem Herrn, Thomas. Du brauchst dich nicht zu fürchten.« Tom wurde röter und röter. »Ich weiß, mir wirst du's sicher sagen«, mischte sich nun auch die Dame ins Gespräch, »also die Namen der beiden ersten Jünger waren –«

»David und Goliath!« – –

Decken wir den Schleier der Verschwiegenheit über den Rest dieser Szene.

Fünftes Kapitel

Gegen halb elf Uhr begann die Glocke der kleinen Kirche zu bimmeln, und zugleich begannen die Leute zur Morgenandacht herbeizuströmen. Die Sonntagsschulkinder zerstreuten sich durch das ganze Haus und suchten die Plätze ihrer Eltern, um unter deren Aufsicht hierzubleiben. Als Tante Polly kam, setzten sich Tom, Sid und Mary neben sie, wobei Tom auf der Seite nächst der Kanzel untergebracht wurde, um so weit wie möglich vom offenen Fenster und der verführerischen Sommerlandschaft draußen entfernt zu sein. Die Andächtigen schritten im Gänsemarsch durch das Kirchenschiff. Der alte gichtbrüchige Postmeister, der Advokat, der Bür-

germeister und seine Frau – denn es gab im Städtchen neben vielen anderen unnützen Dingen auch einen Bürgermeister –, die Witwe Douglas, eine schöne, schmucke, ungemein gutmütige und wohltätige Frau von vierzig Jahren, deren stolzes Haus auf dem Hügel das gastlichste und reichste war, dessen das Städtchen sich rühmen durfte; der Ortsrichter Riverson – und hinter ihm die Schönheit des Dorfes, gefolgt von einer weißgekleideten, bändergeschmückten Schar herzengefährdender Jungfrauen, und danach in einem Haufen sämtliche jungen Angestellten und Schreiber des Städtchens, die, an ihren Stockgriffen knabbernd, in der Vorhalle gestanden hatten, bis das allerletzte Mädchen vor dieser Mauer wohlpomadisierter, süß lächelnder Bewunderer Spießruten gelaufen war. Und zuletzt von allen kam der Musterknabe Willy Mufferson, der seine Mutter mit so behutsamer Sorgfalt am Arm führte, als wäre sie aus geschliffenem Glas. Er brachte sie stets in die Kirche und war der Liebling aller alten Damen, aber die Jungen haßten ihn, denn er war scheußlich brav und wurde ihnen beständig als Vorbild vor die Nase gehalten. Wie jeden Sonntag hing ihm auch heute »zufällig« der Zipfel seines blütenweißen Taschentuches hinten heraus. Tom hatte kein Taschentuch, und jeder Junge, der eins hatte, war in seinen Augen nichts weiter als ein Protz.
Als die Versammlung vollständig war, läutete die Glocke noch einmal zur Mahnung für Nachzügler und Saumselige, und dann senkte sich über die Kirche eine feierliche Stille, die nur unterbrochen ward durch das Kichern und Wispern des Chors auf der Galerie. Der Chor kichert und wispert überall und immer während des Gottesdienstes. Es soll einmal einen Kirchenchor gegeben haben, der sich ruhig verhielt, aber ich habe vergessen, wo es war – es ist schon zu lange her, so daß ich mich kaum noch daran erinnern kann; aber ich meine, es wäre in irgendeinem fremden Lande gewesen.
Und nun sprach der Pfarrer das Gebet. Es war ein gediegenes, ausgiebiges Gebet und ging sehr ins Detail. Es flehte für das Heil der Kirche, für die Kinder der Kirche, für die anderen Kirchen des Städtchens, für das Städtchen selbst, für den Bezirk, für den Staat, für die Behörden, für die Vereinigten Staaten, für die Kirchen der Vereinigten Staaten, für den Kongreß, für den Präsidenten, für die Regierungsbeamten, für die armen Matrosen auf sturmgepeitschter See, für die Millionen von Unterdrückten, die unter dem Joche europäischer Monarchen und orientalischer Despoten schmachten, für

diejenigen, die das Heil empfingen und die gute Botschaft und die dennoch weder Augen haben zu sehen noch Ohren zu hören, für die Heiden auf den weiten Inseln des Meeres – und schloß mit der Bitte, daß seine Worte Gunst und Gnade finden und – gleich der Saat, die in fruchtbare Erde gesenkt ward – eine reiche Ernte des Guten zeitigen möchten. Amen.

Dann folgte Kleiderrascheln, und die stehende Versammlung setzte sich. Der Junge, dessen Geschichte dieses Buch erzählt, hatte keinen großen Genuß von dem Gebet. Er hielt es für das beste, es einfach über sich ergehen zu lassen und gar nicht zuzuhören. Aber da er die regelmäßig wiederkehrende Litanei fast im Schlaf kannte, erfaßte sein Ohr im Nu auch die kleinste Einfügung selbst des unbedeutendsten neuen Gedankens, und über so etwas empörte sich sein ganzes Gemüt, denn er hielt Abweichungen vom Althergebrachten für höchst unnobel und unstatthaft.

Mitten im Gebet setzte sich auf einmal eine Fliege auf die Rückenlehne des Kirchenstuhles vor ihm und erledigte dort ihre Toilette mit so ruhiger Gemächlichkeit, als fühlte sie sich vollkommen sicher. Und sie war es auch. Denn so sehr es Tom auch zwickte, seine Hand auszustrecken, um sie zu erwischen, so traute er sich doch nicht, denn er glaubte, seine Seele würde augenblicklich der ewigen Verdammnis anheimfallen, wenn er etwas Derartiges mitten im Gebet wagte. Aber kaum war der Schlußsatz gesprochen, da krümmte sich auch schon seine Hand und stahl sich vorwärts, und als das Amen ertönte – war die Fliege eine Kriegsgefangene.

Nun las der Pfarrer den Text vor und ließ sich so eintönig über sein Thema aus, daß mehr als ein Kopf immer tiefer herabsank. Er sprach von ewigem Höllenfeuer und Schwefelbränden; und als er dann das Los der zu himmlischer Seligkeit Erkorenen schilderte, hörte ihm nur noch eine so winzig kleine Schar zu, daß deren Erlösung sich kaum verlohnt hätte.

Tom zählte die Seiten, die der Pfarrer umschlug, und nach dem Gottesdienst konnte er stets genau angeben, wieviel es gewesen waren: aber das war auch alles, was er über die Predigt wußte. Diesmal wurde er aber doch auf eine kleine Weile gepackt, und zwar als der Geistliche ein genaues rührendes Bild entwarf von der Wiederauferstehung alles Irdischen im Paradiese, wo Löwe und Lamm nebeneinander ruhen und ein Kind sie am Gängelbande führen würde. Aber alle Belehrung, alle moralischen Betrachtungen und alles Pathos, mit dem das Gemälde vorgeführt wurde, glitten an unserem Helden ab – er dachte nur an das Aufsehen, das der Darsteller einer solchen Glanzrolle bei dem versammelten Publikum erregen würde, und wünschte sich nichts sehnlicher, als dieses Kind sein zu dürfen – wenn der Löwe ein zahmer Löwe wäre.

Bei den nun folgenden trockenen Nutzanwendungen litt er wieder qualvolle Langeweile. Da erinnerte er sich glücklicherweise eines wertvollen Besitzes und holte ihn hervor. Es war ein großer, schwarzer Küchenkäfer mit furchtbaren Kiefern – »Kneifkäfer« nannte ihn Tom –, der in der Zündholzschachtel eingesperrt war. Das erste, was das befreite Tier tat, war, Tom in den Finger zu beißen; unwillkürlich schnellte er den Käfer weg. Er flog ins Seitenschiff, wo er liegenblieb, während der verwundete Finger in Toms Mund verschwand. Der Käfer strampelte hilflos mit den Beinen, unfähig, sich herumzudrehen. Tom sah es und hätte ihn gar zu gern wiedergehabt, aber es war unmöglich, ihn zu erreichen. Auch andere Leute, die ebenfalls der Predigt nicht zuhörten, fanden im Anblick des Käfers eine willkommene Erlösung aus ihrer Langeweile. Plötzlich kam, trübselig und träge, ein vagabundierender Pudel den Mittelweg daher; er schien der Ruhe in der Kirche und der unfreiwilligen Gefangenschaft höchst überdrüssig zu sein und nach Abwechslung zu schmachten. Als er den Käfer erspähte, hob sich sein

müde herabhängender Schwanz voll Spannung in die Höhe. Ha, welche Beute! Er ließ sie nicht aus den Augen, beschnüffelte sie aus sicherer Entfernung, wurde kühner und beschnüffelte sie von nahem; schnappte im Spiel danach und wiederholte diesen lustigen Zeitvertreib, bis er schließlich wieder müde und teilnahmslos wurde. Seine Schnauze neigte sich tiefer und tiefer, und auf einmal hatte der Käfer sich drin festgebissen. Ein scharfes Geheul ertönte, der Kopf des Pudels schnellte in die Höhe, der Käfer flog ein paar Meter weit fort und lag nun wieder hilflos auf dem Rücken. Die zunächstsitzenden Zuschauer stießen sich mit geheimem Vergnügen an, einige Gesichter verschwanden hinter ihren Taschentüchern, und Tom fühlte sich unbändig glücklich. Der Hund sah recht beschämt aus und war es wohl auch, aber in seinem Herzen loderte dennoch Unwillen und ein unbezähmbarer Rachedurst. Er sprang von neuem auf den Käfer los, umkreiste ihn mit tollen Sprüngen und bedrohte ihn abwechselnd mit Zähnen und Pfoten, wobei er so wütend mit dem Kopfe schüttelte, daß die Ohren nur so auf und ab flogen. Aber nach einer Weile wurde es ihm wieder langweilig, er gähnte und seufzte, und da er den Käfer anscheinend ganz vergessen hatte, setzte er sich gerade auf die Stelle, wo er lag. Da – ein durchdringendes Gebell, und der Pudel sprang hilfesuchend auf einen Kirchenstuhl! Das Bellen wurde wütender und der Hund auch – jetzt tanzte er dicht vor dem Altar herum, raste das Kirchenschiff hinunter, sprang an der Tür in die Höhe und heulte, als ob er am Spieß steckte. In immer tollerer Angst drehte er sich wie ein verschwimmender Komet mit Blitzesschnelle im Kreise herum, bis der zum Wahnsinn getriebene Dulder schließlich auf dem Schoß seines Herrn Schutz suchte. Von dort wurde er aus dem Fenster expediert, und die unglücklichen Winseltöne verflüchtigten sich immer mehr, bis sie in der Ferne erstarben.

Inzwischen saß die ganze Versammlung rot vor unterdrücktem Lachen da. Die Predigt ging nur noch sehr abgerissen und stotternd vorwärts, und an Aufmerksamkeit war nicht mehr zu denken, denn selbst die heiligsten Kernsprüche wurden mit mühsam erstickter, höchst unheiliger Heiterkeit aufgenommen, als ob der arme Pfarrer sehr spaßhafte Dinge vorbrächte. Es war eine wahre Erleichterung für die ganze Gemeinde, als der Gottesdienst zu Ende und der Segen gesprochen war.

Tom schlenderte vergnügt heim und dachte, daß man bei einem

Gottesdienst doch ganz nett auf seine Kosten käme, wenn nur ein bißchen für Abwechslung gesorgt würde. Aber eins war ärgerlich: Er hatte nur gewollt, daß der Hund mit seinem Kneifkäfer spielte, ihn mit sich fortschleppen, das hätte er doch wahrhaftig nicht zu tun brauchen!

Sechstes Kapitel

Am Montag erwachte Tom in sehr schlechter Laune. Das war ja eigentlich an jedem Montagmorgen der Fall, denn es fing doch wieder eine neue Woche an voller Plagen und Schulsorgen. Er begann diesen Tag fast immer mit dem Wunsch, es möchte lieber gar keinen Sonntag geben, denn nach einem Feiertag fühlte man die Ketten der Sklaverei nur um so schwerer und drückender.
Er lag und dachte nach. Da fiel ihm auf einmal ein, wie famos es doch wäre, jetzt krank zu sein und nicht in die Schule gehen zu brauchen. Das war ein herrlicher Gedanke! Er untersuchte sein ganzes Körpersystem, aber leider fand sich auch nicht die geringste Störung. Er forschte von neuem. Diesmal glaubte er leise Anzeichen von kolikartigen Schmerzen zu entdecken, die er mit hoffnungsvoller Spannung zärtlich zu beobachten begann, aber ach – sie nahmen mehr und mehr ab und waren bald ganz und gar verschwunden. Also mußte er etwas anderes finden. Und siehe da, schon hatte er etwas. Oben wackelte ein Zahn. Er frohlockte. Schon wollte er als Alarmsignal ein tiefschmerzliches Stöhnen loslassen, als ihm glücklicherweise noch rechtzeitig einfiel, daß diese Krankheit nicht praktisch wäre, denn die Tante würde ihm einfach den Zahn ausreißen, und das tat mächtig weh. Er beschloß daher, den Zahn lieber als Reserve zu benutzen und sich nach etwas anderem umzusehen. Zuerst fiel ihm absolut nichts ein, dann erinnerte er sich, wie der Doktor einmal von einem Mann erzählt hatte, der irgend etwas, Tom wußte nicht mehr genau was, wie Blutvergiftung oder so am Finger bekam, so daß schließlich beinahe die Hand abgenommen werden mußte. Zum Glück hatte sich Tom neulich an seiner Zehe verletzt – das war zu verwerten! So zog er denn den Fuß eiligst unter der Decke hervor, um ihn genau zu untersuchen. Leider kannte er nun die nötigen Symptome nicht, über die er zu jammern hatte, aber probieren wollte er's auf alle Fälle. Und so begann er denn mit viel

Eifer und Temperament zu stöhnen. Sid aber schlief ruhig weiter. Tom stöhnte lauter und meinte auf einmal wirklich, in seiner Zehe Schmerzen zu spüren. Sid rührte sich nicht. Tom keuchte schon vor Anstrengung, er konnte fast nicht mehr. Er ruhte sich ein bißchen aus, holte tief Atem und stieß dann eine ununterbrochene Tonleiter wahrhaft bewundernswert echter Seufzer aus.
Sid schnarchte weiter. Da wurde Tom ärgerlich. »Sid, Sid, Sid!« schrie er und gab ihm einen Stoß. Das wirkte – und nun hub das Stöhnen von neuem an. Sid gähnte, reckte sich, stützte sich knurrend auf seinen Ellbogen und starrte zu Tom hinüber. Der stöhnte gottsjämmerlich. »Was hast du denn, Tom?« rief Sid. Keine Antwort. »Tom, hör doch, was ist denn los?« Und er rüttelte ihn und sah ihm angstvoll ins Gesicht. Tom jammerte: »Ach, Sid, laß los, stoß mich doch nicht so.« – »Ja, was ist denn, Tom? Soll ich Tante rufen?« – »Ach nein, bloß nicht! Es wird schon vorübergehen. Nicht rufen! –« – »Aber ich muß doch, Tom. Stöhn doch bloß nicht so, das ist ja fürchterlich! Wie lange dauert's denn schon?« – »Stundenlang! Autsch! Wackel doch nicht so, Sid, du bringst mich ja um.« – »Warum hast du mich denn nicht schon früher geweckt? Ach, Tom, hör doch bloß auf, es geht einem ja durch Mark und Bein, wenn du so stöhnst. Sag doch nur, wo's dir weh tut?« – »Ich verzeih' dir alles, Sid, was du mir mal getan hast (Stöhnen). Alles, alles, Sid. Wenn ich tot bin –.« – »O Tom, du wirst doch nicht sterben? Nein, das tust du nicht, nicht wahr? Vielleicht –.« – »Ich verzeih' allen Menschen, Sid (tiefes Stöhnen), sag's ihnen nur. Und, Sid, meinen Fensterrahmen und die einäugige Katze, nicht wahr, Sid, die gibst du dem Mädchen, das neulich hier angekommen ist, und sag ihm ...«
Aber Sid war schon in seine Kleider gefahren und verschwunden. Tom hatte nun wirklich Schmerzen, so lebhaft arbeitete seine Phantasie, und sein Stöhnen klang erschreckend echt.
Sid flog die Treppe hinunter und schrie: »Tante Polly, Tante Polly, komm schnell, Tom stirbt.« – »Stirbt?« – »Ja doch, komm doch nur schnell!« – »Ach, Unsinn, wer das glaubt!«
Trotzdem aber stürzte sie die Treppe hinauf, Sid und Mary hinterdrein; und ihr Gesicht war ganz weiß, und ihre Lippen zitterten. Als sie am Bett stand, keuchte sie: »Tom, was gibt's denn, was ist los?« – »Ach, Tante, ich ...« – »Was gibt's denn – sag doch nur, Kind, was fehlt dir?« – »Ach, Tante, ich – ich – meine wehe Zehe tut so

schrecklich weh – ich glaub' – sie – ich glaub' – ich – ich hab' Blutvergiftung!« Die arme alte Tante sank in einen Stuhl, lachte ein bißchen, weinte ein bißchen, tat dann beides zusammen, was ihr so viel Erleichterung schaffte, daß sie wieder Worte fand. »Tom, Bengel, wie hast du mich erschreckt. Jetzt aber genug mit dem Unsinn, und mach, daß du aus dem Bett kommst!«

Das Stöhnen hörte auf, und aller Schmerz war aus der Zehe verschwunden. Ganz kleinlaut meinte Tom: »Wahrhaftig, es war, als wär's 'ne Blutvergiftung, Tante Polly, und es tat so weh, so furchtbar, daß ich gar nicht mal mehr an meinen Zahn dachte.« – »An deinen Zahn? Nanu? Was ist denn mit dem los?« – »Ach, der wackelt und tut fürchterlich weh.« – »Na, schon gut, fang nur nicht wieder an zu stöhnen! Mund auf! Ja, der wackelt wirklich, aber daran stirbst du nicht! Mary, hol mir doch mal 'nen Seidenfaden und 'ne glühende Kohle mit der Feuerzange aus der Küche.« – »Och, bitte, Tanti«, flehte Tom, »nicht rausziehn, er tut ja gar nicht mehr weh, wirklich, ich spür' gar nichts mehr! Bitte nicht, Tanti, ich will ja gar nicht mehr zu Hause bleiben.« – »Nicht zu Hause bleiben? Denk mal an, die Schule wolltest du schwänzen und fischen gehen, nicht wahr? Tom, was soll nur aus dir werden! Da ist man so gut zu dir, und du denkst nur daran, wie du deiner alten Tante das Herz schwermachen kannst mit deinen Schändlichkeiten.«

Mittlerweile waren die zahnärztlichen Marterinstrumente herbeigeschafft worden. Die Tante band ein Ende des Seidenfadens mit einer Schlinge an Toms Zahn, das andere an den Bettpfosten, dann ergriff sie die Feuerzange mit der glühenden Kohle und fuhr damit auf Toms Gesicht los. Ein Ruck – und der Zahn hing baumelnd am Bettpfosten.

Aber jeder Schmerz trägt seine Belohnung in sich. Als Tom nach dem Frühstück zur Schule wanderte, war er ein Gegenstand des Neides für alle Jungens, denn seine neue Zahnlücke befähigte ihn, auf eine ganz neue, noch nie dagewesene Methode auszuspucken. Er hatte einen ganzen Schwarm von Bewunderern hinter sich her, die seinen Leistungen mit Interesse folgten. Und einer, der bis dahin durch einen schlimmen Finger der Mittelpunkt ehrfurchtsvollen Erstaunens gewesen war, fand sich plötzlich ohne Anhänger und all seines Glanzes beraubt. Mit wehem Herzen sah er es, und daher rief er mit einer Verachtung, die er aber durchaus nicht fühlte: »Ist auch was Rechtes, so zu spucken wie Tom Sawyer.« Aber die andern

höhnten: »Saure Trauben!« Und beschämt schlich er davon – ein gestürzter Held.
Dicht vor der Schule begegnete Tom dem jugendlichen Paria des Städtchens, Huckleberry Finn, dem Sohn des berüchtigten Ortstrunkenboldes. Huckleberry war gründlich gehaßt und verabscheut von allen Müttern der Stadt, die ihn fürchteten wie die Pest, weil er nach ihrer Ansicht faul, roh und gesetzlos war und besonders, weil ihre eigenen Jungens ihn so bewunderten und anstaunten und rein versessen waren auf seine verbotene Gesellschaft, ja, sich nichts sehnlicher wünschten, als ihm zu gleichen. Tom war, geradeso wie alle andern anständigen Jungens, von Herzen neidisch auf Huckleberry wegen seiner ungebundenen Existenz; ihm war streng befohlen worden, ja nicht mit ihm zu spielen. Und so spielte er natürlich gewissenhaft mit ihm, wenn sich nur je eine Gelegenheit dazu bot.
Huckleberry steckte immer in alten, abgelegten Kleidern von Erwachsenen, die aussahen, als ob sie niemals neu gewesen wären, und die in Fetzen und Lumpen um ihn herumhingen. Sein Hut war die Ruine einer ehemaligen Kopfbedeckung, deren Krempe durch einen halbmondförmigen Riß vom Hauptteil getrennt war. Sein Rock, wenn er überhaupt einen trug, ging ihm bis auf die Hacken,

und die hinteren Knöpfe saßen etwa in der Gegend der Kniekehlen. Ein einziger einseitiger Träger hielt seine Hosen fest, Hosen, deren umfangreiche hintere Partie leer und sackartig herabhing und sich im Winde blähte, während die ausgefransten Ränder im Straßenschmutz nachschleiften, wenn sie nicht zufällig aufgekrempelt waren. Huckleberry kam und ging, wie es ihm gerade paßte. Er schlief auf Treppenstufen bei schönem Wetter und in leeren Fässern bei schlechtem, er brauchte weder in die Schule zu gehen noch in die Kirche, brauchte keinen als Herrn anzuerkennen und niemandem zu gehorchen. Er konnte schwimmen und fischen gehen, wann und wo er nur wollte, und so lange ausbleiben, wie es ihm beliebte. Niemand verbot ihm, sich mit andern Jungens zu prügeln, und abends wurde er von keinem Menschen ins Bett geschickt. Er war immer der erste Junge, der im Frühling barfuß lief, und der letzte, der sich im Herbst wieder in das dumme Leder bequemte. Zu waschen brauchte er sich nie, zu kämmen auch nicht, ebensowenig frische Wäsche anzuziehen, und fluchen konnte er wundervoll. Mit einem Wort: Alles, was das Leben schön und begehrenswert machte – dieser beneidenswerte Huckleberry besaß es. So dachte und fühlte jeder einzelne der geplagten, von allen Seiten gehemmten »anständigen« Jungens in St. Petersburg.

Tom rief diesen romantischen Helden sofort an: »Hallo, Huckleberry!« – »Tag, Tom, guck mal.« – »Was hast du denn da?« – »'ne tote Katze.« – »Zeig her, Huck. Donnerwetter, wie steif. Famos! Woher hast du sie?« – »Gekauft von 'nem Jungen.« – »Was hast du dafür gegeben?« – »'ne Schweinsblase, die ich im Schlachthaus gefunden hab', und 'n blauen Zettel.« – »Woher hattest du denn den blauen Zettel?« – »Gekauft von Ben Rogers. Für 'n Stock.« – »Du, sag, zu was braucht man tote Katzen, Huck?« – »Zu was? Na, Warzen mit wegzumachen.« – »Och, da weiß ich was viel Besseres dagegen.« – »Du? Wetten, daß es nix Besseres ist! Was is es denn?« – »Faules Wasser.« – »Faules Wasser? Da pfeif' ich drauf!« – »Hast du's vielleicht probiert?« – »Ich nicht, aber Bob Tanner.« – »Wer hat dir das gesagt?« – »Na, er hat's dem Jeff Thatcher gesagt, und Jeff hat's dem Johnny Baker gesagt, und der hat's dem Jim Hollis gesagt, und der hat's Ben Rogers gesagt, und Ben Rogers hat's 'nem alten Nigger, und der hat's mir gesagt. Jetzt weißt du's.« – »So, und was noch? Und ich sag' dir, sie haben alle gelogen, alle miteinander – bis auf den Nigger, den kenn' ich nicht, aber ich hab' auch noch

nie 'n Nigger gesehen, der nicht lügt, oder du? Jetzt aber erzähl, wie hat's der Bob Tanner mit den Warzen gemacht?« – »Na, er nimmt seine Hand und taucht sie in 'nen faulen Baumstumpf, wo Regenwasser drin ist.« – »Am Tag?« – »Ja, natürlich.« – »Mit'm Gesicht nach'm Baum?« – »Ja, ich – ich mein' wenigstens.« – »Sagt er was dazu?« – »Ich weiß nicht genau, ich glaub' nicht.« – »Na ja, da haben wir's. So 'n Schafskopf! Spricht davon, Warzen mit faulem Wasser wegzumachen, und stellt sich so blödsinnig an! Da kann's natürlich nicht die Bohne nützen. Nee, das macht man ganz anders. Da muß man mutterseelenallein in den Wald gehn, bis zu 'nem alten Baumstamm mit Wasser drin, und wenn's Mitternacht ist, dann stellt man sich mit'm Rücken gegen den Stumpf zu, steckt seine Hand rein und sagt:

> Krächzt der Uhu, quakt der Frosch und die Nacht ist schwarz,
> Faules Wasser, faules Wasser zaubert fort die Warz!

Und dann macht man die Augen zu und läuft schnell elf Schritt vorwärts, dreht sich dreimal um sich selbst und geht nach Hause – aber man darf ja kein Wort sprechen, denn wenn man das tut, dann hilft der Zauber nicht.« – »Na ja, das hört sich an, als ob's gut wär'. Aber so hat's der Bob nicht gemacht.« – »Nee, du, da kannst du Gift drauf nehmen, denn der hat doch jetzt noch die meisten Warzen in der ganzen Schule, und er hätt' nicht 'ne einzige mehr, wenn er das mit dem faulen Wasser richtig gemacht hätt'. Ich hab' schon tausend Warzen von meiner Hand weggekriegt. Huck, ich fass' doch immerzu Frösche an, da hab' ich 'ne ganze Masse Warzen an den Händen. Manchmal nehm' ich auch 'ne Bohne.« – »Ja, ja, Bohnen sind gut. Hab's selber schon probiert.« – »Wirklich? Wie machst du's denn?« – »Na, ich nehm' die Bohne, schneid' sie mittendurch in zwei Stücke, und dann ritz' ich die Warze, bis Blut rauskommt, laß es auf'n Stück Bohne tröpfeln, und das vergrab' ich bei Vollmond an 'nem Kreuzweg. Das andere Stück verbrenn' ich, und dann, weißt du, zieht die eine Hälfte von der Bohne, wo's Blut drauf ist, die andere Hälfte nach. Und 's dauert gar nicht lange, und die Warze ist weg.« – »Ja, so ist's richtig, Huck, so mach' ich's auch. Aber wenn du beim Vergraben sagst:

Blut'ge Bohne in dem Grab,
Mach, daß fällt die Warze ab!

dann hilft's noch besser. So macht's Joe Harper, und der war schon beinah in Cronville und fast überall. Aber sag, wie macht man's mit den toten Katzen?« – »Ganz einfach! Man nimmt 'ne tote Katze und geht um Mitternacht auf'n Kirchhof, wo'n Verbrecher begraben ist. Und wenn's zwölf schlägt, dann kommt der Teufel, manchmal auch zwei oder drei, und holt den Verbrecher. Sehn kann man ihn aber nicht, man hört nur so was wie Wind, und 's klingt, als ob jemand spricht. Und wenn sie'n dann wegholen, dann schmeißt man die Katze hinterher und ruft:

Teufel hinterm Leichnam her,
Katze hinterm Teufel her,
Warze hinter Katze her,
Seh' von allen drei'n nichts mehr!

Ich sag' dir, das vertreibt dir jede Warze.« – »Läßt sich hören. Hast du's schon mal versucht, Huck?« – »Nee, aber Mutter Hopkins hat mir's gesagt.« – »Na, dann kann man's glauben, sie soll ja 'ne Hexe sein.« – »Soll sein? Sie ist es, Tom, ich weiß es ganz genau! Sie hat meinen Alten behext, er hat's selber gesagt. Wie er mal an ihr vorbeigegangen ist, da hat er gerade gesehn, wie sie ihn behext hat. Da nahm er 'n Stein auf und schmiß nach ihr, und 's war ihr Glück, daß sie sich gebückt hat. Na, und in der Nacht drauf, da ist mein Alter von 'nem Schuppen runtergerollt, wo er geschlafen hat, als er wieder mal besoffen war, und hat den Arm gebrochen.« – »Puh, das ist ja gräßlich. Woher wußte er aber, daß sie ihn behext hat?« – »Woher? Na, das weiß man doch! Mein Alter sagt, wenn sie einen so fest angucken, dann hexen sie, besonders, wenn sie noch so was dazu brummeln. Denn wenn sie brummeln, dann sagen sie das Vaterunser rückwärts.« – »Du, Hucky, wann willst du denn das mit der Katze probieren?« – »Heut nacht. Ich mein', heut kommen sie und holen den alten Hoß Williams.« – »Der ist aber schon am Sonnabend begraben worden, Huck. Warum haben sie ihn denn da nicht schon geholt?« – »Wie kannst du bloß so reden! Wären sie vielleicht fertig geworden bis Mitternacht? Und Sonnabendmitternacht ist doch schon Sonntag! Hast du dein Lebtag schon mal gehört, daß sich 'n Teufel am Sonntag auf die Erde traut?« – »Ach ja, natürlich – daran hab' ich gar nicht gedacht. Du, laß mich mitgehn.« – »Meinetwegen, wenn du keine Bange hast« – »Bange? Na, das wär' noch schöner. Nicht wahr, du miaust vor meinem Fenster?« – »Ja, und du miaust auch, wenn du fortkannst. Voriges Mal hast du mich aber verdammt lange miauen lassen. So lange, bis der alte Hays Steine nach mir geworfen und mächtig auf das verteufelte Katervieh geflucht hat. Dem hab' ich aber nicht schlecht 's Fenster eingeschmissen! Daß du aber nix verrätst!« – »I wo! Weißt du, damals konnt' ich nicht miauen, weil meine Tante so eklig aufpaßte, aber heut miau ich bestimmt. Was hast du denn da, Huck?« – »Och, nur 'ne Blattwanze.« – »Au, woher hast du die?« – »Von 'nem Baum.« – »Was willst du dafür haben?« – »Ich – ich weiß nicht – ich will sie gar nicht verkaufen.« – »Na ja, 's ist ja auch man bloß 'ne ganz lumpige kleine Wanze.« – »Du, das kann jeder, 'ne Wanze runtermachen, die ihm nicht gehört. Mir ist sie gerade recht. Mir gefällt sie so, wie sie ist.« – »Pah, solche Wanzen gibt's 'ne Masse! Wenn ich wollt', könnt' ich tausend kriegen.« – »Na, warum willst du denn nicht? Du weißt schon, warum, he? Das hier ist 'ne ganz seltne Wanze, denn 's ist noch viel zu früh für Baumwanzen, und 's ist die erste, die ich überhaupt dies Jahr gesehen hab'.« – »Hör, Hucky, ich geb' dir meinen Zahn dafür.« – »Erst sehen.«

Tom zog ein Stückchen Papier hervor, wickelte es sorgfältig auf, und Huckleberry schaute mit großer Sachkenntnis hinein. Die Versuchung war groß. Schließlich fragte er: »Ist er echt?« Tom öffnete den Mund und zeigte die Zahnlücke. »Also gut«, meinte Huck, »soll'n Geschäft sein!« Tom verschloß die Wanze vorsichtig in die kleine Schachtel, die vorher dem »Kneifkäfer« als Gefängnis gedient hatte; Huck nahm den Zahn in Empfang, und beide trennten sich in dem Gefühl, nunmehr erheblich reicher zu sein als zuvor.
Als Tom zu dem kleinen, abseits gelegenen Schulhaus kam, schritt er so schnell durch die Tür, als hätte er seinen Schulweg mit gebührender Eilfertigkeit zurückgelegt. Hastig hängte er seine Kappe an den Nagel und setzte sich selbst mit geschäftigem Eifer auf die Bank. Hoch oben hinter dem Katheder thronte der Lehrer auf einem hochlehnigen Rohrsessel: das eintönige Summen der lernenden Kinder hatte ihn schläfrig gemacht, und er war gerade ein bißchen eingenickt. Die Unterbrechung weckte ihn auf.
»Thomas Sawyer!« O weh, der unverkürzt aufgerufene Name bedeutete nichts Gutes. »Herr Lehrer!« – »Komm mal vor! Nun, mein Herr, warum kommst du wieder einmal wie gewöhnlich zu spät?« Gerade wollte Tom seine Zuflucht zu einer Lüge nehmen, als er zwei lange blanke Zöpfe bemerkte, die an einem Rücken niederbaumelten, den er sofort mit dem geheimnisvollen Instinkt der Liebe erkannte, und neben der dazugehörigen Gestalt war der einzige leere Platz auf der Mädchenseite. Schnell sagte er daher: »Ich mußte noch etwas mit Huckleberry Finn besprechen.« Dem Lehrer stockte der Atem. Hilflos starrte er um sich. Das Summen der Lernenden verstummte, die Schüler trauten ihren Ohren nicht und meinten, der unverschämte Kerl hätte zum mindesten den Verstand verloren. Endlich fand der Lehrer wieder Worte: »Was – was mußtest du?« – »Noch etwas mit Huckleberry Finn besprechen«, wiederholte Tom. Diese Worte ließen kein Mißverständnis zu. »Thomas Sawyer, dies ist die unverschämteste Bemerkung, die mir je vorgekommen ist, und nur die Rute kann gebührend darauf antworten. Jacke runter!« Und nun vollzog sich das Strafgericht, bis des Lehrers Arm erlahmte und die Zweige der Rute sich erheblich vermindert hatten. Alsdann erklang der Befehl: »So, und nun setz dich zur Strafe zu den Mädchen, und laß dir das 'ne Warnung sein fürs nächstemal!« War es das Kichern, das die Klasse durchlief, weshalb der Junge so verlegen aussah? O nein, es war die ehrfurchtsvolle Scheu vor seiner

unbekannten Angebeteten und die tiefe Wonne, ihre göttliche Nähe zu genießen, die ihn verwirrten. Behutsam ließ er sich ganz am äußersten Ende der Bank nieder, während das Mädchen mit einem verächtlichen Zurückwerfen des Kopfes von ihm fortrückte. Das Flüstern, Tuscheln und bedeutungsvolle Anstarren des bestraften Sünders dauerte noch eine Weile fort, aber Tom schien keine Notiz davon zu nehmen. Still saß er da, hatte die Arme aufs Pult gelegt und schien völlig mit seinem geöffneten Buch beschäftigt. Nach und nach wandte sich die allgemeine Aufmerksamkeit von ihm ab, und das gewohnte Summen der Schule erfüllte wieder die schwere Luft. Nun begann Tom verstohlene Blicke zur Seite zu werfen. Das Mädchen bemerkte es, zog ein Mäulchen und ließ ihn eine ganze Minute ihren Rücken bewundern. Als sie sich langsam wieder umwandte, lag ein Pfirsich vor ihr. Sie stieß ihn weg, aber Tom legte ihn liebenswürdig wieder hin. Da gab sie ihm von neuem einen Stoß, doch schon mit geringerer Heftigkeit. Geduldig schob Tom ihn zum drittenmal an ihren Platz, und da ließ sie ihn liegen. Jetzt kritzelte Tom auf seine Tafel: »Bitte, nimm ihn, ich hab' noch welche.« Das Mädchen blinzelte auf die Worte, blieb aber unbeweglich. Nun begann der Junge etwas auf seine Tafel zu zeichnen, das er mit der linken Hand sorgsam verdeckte. Eine Zeitlang schien sie sich nicht darum zu kümmern, aber bald begann sich ihre mädchenhafte Neugier zu regen und offenbarte sich in allerlei kaum bemerkbaren Zeichen. Tom arbeitete weiter, anscheinend ganz vertieft, während das Mädchen möglichst unauffällige Versuche machte, einen Blick auf die Zeichnung zu werfen; der Junge aber verriet mit keiner Miene, daß er etwas davon merkte. Schließlich konnte sie es nicht mehr aushalten, und zögernd flüsterte sie: »Du, zeig doch mal.« Tom enthüllte sofort das jämmerliche Zerrbild eines Hauses mit zwei windschiefen Giebeln, aus dessen Schornstein sich ein korkzieherförmiges Rauchwölkchen erhob. Das Interesse des Mädchens wurde immer lebhafter, und im selbstvergessenen Eifer folgte sie der Vollendung des Meisterwerks. Als es fertig war, betrachtete sie es und flüsterte: »Ach, wie reizend – jetzt noch 'n Mann!« Der Künstler pflanzte unverzüglich einen Mann in den Vordergrund, lang wie ein Mastbaum, der mit einem einzigen Schritt über das Haus hätte hinwegsteigen können. Aber die Kleine war nicht kritisch, das Ungetüm fand ihren Beifall, und sie wisperte: »Famoser Mann! Nun male mich – wie ich daherkomm'.« Tom zog eine Ellipse, auf die er ein kreisrundes Vollmondgesicht setzte und der er vier dünne Striche als Arme und Beine anfügte. Die gespreizten Finger bewaffnete er mit einem mächtigen Fächer. Das Modell meinte: »Nein, wie entzückend! Ach, wenn ich doch auch so zeichnen könnte!« – »Es ist ganz leicht«, flüsterte Tom, »ich will's dir zeigen.« – »Au ja, wann?« – »In der Mittagspause? Gehst du zum Essen heim?« – »Wenn du willst, bleib' ich da.« – »Gut. Wie heißt du denn?« – »Becky Thatcher. Und du? Ach so, ich weiß ja, Thomas Sawyer.« – »So heiß' ich bloß, wenn ich was ausgefressen hab', sonst heiß' ich Tom. Du sagst Tom zu mir, nicht wahr?« – »Ja.«

Jetzt fing Tom an, etwas auf die Tafel zu kritzeln, das er wieder mit der linken Hand zuhielt. Diesmal war sie nicht spröde und wollte es gleich sehen. Aber Tom sagte: »Oh, es ist nix.« – »Doch, 's ist was.« – »Nein, nein. Du brauchst es nicht zu wissen.« – »Doch, bitte, laß mich's sehn.« – »Du wirst's weitersagen.« – »Nein, das werd' ich nicht, wirklich und wahrhaftig nicht.« – »Willst du's auch keinem Menschen erzählen? Solange du lebst nicht?« – »Nein, nie im Leben! Niemand! Nun zeig's aber auch.« – »Ach, es ist wirklich besser, du siehst's nicht.« – »So, jetzt muß ich's aber sehen!« und sie legte ihre Hand auf die seine, worauf sich ein kleiner Kampf entspann.

Tom tat, als wehre er sich im Ernst. Nach und nach zog er aber seine Hand so weit zurück, daß die Worte sichtbar wurden: Ich liebe dich! »Frecher Kerl!« Und sie gab ihm einen Klaps auf die Hand, wurde rot, schien aber nicht allzu böse zu sein. In diesem entscheidenden Augenblick fühlte Tom plötzlich einen schicksalsschweren Griff an seinem Ohr und eine unwiderstehlich emporziehende Gewalt. Von der gleichen Gewalt wurde er durch die Klasse gezerrt und unter dem Kreuzfeuer von Spott und Gelächter auf seinen eige-

nen Platz befördert. Während einiger schrecklicher Augenblicke stand der Lehrer neben ihm, schweigend wie ein lebendiger Vorwurf, und ohne ein Wort zog er sich wieder auf seinen Thron zurück. Aber wenn auch Toms Ohr brannte, sein Herz jubilierte.
Als die Klasse sich wieder beruhigt hatte, machte Tom einen ehrenwerten Versuch zu arbeiten, aber der Aufruhr in seinem Innern war zu heftig. In der Lesestunde brachte er nur eine jämmerliche Stümperei zutage, und in der Geographiestunde verwandelte er Seen in Berge, Berge in Flüsse und Flüsse in Erdteile, bis das Chaos wieder über die Erde hereingebrochen zu sein schien; und in der Orthographie, dem einzigen Fach, in dem er etwas leistete, machte er bei den kinderleichtesten Worten so tolle Fehler, daß er die bleierne Verdienstmedaille, die er seit Monaten mit so viel Stolz trug, einer würdigeren Brust überliefern mußte.

Siebentes Kapitel

Je eifriger Tom sich bemühte, seine Gedanken auf das Buch zu richten, um so mehr schweiften sie in die Ferne. So gab er es denn schließlich mit Seufzen und Gähnen auf. Heut schien's überhaupt nicht mehr Mittag werden zu wollen. Die Luft war ganz still, nicht der kleinste Hauch bewegte sich. Es war der schläfrigste aller schläfrigen Tage. Das eintönige Gemurmel der fünfundzwanzig lernenden Schüler umspann die Seele mit demselben einschläfernden Zauber, der in dem Summen der Bienen liegt. Weit hinten erhob sich das Hügelland mit seinen mattgrünen Hängen, die der heiße Sonnendunst in die violetten Purpurschleier der Ferne tauchte; ein paar Vögel schwebten auf trägen Schwingen hoch in der Luft, sonst war kein lebendes Wesen zu erblicken, außer einigen Kühen – und die waren eingeschlafen.
Toms Herz lechzte nach Freiheit oder doch wenigstens nach irgend etwas Interessantem, das ihm die unerträgliche Langeweile vertreiben konnte. Da fuhr seine Hand zufällig in die Tasche, und ein Strahl dankbarer Freude erhellte sein Antlitz. Er war an die kleine Schachtel mit der Baumwanze geraten. Das Tier wurde befreit und aufs Pult gesetzt. Die arme Kreatur erschauerte in diesem Augenblick wohl gleichfalls in tiefster Dankbarkeit, aber ihre Freude kam verfrüht, denn kaum hatte sie sich jubelnden Herzens in Trab ge-

setzt, um ihre Freiheit zu genießen, als das grausame Schicksal in Gestalt einer Stecknadel in Toms Hand sie zur Seite schubste und sie zwang, ihre Laufrichtung zu ändern.

Toms Busenfreund saß neben ihm, und da er unter demselben Leiden schmachtete, unter dem Tom soeben noch geseufzt, nahm die lockende Unterhaltung sofort sein dankbarstes Interesse in Anspruch. Dieser Busenfreund war Joe Harper. Die beiden waren während der ganzen Woche geschworene Verbündete, nur am Sonnabend standen sie sich als Feinde auf dem Schlachtfelde gegenüber. Schnell zog Joe ebenfalls eine Stecknadel aus seinem Rockaufschlag und machte sich sofort mit Eifer daran, beim Einexerzieren der gefangenen Wanze sachgemäße Hilfe zu leisten. Der Sport wurde von Minute zu Minute fesselnder, bis Tom meinte, daß sie sich gegenseitig immer ins Gehege kämen und dadurch eigentlich keiner an der Wanze so richtig sein Vergnügen hätte. So nahm er denn Joes Tafel vom Pult und zog durch deren Mitte einen dicken Strich. »So«, sagte er, »paß mal auf. Solange die Wanze auf deiner Seite ist, darfst du sie treiben, und ich lass' sie in Ruh. Wenn sie aber wieder von dir wegläuft und zu mir rüberkommt, dann darfst du sie nicht anrühren, bis sie mir wieder durchbrennt. Verstanden?« – »Au ja, man los! Gib ihr 'n Schubs.« – Sofort entwischte die Wanze von Toms Gebiet und überschritt den Äquator. Nun quälte sie Joe eine Weile, bis sie wieder auf Toms Seite zurückkroch. So wurde das Manöverfeld fortwährend verlegt, und während der eine mit glühendem Eifer die unglückselige Wanze marterte, schaute der andere mit ebenso glühendem Interesse zu. Die beiden Köpfe beugten sich, dicht aneinandergedrängt, tief über die Tafel, und die beiden Seelen schienen für alle anderen Dinge dieser Welt abgestorben. Endlich entschied sich das launenhafte Glück für Joe. Die Wanze versuchte auf allen möglichen Wegen zu entwischen und wurde ebenso hitzig und aufgeregt wie die Jungen selber. Aber immer gerade, wenn Tom den Sieg schon sozusagen in Händen hielt und seine Finger vor Begier, einzugreifen, juckten und zappelten, trieb Joes Nadel die Wanze jedesmal zu sich zurück und wahrte den köstlichen Besitz. Endlich konnte es Tom nicht länger ertragen, die Versuchung war zu groß – er streckte die Hand aus und half mit seiner Nadel ein bißchen nach. Da wurde aber Joe wütend und rief: »Du, laß das!« – »Ich will sie auch mal wieder 'n bißchen haben, Joe.« – »So, das gibt's nicht! Du hast sie nicht anzufassen.« – »Zum

Kuckuck noch mal, du hast sie ja jetzt schon 'ne ganze Ewigkeit.« – »Laß sie zufrieden, sag' ich dir.« – »Nein, nun gerade nicht!« – »Du mußt! Die Wanze ist auf meiner Seite.« – »Hör mal, Joe Harper – wem gehört die Wanze eigentlich?« – »Ist mir ganz schnuppe – sie ist auf meiner Seite, und da hast du sie nicht anzurühren.« – »Soooo? Wetten, daß ich's doch tu? Die Wanze gehört mir, und ich kann mit ihr machen, was ich will. Her damit, sag' ich, sonst, zum Donnerwetter...«

Da sauste plötzlich ein saftiger Hieb auf Toms Schulter hernieder, ein Zwillingsbruder von ihm traf Joes Rücken, und zwei Minuten lang flog zum unendlichen Ergötzen der ganzen Klasse der Staub in einer mächtigen Wolke aus ihren beiden Jacken. Die beiden Sünder waren viel zu vertieft gewesen, um die verhängnisvolle Stille, die sich über die Klasse gelagert hatte, zu bemerken, als der Lehrer auf den Fußspitzen durch das Zimmer geschlichen und hinter ihnen stehengeblieben war. Er hatte eine gute Weile die Auseinandersetzung mit angehört, ehe er sich entschloß, seinen Teil zur Erhöhung der Abwechslung beizutragen.

Als die Mittagspause endlich kam, lief Tom auf Becky Thatcher zu und flüsterte ihr ins Ohr: »Setz deinen Hut auf und mach so, als ob du nach Hause gingst, und wenn du an der Ecke bist, dann laß die andern laufen und komm den Heckenweg zurück. Ich mach's ebenso.« Die beiden gingen also jeder mit einem Haufen von Schulkindern davon, um sich kurz darauf am Ende des Heckenwegs wieder zu treffen. Als sie dann miteinander die Klasse betraten, gehörte sie ihnen ganz allein. Sie setzten sich nebeneinander, nahmen eine Tafel vor, und Tom gab Becky den Griffel, führte ihre Hand sorgsam mit der seinen und schuf ein neues erstaunliches Wunder von Haus. Als das Interesse an der Kunst etwas zu versiegen begann, kamen sie ins Plaudern. Tom schwamm in Wonne. »Magst du Ratten gern?« fragte er. – »Pfui, die kann ich nicht ausstehen.« – »Na ja, ich auch nicht – lebendige wenigstens. Aber tote, mein' ich, die man mit 'ner Schnur um den Kopf schwingen kann?« – »Nee, ich mach' mir überhaupt nicht viel aus Ratten, ob sie tot oder lebendig sind. Was ich gern hab', ist Kaugummi.« – »Ja, das glaub' ich.« – »Ich wollt', ich hätt' welchen.« – »Wirklich? Ich hab' einen. Da darfst 'n bißchen dran lutschen, mußt ihn mir aber wiedergeben.« Das war ein annehmbarer Vorschlag, und so lutschten sie denn abwechselnd und baumelten im Übermaß wonnigen Behagens mit den

Beinen gegen die Bank. »Warst du schon mal im Zirkus?« fragte Tom. – »Ja, und mein Papa sagt, ich darf wieder hin, wenn ich artig bin.« – »Och, ich war schon drei- oder viermal dort – mächtig oft! Ich find', die Kirche ist 'n Dreck gegen 'n Zirkus! Was da bloß immer alles los ist! Wenn ich groß bin, werde ich Zirkusclown.« – »Oh, wie reizend! Die sind immer so schön bunt angezogen.« – »Ja, ja, und sie verdienen 'n Haufen Geld – beinah 'n Dollar im Tag, meint Ben Rogers. Sag, Becky, warst du eigentlich schon mal verlobt?« – »Was ist denn das?« – »Na, verlobt – wenn man sich heiraten will.« – »Nee – nie.« – »Möchtest du gern mal?« – »Hm, ja – ich weiß nicht. Wie macht man denn das?« – »Wie man das macht? Och, ganz einfach! Du brauchst bloß 'nem Jungen zu sagen, du willst keinen andern haben als ihn, nie und nie und nie, und dann küßt du ihn, und die Geschichte ist fertig. Das kann doch 'n Baby – nicht?« – »Küssen? Wozu denn?« – »Ja, das muß man, weißt du – weil – weil, na, weil sie's eben alle tun, das gehört dazu.« – »Alle?« –

»Na ja, natürlich. Alle, die ineinander verliebt sind. Weißt du nicht mehr, was ich dir auf die Tafel geschrieben hab'?« – »Ja – ja.« – »Was war's denn?« – »Ich sag's nicht.« – »Soll ich's dir sagen?« – »Hm – ja – aber 'n andermal.« – »Nein, jetzt.« – »Nein, jetzt nicht – morgen.« – »Och nein, jetzt, bitte, Becky, ich sag' dir's auch ganz leise ins Ohr, so leise, wie ich nur kann.« –

Da Becky zögerte, nahm Tom ihr Schweigen für Zustimmung, schlang den Arm um ihre Schulter, legte den Mund dicht an ihr Ohr und flüsterte ganz leise die alte, uralte Zauberformel hinein. Dann sagte er ermunternd: »Jetzt bist du dran, nun mußt du's sagen – ganz dasselbe.« Sie wehrte sich eine Weile und bat dann: »Aber du mußt das Gesicht wegdrehen, daß du mich nicht siehst, dann sag' ich's. Und du darfst's keinem Menschen erzählen, nicht wahr, Tom, das versprichst du mir?« – »Nie im Leben, Becky, auf mein Ehrenwort nicht.« – »Na –?« Er wandte den Kopf ab, sie beugte sich schüchtern zu ihm, bis ihr Atem seine Backe streifte und seine Lokken bewegte, und flüsterte: »Ich – liebe – dich.«

Dann sprang sie auf, rannte wie gejagt um Bänke und Tische, Tom immer hinterdrein. Schließlich flüchtete sie sich in eine Ecke und drückte ihr Gesicht tief in ihre weiße Schürze. Tom schlang die Arme fest um ihren Hals und bat: »Sei still, Becky, jetzt ist's ja beinahe vorbei – nur noch der Kuß. Brauchst keine Angst davor zu haben, es ist wirklich nix. Bitte, Becky.« Er zerrte an der Schürze, und allmählich gab sie nach und ließ die Hände sinken. Ihr Gesicht, das ganz rot und erhitzt war, kam zum Vorschein und unterwarf sich willenlos der Prozedur. Tom küßte ihre roten Lippen und sagte: »So, nun ist alles fertig, Becky. Und von jetzt an darfst du keinen andern lieben wie mich und gar keinen andern heiraten, niemals, in alle Ewigkeit nicht, verstehst du?« – »Nein, ich will nie 'n andern heiraten. Aber du darfst auch nie 'ne andre heiraten als mich.« – »Ja, natürlich, das gehört dazu. Und immer, wenn wir zur Schule gehen oder nach Hause, da mußt du mit mir gehn, wenn's niemand sieht; und beim Spielen nehm' ich dich immer dran, und du mich – so macht man's, wenn man verlobt ist.« – »Au ja, das ist fein, davon hab' ich noch nie was gehört.« – »Oh, ich sag' dir, es ist ganz famos! Ich und Anny Lorenz –« Große erschreckte Augen sahen Tom an und verrieten ihm seinen Mißgriff. Verwirrt hielt er inne. »Oh, Tom, ich bin also nicht die erste, mit der du verlobt bist?« Sie schluchzte. »Wein doch nicht, Becky«, tröstete Tom, »ich mach' mir nicht die

Bohne mehr aus ihr.« – »Doch, Tom, doch, du weißt ja selbst, daß du dir noch was aus ihr machst.«
Tom versuchte den Arm um ihren Hals zu legen, aber sie stieß ihn fort, drehte das Gesicht nach der Wand und weinte herzzerbrechend. Tom probierte es noch einmal mit gütlich zuredenden Worten, wurde jedoch abermals zurückgewiesen. Da regte sich sein Stolz, stumm schritt er zur Tür und ging hinaus. Draußen drückte er sich eine Weile unruhig und unbehaglich herum und schielte beständig nach der Tür, in der Hoffnung, daß sie bereuen und nachkommen würde. Aber sie kam nicht. Da wurde er weich und dachte, das Unrecht läge vielleicht doch auf seiner Seite. Es kostete ihn zwar einen harten Kampf, den ersten Schritt zu tun, aber er wappnete sich schließlich mit seinem ganzen Mannesmut und ging hinein. Becky stand noch immer hinten in ihrem Winkel, das Gesicht gegen die Wand gepreßt, und schluchzte. Toms Herz krampfte sich zusammen. Er trat zu ihr und war einen Augenblick ratlos, wie er anfangen sollte. Endlich stieß er zögernd hervor: »Becky – ich – ich will wahrhaftig von keiner was wissen als von dir.« Keine Antwort – nichts als Schluchzen. »Becky«, flehte er, »Becky, sag doch was!« Immer heftigeres Schluchzen. Da kramte Tom sein kostbarstes Kleinod aus seiner Tasche hervor – den blanken Messingknopf einer alten Herdstange. Den hielt er ihr vor die Augen und sagte in einschmeichelndem Ton: »Guck mal, Becky, willst du den haben?« Sie aber schlug ihm das Kleinod, ohne es eines Blickes zu würdigen, aus der Hand. Das war zuviel. Wortlos wandte er sich und schritt aus dem Hause. Draußen lief er, was er konnte, immer weiter den Hügeln zu, ganz weit weg, um für diesen Tag nicht mehr in die Schule zurückzukehren. Nun aber wurde es Becky klar, was sie sich verscherzt hatte. Sie rannte nach der Tür, er war nirgends zu sehen, sie flog auf den Hof, aber auch dort war er nicht. »Tom, komm doch, Tom!« rief sie, so laut sie konnte. Atemlos lauschte sie, aber es kam keine Antwort – ringsum war Schweigen und Einsamkeit. So blieb ihr nichts anderes übrig, als von neuem zu weinen, aber als dann die Schüler zu den Nachmittagsstunden herbeikamen, mußte sie ihren Kummer verbergen, ihr gebrochenes Herz zur Ruhe bringen und das Kreuz eines unendlich langen, trübseligen Nachmittags auf sich nehmen, ohne unter all den Fremden um sie her auch nur eine fühlende Brust zu finden, die ihren Schmerz mit ihr hätte teilen können.

Achtes Kapitel

Tom schlich im Zickzack durch die Gassen, bis er außer Sehweite der in die Schule pilgernden Kinder war; dann setzte er sich in Trab, kreuzte zwei- oder dreimal einen kleinen Bach, da wiederholtes Überschreiten von Wasser nach dem Aberglauben der Jungens ein probates Mittel sein sollte, sich jeder Verfolgung sicher zu entziehen. Eine halbe Stunde später war er hinter dem Haus der Witwe Douglas oben auf dem Hügel verschwunden, und die Schule lag kaum noch sichtbar im Tale unter ihm. Er kam in einen dichten Wald, bahnte sich mühsam einen Weg durch das Dickicht und warf sich unter einer breitästigen Eiche ins weiche Moos. Kein Lüftchen regte sich, die brütende Mittagsglut hatte selbst den Gesang der Vögel verstummen lassen. Die ganze Natur lag im Schlaf, nur das gelegentliche, wie aus weiter Ferne ertönende Klopfen eines Spechtes unterbrach die lautlose Stille und schien das Schweigen ringsum und die Einsamkeit nur noch tiefer zu machen. Toms Seele war

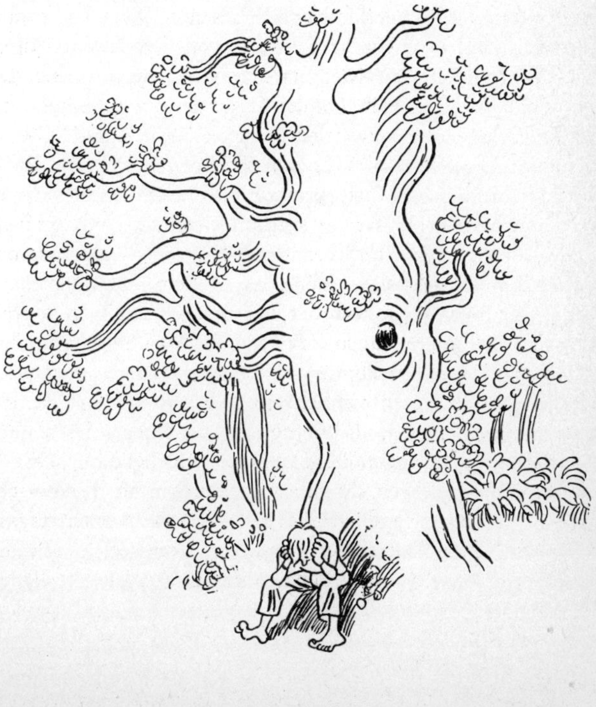

förmlich in Melancholie getaucht, und seine Gefühle standen ganz im Einklang mit seiner Umgebung. Lange saß er, die Ellbogen auf die Knie gestemmt, das Gesicht in den Händen, und dachte nach. Ihm schien es, als sei das Leben im besten Falle eine Last, und er beneidete beinahe den Tommy Hodges, der kürzlich von dieser Bürde erlöst worden war. Es mußte schön sein, so friedlich da drunten zu liegen, zu schlafen und zu träumen – immer und immer –, während der Wind in den Bäumen spielt und die Blumen und Gräser liebkost, die auf dem Grabe stehen. Wenn er nur ein anständiges Sonntagsschulzeugnis gehabt hätte, wie gern hätte er dieser elenden Welt für immer Lebewohl gesagt! O dieses Mädchen! Was hat er ihr denn eigentlich getan? Gar nichts. Er hatte es doch so gut gemeint und war behandelt worden wie ein Hund – ja, wahrhaftig, wie ein Hund! Aber sie würde es schon eines Tages bereuen – wenn es zu spät sein würde. Ach, wenn er doch tot sein könnte, für einige Zeit wenigstens.

Aber der elastische Sinn der Jugend läßt sich nicht lange niederdrücken. Ganz unmerklich glitt sein Geist wieder zu den Angelegenheiten dieses irdischen Jammertales zurück. Wie, wenn er allem den Rücken kehrte und ganz geheimnisvoll verschwände? Oder wenn er davonginge, weit, weit fort, in fremde Länder, übers Meer, und nie, nie wiederkäme? Was würde sie dann wohl sagen? Der Gedanke, Zirkusclown zu werden, stieg wieder in ihm auf, aber er wies ihn mit Abscheu zurück. Possen und Späße und bunte Trikots waren jetzt förmlich eine Beleidigung für sein Gemüt, das sich nach den weiten, hehren Höhen der Romantik sehnte. Nein, er wollte Soldat werden, nach langen Jahren zurückkehren – schlachtenmüde und mit Ruhm bedeckt. Oder, noch besser – er wollte unter die Indianer gehen, Büffel jagen, auf Kriegspfaden schleichen in den öden Bergen und den unermeßlichen Prärien des Wilden Westens und dann einmal als großer Häuptling, mit bunten Federn geschmückt, scheußlich bemalt, zurückkehren und an einem schläfrigen Sommermorgen mit einem Kriegsgeschrei, das das Blut erstarren macht, in die Sonntagsschule einbrechen! Au, wie würden dann seine Kameraden gucken und vergehen vor unstillbarem Neid. Aber nein, es gab noch etwas Größeres! Ein Pirat wollte er werden! Jawohl! Jetzt erst lag seine Zukunft klar vor ihm, strahlend in unsagbar blendendem Glanze. Wie würde sein Name die Welt erfüllen und die Menschheit erschauern lassen! Wie glorreich würde er auf sei-

nem stolzen kohlschwarzen Dreimaster »Sturmesadler« die schäumenden Wellen durchqueren, mit der düsteren Flagge am Bug, ein dräuendes Zeichen auf allen Meeren. Und dann, auf dem Gipfel seines Ruhmes angelangt – wie wollte er plötzlich in dem alten Städtchen erscheinen und in die Kirche treten, gebräunt und verwettert, mit seinem schwarzen Samtwams und den weiten Pluderhosen, mit hohen Stulpenstiefeln und purpurroter Schärpe, mit dem Gürtel und den Schlapphut mit wallenden Federn besteckt – und dann voller Reiterpistolen, das blutgewohnte Schwert an der Seite, würde er die schwarze Flagge mit den gekreuzten Gebeinen und dem Totenschädel entfalten und mit wonnigem Entzücken das Flüstern ringsum vernehmen: »Es ist Tom Sawyer, der Pirat! Der schwarze Würger der spanischen Gewässer!«
Ja, nun war's entschieden, seine Laufbahn festgelegt. Er wollte von daheim weglaufen und seiner Bestimmung sofort folgen. Gleich am nächsten Morgen wollte er's tun! Da hieß es aber, sofort die Vorbereitungen zu treffen. Zunächst galt es nun, seinen ganzen Besitz zusammenzutragen. So ging er denn zu einem hohen Baumstamm in der Nähe und begann an dessen Fuß mit seinem Messer den Boden aufzuwühlen. Bald geriet er auf Holz, das einen hohlen Klang gab. Er legte die Hand darauf und sprach feierlich:

»Erscheine, was nicht hier,
Und was schon hier war, bleibe!«

Dann kratzte er den letzten Schmutz fort und legte eine Schindel aus Fichtenholz bloß, hob sie empor, und eine schmucke kleine Schatzkammer, deren Boden und Wände ebenfalls aus Schindeln bestanden, kam zum Vorschein. Drin lag – eine einzige Glasmurmel. Toms Verblüffung war grenzenlos. »Na, das ist stark!« murmelte er ganz verdutzt. Wütend schleuderte er die Kugel von sich und versank in tiefes Nachdenken. Einer seiner unerschütterlichsten Glaubenssätze, die bei ihm und seinen Kameraden bis jetzt für ganz unfehlbar gegolten, hatte soeben einen Stoß bekommen. Wenn man nämlich eine solche Kugel vergrub und dabei die nötigen Formalitäten streng befolgte und nach vierzehn Tagen die Grube mit der von Tom soeben angewandten Beschwörungsformel wieder öffnete, so fand man alle Kugeln darin beisammen, die man jemals im Leben besessen und verloren hatte, einerlei, wie weit sie auch zerstreut waren. Und nun war die Sache fehlgeschlagen – jawohl, ohne Zweifel, gründlich fehlgeschlagen! Toms ganzes Glaubensgebäude wankte in seinen Grundfesten. Er hatte immer nur von dem Erfolg und niemals von dem Mißglücken des Experiments gehört. Ein paarmal hatte er es selber schon probiert, und es war ihm nur deshalb nicht gelungen, weil er niemals den Platz, wo er die Kugel vergraben hatte, wiederfinden konnte. Eine Zeitlang brütete er darüber nach und kam schließlich zu der festen Überzeugung, irgendeine Hexe müßte die Hand im Spiel und den Zauber gebrochen haben. Über diesen Punkt mußte er sich Klarheit verschaffen, und so suchte er denn auf dem Boden umher, bis er eine kleine Sandstelle mit einer trichterförmigen Vertiefung entdeckte. Sogleich legte er sich flach auf die Erde, preßte den Mund dicht an die kleine Öffnung und rief:

»Käfer in der Erde drin,
Sag mir, was ich wissen will.«

Der Sand bewegte sich, und gleich darauf erschien für einen Augenblick ein kleiner schwarzer Käfer, der sich aber schleunigst erschrocken wieder zurückzog.

»Aha! Er traut sich nicht, was zu sagen. Es war also doch 'ne Hexe – ich wußt's ja!« Da er aber die Fruchtlosigkeit eines Kampfes mit so dämonischen Mächten von vornherein einsah, versuchte er ihn gar nicht erst. Jedoch die Kugel wollte er wenigstens wiederhaben, die er im ersten Zorn weggeworfen hatte, aber er konnte sie trotz eifrigen Suchens nicht finden. Da ging er zur Schatzkammer zurück, stellte sich sorgfältig genau so hin, wie er vorhin gestanden, als er die Kugel fortschleuderte, nahm eine zweite Kugel aus der Tasche, warf sie nach derselben Richtung wie die erste und rief:

»Bruder, suche deinen Bruder.«

Er paßte genau auf, wo sie niederfiel, und ging dann hin, um nachzusehen; aber sie war entweder zu kurz oder zu weit geflogen, und er mußte noch zweimal werfen, bis das Experiment endlich gelang. Die beiden Kugeln lagen kaum einen Fuß weit voneinander entfernt. In diesem Augenblick drang der Ton einer Zinntrompete von fernher durch die grünen Bogengänge des Waldes. Im Nu hatte Tom seine Jacke und die Hosen abgeworfen, seine Hosenträger in einen Gürtel verwandelt, einen Haufen Gestrüpp von dem hohlen Baum weggeschoben, einen Bogen, Pfeile, ein hölzernes Schwert und seine Zinntrompete daraus hervorgeholt – und nun stürzte er davon, barfuß, in flatterndem Hemd. Unter einer großen Ulme machte er halt, stieß als Antwort in seine Trompete und spähte in kriegerischer Haltung nach allen Seiten aus. Flüsternd mahnte er eine nur in der Phantasie existierende Gefolgsschar: »Achtung, meine Getreuen! Halt! Versteckt euch, bis ich blase!« Jetzt erschien Joe Harper auf der Bildfläche, ebenso luftig gekleidet und ebenso furchtbar bewaffnet wie Tom. »Halt!« rief Tom, »wer wagt es, den Sherwoodforst zu betreten ohne meine Erlaubnis?« – »Guy von Guisborne bedarf keines Sterblichen Erlaubnis. Wer bist du, daß du – e – daß du...« – »Daß du es wagen darfst, eine solche Sprache zu führen«, half Tom flüsternd aus, denn sie spielten getreu »nach dem Buch«. – »Wer bist du, daß du es wagst, eine solche Sprache zu führen?« – »Wer ich bin? Das fragst du noch? Ich bin Robin Hood, was dein klapperndes Gerippe alsbald erfahren soll.« – »Wie, du wärest in der Tat jener berühmte Geächtete? Mit Freuden will ich mit dir um die Herrschaft über diesen prächtigen Forst streiten. Sieh dich vor!« Sie zogen ihre hölzernen Schwerter, ließen die andern Waffen zu Boden fallen, nahmen Fechterstellung ein, Fuß an Fuß, und begannen einen regelrechten Kampf, zwei Hiebe oben, zwei unten. Tom rief: »Man zu – wenn du's raus hast, laß uns mal toller rangehn.« Und sie gingen »toller ran«, bis sie keuchten und schwitzten vor Anstrengung. Schließlich brüllte Tom: »Na, nu fall doch endlich! Warum fällst du denn nicht?« – »Ich? Fall du, bitte! Du kriegst ja das meiste ab.« – »Das ist ganz egal, ich kann doch nicht fallen! Steht's so vielleicht im Buch? Im Buch steht doch: ›und mit einem gewaltigen Streiche von rückwärts stieß er den armen Guy von Guisborne zu Boden‹; du mußt dich also rumdrehen, daß ich dich von hinten niederhauen kann.« Gegen eine solche Autorität ließ sich nichts einwenden; Joe drehte sich um, erhielt seinen Streich und fiel. Als er sich wieder aufrappelte, rief er: »Nun will ich dich aber auch mal totschlagen. Los, dreh dich um – was dem einen recht ist, ist dem andern billig.« – »Aber das kann ich doch nicht, Joe. Es steht doch nicht so im Buch.« – »Ich pfeif' auf das Buch. So 'ne Gemeinheit.« – »Weißt du, Joe, du könntest ja mal der Mönch Tuck sein oder Much, der Müllerssohn und mich mit einem Prügel für mein ganzes Leben krumm und lahm haun. Oder nein – ich weiß was! Du bist mal für 'ne Weile Robin Hood, und ich bin der Sheriff von Nottingham, und du schlägst mich nieder.«

Damit war Joe zufrieden, und als er seinen Blutdurst gestillt hatte, wurde Tom wieder Robin Hood, und Joe, als die verräterische Nonne, sah tatenlos zu, wie alle Kraft des Helden mit dem Blute seiner Wunde dahinfloß. Zuletzt schleifte ihn der vielseitige Joe, der nun eine ganze Bande trauernder Geächteter darstellte, nach vorn, legte dem Sterbenden den Bogen in die schwachen Hände, und Robin Hood-Tom hauchte: »Wo dieser Pfeil niederfallen wird, da sollt ihr den armen Robin Hood begraben, unter den grünen Bäumen des Waldes.« Dann schoß er den Pfeil ab, Tom sank zurück und wäre tot liegen geblieben, wenn er nicht zufällig in einen Busch Brennesseln gefallen und für eine Leiche etwas allzu lebhaft wieder hochgesprungen wäre. Darauf kleideten sie sich wieder an, verbargen ihre Waffen und zogen von dannen, in ehrlicher Trauer darüber, daß es keine Geächteten mehr gab. Vergeblich fragten sie sich, was die moderne Zivilisation wohl für Vorteile aufzuweisen hätte, die diesen Verlust zu entschädigen vermöchten; und jedenfalls waren sie sich beide einig darüber, daß jeder viel lieber nur ein einziges Jahr lang Geächteter im Sherwoodforst gewesen wäre als Präsident der Vereinigten Staaten auf Lebenszeit.

Neuntes Kapitel

Wie jeden Abend wurden Tom und Sid um halb zehn Uhr zu Bett geschickt. Sid war bald eingeschlafen; Tom aber lag wach und wartete in qualvoller Ungeduld. Als er schon meinte, es müßte beinahe Morgen sein, schlug die Uhr zehn. Es war zum Verzweifeln! Er hätte sich gern im Bett herumgewälzt, wie es seine Nerven gebieterisch verlangten, wenn er nicht gefürchtet hätte, Sid dadurch aufzuwecken. So lag er ruhig da und starrte in die Dunkelheit. Allmählich hörte er in der Stille kleine, kaum zu unterscheidende Geräusche. Zuerst vernahm er das Ticken der Uhr, dann krachten die alten Balken geheimnisvoll, und auf der Treppe knisterte es leise. Sicherlich trieben die Geister ihr Wesen. Aus Tante Pollys Zimmer klang ein taktmäßiges dumpfes Schnarchen. Und jetzt begann auch noch das eintönige Zirpen der Grille, von dem kein menschlicher Scharfsinn genau feststellen kann, woher es eigentlich kommt. Das unheimliche Klopfen einer Totenuhr an der Wand, am Kopfende seines Bettes, ließ Tom zusammenschauern; es bedeutete ja, daß eines Menschen Tage gezählt seien. In der Ferne stieg das klagende

Geheul eines Hundes in die Nacht empor, dem ein Gewinsel aus noch weiterer Ferne antwortete. Tom stand Todesängste aus. Es war ihm, als ob überhaupt alle Zeit aufgehört und die Ewigkeit begonnen hätte. Trotz allem Bemühen, sich wach zu halten, dämmerte er leise ein. Die Uhr schlug elf, aber er hörte es nicht. Da tönte mitten in seine halbwachen Träume hinein das langgezogene melancholische Miauen eines Katers. Das Öffnen eines benachbarten Fensters, der Ruf: »Verfluchtes Katzengezücht!« und das Zersplittern eines gegen die Mauern geschleuderten gläsernen Gegenstandes ließen ihn erschrocken auffahren. Eine Minute später war er in den Kleidern, zum Fenster hinaus und kroch auf allen vieren auf dem Vorbaudach entlang. Vorsichtig miaute er ein paarmal, sprang auf den Holzschuppen und von dort zu Boden. Huckleberry Finn mit seiner toten Katze erwartete ihn. Leise entfernten sich die Jungens und verschwanden im Dunkeln.

Eine halbe Stunde später wateten sie durch das hohe Gras des Kirchhofs. Es war ein Kirchhof nach der altmodischen Art des Westens. Er lag, etwa eine halbe Stunde vom Städtchen entfernt, auf einem Hügel, ein wackliger Bretterzaun umgab ihn, der sich abwechselnd bald nach innen, bald nach außen senkte. Gras und Unkraut überwucherten ihn, und die alten Gräber waren fast alle eingesunken. Kein Grabstein war zu erblicken. Als Ersatz schwankten wurmstichige Holzkreuze lose und schief auf den verfallenen Hügeln und schienen vergeblich nach einer Stütze zu suchen. »Zum ewigen Gedächtnis an – –« war einst auf ihnen gemalt gewesen, jetzt konnte man aber nichts mehr darauf entziffern – wenigstens auf den meisten, auch nicht bei hellem Tageslicht. Ein schwacher Windhauch bewegte die Bäume, und Tom dachte schaudernd, es wäre gewiß das Geflüster der Toten, die sich über die Ruhestörung beklagten. Nur mit verhaltenem Atem wagten die Jungens zu flüstern, das feierliche tiefe Schweigen bedrückte sie. Als sie den frisch aufgeworfenen Haufen, den sie suchten, gefunden hatten, verschanzten sie sich hinter drei großen Ulmen, die in einer Gruppe dicht am Grabe standen. Dort warteten sie lange, lange in tiefem Schweigen – es schien ihnen wie eine Ewigkeit. Das Krächzen einer fernen Eule war der einzige Ton, der die Totenstille unterbrach.

Toms Beklemmung wuchs – er mußte sprechen, er konnte nicht anders. Und so flüsterte er: »Hucky, glaubst du, die toten Leute haben es gerne, daß wir hier sind?« – »Wollt', ich wüßt's selber«, flüsterte

Huckleberry zurück, »es ist furchtbar unheimlich, nicht?« – »Ja, wahrhaftig!« Lange Pause – dann wisperte Tom: »Du, Huck, glaubst du, daß Hoß Williams uns sprechen hört?« – »Natürlich, wenigstens sein Geist.« Nach einer Pause begann Tom wieder: »Ich wollt', ich hätt' Herr Williams gesagt, ich hab's aber nicht bös gemeint, jeder nennt ihn doch bloß Hoß.« – »Hm – ja, aber man kann nicht vorsichtig genug sein mit dem, was man über die Leute da unten sagt.« Dies war ein warnender Dämpfer für Toms Redelust, und das Gespräch erstarb von neuem. Plötzlich packte Tom den Arm seines Kameraden: »Pscht!« – »Was denn?« – Und die beiden drängten sich aneinander, atemlos mit klopfendem Herzen. »Pscht! Schon wieder! Hörst du?« – »I – ich –« – »Da, noch mal – nun mußt du's aber hören.« – »Achgottachgottachgott, Tom, sie kommen! Wahrhaftig, sie kommen, die Teufel! Was machen wir nur?« – »Weiß nicht! Meinst du, sie können uns sehn?« – »Och, Tom, die sehen im Dunkeln geradeso wie Katzen. Ich wollt', ich wär' nicht hier.« – »Ach wo, fürchte dich doch nicht so! Ich glaub' nicht, daß sie sich um uns kümmern. Wir haben ja niemandem was Böses getan. Bleib nur ganz mucksmäuschenstill, dann bemerken sie uns vielleicht gar nicht.« – »Ich – will's – probieren – Tom, aber, ich – ach Gott, ich klapper' nur so vor Angst!« – »Horch!« Die Jungens steckten die Köpfe zusammen und atmeten kaum. Ein dumpfes Stimmengeräusch kam vom andern Ende des Friedhofs. »Guck doch – dort!« hauchte Tom. »Was ist das?« – »Höllenfeuer! Hu, Tom, wie grausig.« Ein paar undeutliche Gestalten näherten sich durch die Dunkelheit, und eine altmodische Blechlaterne warf unzählige kleine Lichtfleckchen auf den Boden. Schaudernd flüsterte Huck: »Die Teufel! Gewiß und wahrhaftig – und gleich drei auf einmal! Tom, wir sind futsch – kannst du beten?« – »Ich will's probieren. Hab doch aber bloß nicht solche Angst, sie werden dir schon nix tun! Wart, ich bet'! Müde bin ich, geh' zur Ruh, schließe beide Äuglein zu, Vater laß –« »Pscht!« – »Was denn, Huck?« – »'s sind ja Menschen, wenigstens einer von ihnen. Ich kenn' die Stimme, es ist der alte Muff Potter.« – »Nee, wirklich?« – »Ich möcht' drauf wetten! Rühr dich bloß nicht, dann bemerkt er uns gar nicht. Ist wieder hagelvoll wie immer – so'n verflixter alter Saufbold!« – »Schon gut, ich muckse mich nicht. Da – sie bleiben stehen – jetzt kommen sie näher! Pscht! Da sind sie! Du, Huck – ich kenn' auch die andere Stimme, 's ist die vom Indianer-Joe.« – »Das verdammte

Halbblut! Da wären mir fast Teufel lieber! Was haben die bloß hier zu suchen?« Das Flüstern erstarb, denn die drei Männer waren nun ganz nahe am Grab und standen kaum ein paar Fuß von dem Versteck der Jungens entfernt. »Hier ist es«, sagte die dritte Stimme. Die Laterne wurde in die Höhe gehalten und beleuchtete das Gesicht des jungen Doktor Robinsohn.

Potter und der Indianer-Joe trugen eine Bahre, auf der ein Seil und ein paar Schaufeln lagen. Sie setzten ihre Last nieder und machten sich daran, das Grab zu öffnen. Der Doktor stellte die Laterne hin und lehnte sich mit dem Rücken gegen eine Ulme. Er stand so dicht bei den Jungens, daß sie ihn hätten berühren können. »Flink, Leute«, sagte er mit leiser Stimme, »der Mond kann jeden Augenblick herauskommen.« Sie brummten etwas zur Antwort und fuhren fort zu graben. Eine Zeitlang hörte man nichts als den dumpfen Ton der Schaufeln, die den Sand und die Steine aufwarfen. Es klang sehr eintönig. Endlich stieß ein Spaten mit hohlem Laut auf den Sarg, und ein paar Augenblicke später hatten ihn die Männer aus der Erde gehoben. Sie brachen mit ihren Schaufeln den Deckel auf, rissen den Leichnam heraus und warfen ihn auf den Boden. Der Mond trat hinter den Wolken hervor und beleuchtete das starre Totenantlitz. Die Tragbahre wurde herbeigebracht, der Leichnam daraufgelegt, in eine Decke gehüllt und mit dem Seil festgebunden. Potter zog ein großes Klappmesser aus der Tasche, schnitt das überflüssige Ende des Seiles ab und sagte: »So, nun ist das Sauzeug erledigt, Knochensäger! Jetzt rückst du noch 'n Fünfer raus, oder die Chose da bleibt hier!« – »Jawohl, zum Teufel«, bekräftigte der Indianer-Joe. »Nanu, Leute, was soll denn das heißen?« fragte der Doktor. »Ihr habt euer Geld im voraus verlangt und habt es bekommen, also sind wir quitt.« – »So – quitt?« zischte der Indianer-Joe und sprang auf den Doktor zu, »wir sind noch lange nicht quitt, daß du's nur weißt! Vor fünf Jahren hast du mich wie'n Hund von der Tür deines Vaters weggejagt, als ich um was zu essen bat; damals sagtest du von mir: ›Der Kerl führt nichts Gutes im Schilde‹. Und als ich dann schwur, das solltest du mir büßen, und wär's erst nach hundert Jahren, da ließ mich dein Vater als Strolch einsperren. Meinst du, ich hätt's vergessen? Ha – ich hab' nicht umsonst Indianerblut in mir! Nun hab' ich dich endlich!« Und er fuchtelte dem Doktor mit der geballten Faust vor der Nase herum. Da holte der junge Mann zu einem Schlage aus, der den Schurken zu Boden

streckte. Potter warf sein Messer fort und rief: »Halt, willst du wohl meinen Freund nicht hauen!« Und im nächsten Augenblick hatte er den Doktor gepackt, und die beiden hielten sich in wütendem Ringen umklammert. Inzwischen war der Indianer-Joe wieder auf die Füße gesprungen, und seine Augen flammten unheimlich. Er riß Potters Messer vom Boden auf und umkreiste katzenartig die Ringenden, als lauere er nur auf eine Gelegenheit, sich in den Kampf zu mischen. Auf einmal gelang es dem Doktor, seinen Gegner abzuschütteln. Er packte das schwere, breite Brett, das auf Williams' Grab gestanden, und schlug Potter damit nieder. In demselben Augenblick hatte auch schon der Indianer-Joe seinen Vorteil erspäht, schlich hinzu und stieß Potters Messer bis zum Heft in die Brust des jungen Mannes. Der Doktor schwankte – und fiel auf Potter, den er mit seinem Blute überströmte. Nun verschwand der Mond hinter den Wolken und verhüllte die gräßliche Szene den Blicken der beiden entsetzten Knaben, die, zu Tode erschrocken, Hals über Kopf im Dunkel verschwanden.

Als der Mond wieder hervortrat, stand der Indianer-Joe vor den beiden regungslos daliegenden Gestalten und betrachtete sie. Der Doktor ächzte, stieß ein paar abgebrochene Laute aus, holte noch ein- oder zweimal tief Atem – und verstummte. »Beim Satan, jetzt sind wir quitt«, brummte der Mörder. Darauf beraubte er die Leichen, steckte das verhängnisvolle Messer in Potters offene rechte Hand und setzte sich auf den zertrümmerten Sarg. Drei – vier – fünf Minuten verflossen, da begann Potter sich zu bewegen und zu stöhnen. Seine Hand hielt das Messer umschlossen, er hob es empor, sah es an und ließ es mit einem Schauder fallen. Dann richtete er sich auf, schob die Leiche zurück und starrte verwirrt darauf nieder. Seine Augen begegneten denen Joes. »Um Gottes willen, Joe, was ist denn los?« fragte er zitternd. »Ja, das ist 'ne faule Geschichte, Potter«, versetzte Joe, ohne sich zu rühren, »warum hast du das bloß getan?« – »Ich – ich hab's getan? Niemals!« – »Na, hör mal, mit so'n Geschwätz wäscht du dich noch lange nicht rein.« Potter zitterte und wurde aschfahl. »Und ich hab' mir doch so fest vorgenommen, nüchtern zu bleiben, warum hab' ich bloß gestern abend wieder gesoffen? Ich hab's noch im Kopf – ich spür's ja. Ich bin ganz im Tran, kann mich auf nix mehr besinnen! Sag mir doch, Joe – aber

ehrlich, alter Kerl –, hab' ich's denn wirklich getan? Das wollt' ich doch gar nicht! Auf Ehr' und Seligkeit, das wollt' ich nicht, Joe! Sag mir doch, wie ist denn das gekommen? Ach, es ist gräßlich! und so jung wie er ist und so –« – »Na, ihr beiden habt euch in den Haaren gelegen, und er hat dir eins mit dem Brett dort über'n Kopf versetzt, und du bist umgeplumpst wie 'n Sack. Dann hast du dich wieder aufgerappelt, ganz taumelig, und hast's Messer gepackt und ihm in den Leib gestoßen, gerade als er dir noch eins mit 'm Brett überziehen wollt'. Seitdem lagst du wie'n Klotz – bis jetzt.« – »Ach, ich hab' ja nicht gewußt, was ich tu – ich will tot umfallen, wenn ich's gewußt hab'. Das kommt bloß von dem verdammten Suff! Ich hab' doch noch nie im Leben das Messer gezogen, Joe. Gerauft, ja – aber nie gestochen, das kann dir jeder bezeugen. Erzähl's bloß niemand, Joe, sag's, daß du's nie jemand erzählen willst! Bist auch 'n guter Kerl. Ich hab' dich immer gern gehabt, Joe, und dich immer in Schutz genommen, weißt du's nicht mehr? Nicht wahr, du sagst nichts, Joe?« Und der arme Bursche warf sich auf die Knie vor dem bestialischen Mörder und erhob flehend die Hände. »Na ja, 's ist wahr, bist immer anständig zu mir gewesen, Potter, und da will ich dich auch nicht im Stich lassen. Das nenn' ich doch wie 'n ehrlicher Kerl gesprochen, was?« – »Oh, Joe, du bist 'n Engel! Ich will dir's vergelten, solang ich lebe.« Und Potter begann zu weinen. »Schon gut, jetzt ist keine Zeit zum Flennen! Mach, daß du fortkommst! Du gehst diesen Weg und ich den andern. Also marsch, und laß keine Spuren zurück!«

Potter setzte sich in Trab, der bald in einen rasenden Galopp überging. Joe blieb stehen und sah ihm nach. »Der hat sein Teil. Beduselt, wie der ist vom Schnaps und von dem Hieb mit 'm Brett, denkt er nicht mehr an sein Messer, bis er so weit weg ist, daß er Angst hat, wieder allein hierher zurückzukommen – der Hasenfuß!«

Ein paar Minuten später sah nur noch der Mond hernieder auf den Ermordeten, den in Leinen gehüllten Leichnam, den aufgebrochenen Sarg und das offene Grab. Und der Friedhof lag so still wie vorher.

Zehntes Kapitel

Sprachlos vor Entsetzen flohen die beiden Jungens dem Städtchen zu. Angstvoll blickten sie von Zeit zu Zeit über die Schulter zurück,

als ob Verfolger hinter ihnen her wären. In jedem Baumstamm, der in der Dunkelheit am Wege auftauchte, glaubten sie einen Feind zu sehen, dessen Anblick ihnen das Blut stocken ließ. Als sie an einigen außerhalb der Stadt gelegenen Häusern vorbeijagten, schien das Bellen der aufgestörten Hofhunde ihren Sohlen Flügel zu verleihen.
»Wenn wir nur – bis zur alten – Gerberei – kommen – bevor – wir – zusammenbrechen«, stieß Tom mühsam hervor, »ich – ich kann – bald nicht mehr!«
Hucks schweres Keuchen war seine einzige Antwort; beide hefteten die Augen sehnsüchtig auf das Ziel ihrer Hoffnungen und boten alle Kräfte auf, es zu erreichen. Es rückte immer näher, und endlich stürzten sie atemlos und dankerfüllt, Schulter an Schulter, durch die offene Tür in die schützende Dunkelheit des Raumes. Allmählich beruhigten sich ihre Pulse, und Tom flüsterte: »Du, Huckleberry, was meinst du, was dadraus wird?« – »Wenn der Doktor tot ist, dann wird einer baumeln.« – »Glaubst du?« – »Glauben? Nee, du, das weiß ich bestimmt!« Tom dachte eine Weile nach, dann sagte er: »Wer soll's denn verraten? Wir?« – »Was fällt dir ein? Wenn dann nachher was dazwischenkommt und der Indianer-Joe muß nicht baumeln, der tät' uns sicher kaltmachen – so wahr ich hier bin.« – »Das hab' ich mir eben auch gedacht, Huck.« – »Wenn's einer verraten muß, dann soll's der Muff Potter tun, wenn er so'n Esel ist. Besoffen genug dazu ist er ja meistens.« Tom sagte nichts und grübelte, dann flüsterte er: »Huck, Muff Potter weiß doch von gar nichts, wie kann der's denn verraten?« – »Nanu, warum soll der's denn nicht wissen?« – »Weil er doch grade den ekligen Hieb abgekriegt hat, als der Indianer-Joe zustach. Meinst du, er hat noch was gesehen? Meinst du, er weiß überhaupt irgendwas davon?« – »Beim Henker, du hast recht.« – »Und dann – der Hieb hat womöglich seinem bißchen Verstand noch den Rest gegeben!« – »Das glaub' ich nicht, Tom, der hatte Schnaps in sich – so was seh' ich gleich, und das hat er ja übrigens immer. Und wenn mein Alter voll ist, dann könntest du ihm mit 'm Kirchturm über'n Kopf hauen, es wird ihm nix schaden – das sagt er sogar selber. Ebenso ist es mit Muff Potter. Natürlich, wenn einer nüchtern ist, dann kann schon sein, daß er von so 'm Schlag für sein Lebtag genug hat.« Nach abermaligem gedankenvollem Schweigen fragte Tom: »Bist du sicher, Hucky, daß du 's Maul halten kannst?« – »Ph, wir müssen's einfach halten, Tom, das siehst du doch selber ein. Wenn sie diesen Teufel von In-

dianerbrut nicht hängen, wird er uns bestimmt ersäufen wie'n paar Katzen, sobald wir uns mucksen. Hör mal zu, wir wollen uns schwören – jawoll, das müssen wir tun –, wir wollen schwören, daß wir nix verraten.« – »Mir ist's recht, Huck, das wird wohl das beste sein. Also, heb die Hand auf und schwör, daß wir –« – »O nee, Tom, so einfach geht das nicht! So kann man's bei so lumpigem Zeugs machen, mit Mädels meinetwegen, weil die dummen Dinger ja nie was für sich behalten können und immer alles gleich ausquatschen, wenn sie in der Tinte sitzen – aber bei so 'ner großen Sache wie hier, da muß was Schriftliches dabei sein. Und Blut!«

Toms ganzes Wesen zollte diesem Gedanken begeistert Beifall. Das war düster und unheimlich und furchtbar – und die Stunde, der Ort und die Umstände, alles stand damit in Einklang. Er hob eine helle Holzschindel auf, die im Mondschein glänzte, zog ein Stückchen Rotstift aus der Tasche und kritzelte beim Mondlicht, in dem er bei jedem Grundstrich die Zunge zwischen die Zähne preßte und sie bei den Haarstrichen wieder zurückzog, mühsam folgende Zeilen: »Huck Finn und Tom Sawyer, die schwöhren, sie wohlen über dieses den Mund Halden, und sie möhgden auf der stele Tot umfalen, wenn sie jehmahls was ferahden.« Huckleberry war voll Staunen und Bewunderung ob Toms Gewandtheit im Schreiben und der Erhabenheit seines Stils. Sofort zog er eine Stecknadel aus dem Rockkragen, um sich damit ins Fleisch zu ritzen. Aber Tom rief: »Halt, wart mal, so 'ne Stecknadel ist von Messing. Da ist vielleicht Grünspan dran.« – »Grünspan, was ist denn das für'n Span?« – »Das ist Gift, sonst nix. Schluck's nur mal runter, dann wirst du schon sehen.« Und Tom nahm eine seiner Nähnadeln hervor, wickelte den Faden ab, und jeder stach sich damit in den Handballen und preßte einen Tropfen Blut hervor. Schließlich, nach vielem Quetschen, brachte denn auch Tom seine Initialen zustande, wobei ihm die Spitze des kleinen Fingers als Feder diente. Dann zeigte er Huckleberry, wie man ein H und ein F macht, und der Eid war bekräftigt. Sie vergruben die Schindel dicht an der Mauer unter allerlei feierlichen Zeremonien und Zauberformeln, und die Fesseln, die ihre Zungen banden, galten nun als unlöslich und der Schlüssel dazu als weggeworfen.

Auf einmal schob sich vorsichtig eine menschliche Gestalt durch eine Lücke am anderen Ende des Schuppens, aber die Jungens bemerkten sie nicht. »Tom«, flüsterte Huckleberry, »können wir nun nie was von der Geschichte verraten, niemals?« – »Natürlich nicht! Ganz gleich, was jetzt auch kommt – wir müssen einfach 's Maul halten, sonst würden wir ja gleich tot umfallen – hast du denn das schon vergessen?« – »Nee, – aber – ja, du hast recht.« Plötzlich schlug draußen ein Hund ein langgezogenes unheimliches Geheul an – ganz in ihrer Nähe, vielleicht zehn Schritte entfernt. Die beiden umklammerten einander unwillkürlich in tödlichem Schrecken. »Wen er wohl von uns meint?« ächzte Huckleberry. »Weiß ich's? Guck doch mal durch die Ritze – fix.« – »Nee – tu du's, Tom.« – »Ich – ich kann nicht, wirklich nicht, Huck.« – »Och, bitte, Tom, tu's! Da – da ist's wieder!« – »Gott sei Dank«, flüsterte Tom, »ich kenn' die Stimme, es ist Harbisons Bulldogge.« – »Unser Glück, Tom! Ich sag' dir, ich war halbtot vor Angst – ich hätt' gewettet, es ist 'n fremder Hund.« Der Hund heulte von neuem, und wiederum sank das Herz der beiden Jungens bis in die Zehenspitzen. »Ach du mein...«, stöhnte Huck, »das ist ja gar nicht Harbisons Bulldogge, guck doch mal, Tom.« Tom legte, obwohl er vor Furcht bebte, sein Auge an die Ritze. Kaum vernehmlich flüsterte er: »Huck, es ist wahrhaftig 'n fremder Hund!« – »Herrgott, Tom! Wen meint er nur von uns?« – »Er muß uns alle beide meinen, wir stehen ja dicht zusammen.« – »Oh, Tom, ich sag' dir, wir sind futsch! Ich weiß, wohin ich kommen werd', ich weiß es ganz genau, so schlecht, wie ich immer war!« – »Ach, Huck, und ich erst! Das kommt davon, wenn man die Schule schwänzt und immer grade das tut, was man nicht soll. Ich hätt' doch ebenso artig sein können wie Sid – wenn ich's bloß probiert hätt', aber ich wollt's natürlich nicht. Wenn ich diesmal aber davonkomm', ich schwör', dann geh' ich jedesmal in die Sonntagsschule.« Und Tom heulte. »Ach, Tom, du und schlecht?« Und Huckleberry heulte ebenfalls. »Kannst dich drauf verlassen, Tom Sawyer, du bist Gold, reines Gold, sag' ich dir, gegen mich. Achgottachgottachgott, ich wollt', ich wär' bloß halb so gut wie du, Tom, ich –« Tom würgte die Tränen hinunter und flüsterte: »Guck doch bloß, Huck, er dreht uns ja den Rücken zu!« Nun schielte auch Huck durch die Ritze, und Freude erfüllte sein Herz. »Beim Kuckuck – wahrhaftig! Hat er denn das vorher auch schon getan?« – »Natürlich – ich Esel hab' bloß nicht dran gedacht! Das ist ja famos! Aber nun – wen kann er sonst meinen?« Das Geheul verstummte. Tom spitzte die Ohren. »Pscht! Was ist das?« flüsterte er. »Es klingt wie – wie Schweinegrunzen.« – »Aber nee – da schnarcht einer, Tom.« – »Jawohl – woher 's wohl kommt, Huck?« – »Ich glaub', es kommt dort vom andern Ende. Wenigstens klingt es so. Dort hat mein Alter manchmal geschlafen – aber, du lieber Gott, wenn der schnarcht, dann fallen die Mauern ein. Und dann, ich mein', der kommt überhaupt nicht mehr hierher.«

Der Unternehmungsgeist regte sich noch einmal in der Seele der beiden. »Hucky, traust du dich, mir nachzukommen, wenn ich vorangeh?« fragte Tom. »Na, sehr gern tu ich's grade nicht. Wenn's nu der Indianer-Joe ist?« Tom zauderte. Bald aber erhob sich die Versuchung wieder mit aller Macht, und sie kamen überein, die Sache zu untersuchen, aber sofort Reißaus zu nehmen, sowie das Schnarchen aufhöre. So schlichen sie dann auf den Fußspitzen vorwärts, einer hinter dem andern. Als sie etwa fünf Schritt von dem Schnarcher entfernt waren, trat Tom auf einen dürren Zweig, der mit scharfem Knacken zerbrach. Der Mann stöhnte und wälzte sich herum, so daß sein Gesicht vom Mondschein beleuchtet wurde. Es war Muff Potter. Den beiden hatten Herz und Fuß gestockt, als der Mann sich regte, jetzt aber war all ihre Angst geschwunden. Leise schlüpften sie durch die geborstene Mauer und blieben in einiger Entfernung stehen, um sich voneinander zu verabschieden. Da erklang wieder jenes langgezogene, klägliche Geheul durch die Nacht. Sie drehten sich um und sahen den fremden Hund nur ein paar Schritte von Potter entfernt. Er hatte den Kopf ihm zugewandt und hielt die Schnauze zum Himmel empor. »Herrje, den meint er!« riefen beide in einem Atem. »Sag mal, Tom, ich hab' gehört, um Johnny Miller sein Haus wär' um Mitternacht, vor mehr als vier Wochen, 'n fremder Hund rumgelaufen und hätt' geheult, und in derselben Nacht hätt' 'ne Eule auf dem Dach gekrächzt, und doch ist immer noch keiner dort gestorben.« – »Weiß ich, ist aber kein Beweis! Ist nicht gleich am Sonnabend drauf die Gracie Miller auf'n Kochherd gefallen und hat sich mächtig verbrannt?« – »Ja, aber sie ist doch nicht tot. Es geht ihr sogar viel besser.« – »Erst abwarten. Ich sag' dir, sie ist futsch und stirbt so gewiß, wie der Muff Potter dort sterben muß. So sagen die Nigger, und die wissen ganz genau Bescheid in den Sachen, Huck!« – Darauf gingen sie nachdenklich auseinander.

Als Tom durch sein Schlafzimmerfenster kroch, war die Nacht schon fast vorüber. Er zog sich mit der größten Vorsicht aus und schlief sofort ein, zufrieden, daß niemand von seinem nächtlichen

Ausflug etwas gemerkt hatte. Er wußte ja nicht, daß der artige, schnarchende Sid wach war – schon seit einer Stunde.
Als Tom am andern Morgen die Augen aufschlug, war Sid schon längst angezogen und fortgegangen. Das Tageslicht hatte ordentlich einen späten Schein, und es lag überhaupt so was Spätes in der Luft. Er stutzte. Warum hatte man ihn nicht gerufen, ihn nicht wachgerüttelt wie sonst jeden Morgen? Dieser Gedanke erfüllte ihn mit düsteren Ahnungen.
Binnen fünf Minuten war er in den Kleidern und die Treppe hinunter, noch ganz schläfrig und zerschlagen. Die Familie saß noch um den Tisch, aber das Frühstück war schon beendet. Kein Vorwurf empfing ihn, aber die abgewandten Augen aller, die Stille und ein seltsamer Hauch von Feierlichkeit ließen des Sünders Herz in banger Sorge erschauern. Er setzte sich, versuchte unbefangen zu erscheinen, aber es half ihm nichts. Niemand hatte ein Lächeln und ein Wort für ihn. Da verfiel er ebenfalls in Schweigen, und sein Herz sank in die tiefste Tiefe. Nach dem Frühstück nahm ihn die Tante beiseite. Tom atmete ordentlich auf, da er erwartete, daß nun die verdiente Züchtigung vom Stapel laufen und die Situation dadurch wieder geklärt würde. Aber es kam anders. Die Tante fing an zu weinen und sagte, wie er es nur über sich gewänne, sie so zu betrügen, ihr altes Herz würde noch mal brechen, und er sollte nur hingehen und sich zugrunde richten und ihre grauen Haare mit Schande in die Grube bringen, denn es hätt' ja doch keinen Zweck, ihn bessern zu wollen! Das war schlimmer als tausend Klapse, und er fühlte sich im Herzen womöglich noch elender als am Körper. Er weinte, bat um Verzeihung, gelobte Besserung und wurde schließlich entlassen, fühlte aber doch, daß er nur eine sehr unvollkommene Vergebung und ein recht schwaches Vertrauen für seine Beteuerungen gefunden hatte. Er schlich aus dem Zimmer, so gedemütigt, daß er nicht einmal Rachegelüste gegen Sid, den Verräter, spürte, dessen hastige Flucht durch die Hintertür somit ganz unnötig war. Dumpf und verdrießlich ging er zur Schule und nahm dort, gemeinsam mit Joe Harper, eine Tracht Prügel für das Schwänzen entgegen, mit der Miene eines Menschen, dessen Seele tieferes Weh kennt und der daher ganz unempfindlich ist für die kleinen Kümmernisse dieser Welt. Er setzte sich auf seinen Platz, stützte die Ellbogen auf den Tisch, das Kinn auf die Hände und starrte auf die Wand mit dem versteinerten Ausdruck der Verzweiflung, die ihren

Gipfel bereits erreicht hat und durch nichts mehr gesteigert werden kann. Da spürte er an seinem Ellbogen etwas Hartes. Matt und gleichgültig änderte er seine Stellung und nahm es in die Hand. Es war in Papier eingewickelt. Er entfaltete es, und ein langgedehnter, ungeheurer Seufzer folgte – es war der Messingknopf von der Herdstange. Dieser letzte bittere Tropfen brachte den Becher seiner Trübsal zum Überfließen.

Elftes Kapitel

Kurz vor der Mittagsstunde durchzuckte die grausige Kunde von diesem Mord das ganze Städtchen wie ein elektrischer Schlag. Obwohl sich noch kein Mensch etwas von einem Telegraphen träumen ließ, flog die Nachricht von Mund zu Mund, von Gruppe zu Gruppe, von Haus zu Haus, mit wahrhaft telegraphischer Geschwindigkeit. Natürlich gab der Lehrer nachmittags frei – das ganze Städtchen wäre sehr erstaunt gewesen, wenn er es nicht getan hätte. Ein blutiges Messer war bei dem Ermordeten gefunden worden, und irgend jemand hatte behauptet, es gehöre dem Muff Potter. Man erzählte auch, ein spät nach Hause kommender Bürger hätte Potter getroffen, wie er sich gegen ein oder zwei Uhr morgens am Bache wusch, und als er sich beobachtet sah, hätte Potter sich eiligst davongemacht – lauter verdächtige Momente, namentlich das Waschen, das sonst durchaus nicht zu Potters Gewohnheiten gehörte. Die ganze Stadt, so hieß es, sei schon abgesucht worden nach dem »Mörder« – das Volk ist ja immer schnell mit Beweisen und Urteilssprüchen bei der Hand –, aber er sei nirgends zu finden. Nach allen Himmelsrichtungen wurden Berittene ausgesandt, und der Sheriff hatte die feste Hoffnung, daß man ihn noch vor Einbruch der Nacht erwischen werde.

Die ganze Stadt pilgerte nach dem Kirchhof. Tom hatte sein Herzeleid unterdrückt und sich ebenfalls der Prozession angeschlossen. Nicht, als ob er nicht tausendmal lieber irgendwoanders hingegangen wäre – aber ein unheimlicher, unerklärlicher Reiz zog ihn dorthin. Als er den schrecklichen Ort erreichte, drängte sich eine kleine Gestalt behende durch die Menge, und bald stand er vor dem gräßlichen Bild. Es schien ihm eine Ewigkeit her zu sein, seitdem er es zuletzt gesehen hatte. Da kniff ihn jemand in den Arm. Er wandte

sich um, und seine Augen trafen die Huckleberrys; doch sofort sahen beide nach entgegengesetzter Richtung, voll Angst, es könne jemand den Blick, den sie sich zugeworfen, bemerkt haben. Aber alles flüsterte und wisperte durcheinander und war ganz erfüllt von dem schauerlichen Ereignis. »Armer Kerl! So ein junger Mensch! Dies sollten alle Leichenräuber sich zur Lehre dienen lassen!« – »Muff Potter muß sicher baumeln, wenn sie ihn erwischen.« So klang es von allen Seiten; und der Pfarrer sagte: »Das ist ein Gottesurteil – hier sehen wir die richtende Hand des Herrn!«
Plötzlich erzitterte Tom vom Kopf bis zu den Füßen, denn sein Blick war auf das rohe Gesicht des Indianer-Joe gefallen. Im selben Augenblick ging eine Bewegung durch die Menge, und einzelne Stimmen riefen: »Da – da ist er, dort kommt er ja selber.« – »Wer? Wer?« fragten zwanzig andere. »Muff Potter! Da – jetzt halten sie ihn an, sieh mal, er bleibt stehen! Halt! Halt! Laßt ihn nicht durchbrennen!«
Aber die Leute, die in den Baumzweigen über Toms Kopf saßen, meinten, Muff mache überhaupt gar nicht den Versuch durchzubrennen, er sähe nur ganz dumm und verblüfft aus. »Verdammte Frechheit!« sagte einer, »wollt' sich wohl noch mal in Ruhe sein Werk angucken. Hat jedenfalls nicht erwartet, hier Gesellschaft zu finden.«
Jetzt teilte sich die Menge, und der Sheriff schritt mit imponierender Würde mitten hindurch und führte Muff Potter am Arm. Der arme Bursche sah aschfahl aus, und aus seinen Augen starrte das Entsetzen. Als er vor dem Gemordeten stand, wurde er wie von einem Krampf geschüttelt; verbarg das Gesicht in den Händen und brach in Tränen aus. »Ich hab's wahrhaftig nicht getan«, schluchzte er, »auf Ehr' und Seligkeit, ich hab's nicht getan.« – »Wer hat dich denn beschuldigt?« schrie eine Stimme. Der Hieb saß. Potter erhob sein Gesicht und blickte umher, rührende Hoffnungslosigkeit im Blick. Da bemerkte er den Indianer-Joe und rief: »Ach, Joe, du hast mir doch versprochen, du wolltest –« – »Ist dies Euer Messer?« unterbrach ihn der Sheriff. Potter wäre umgefallen, wenn man ihn nicht aufgefangen und sachte zu Boden hätte gleiten lassen. Dann stöhnte er: »Dacht' ich mir's doch, wenn ich nicht zurückkäm – und das Messer –« Ein Schauer überlief ihn, er erhob die kraftlose Hand mit müder Bewegung und flüsterte: »Sag's ihnen, Joe, sag's ihnen – alles –! Es nützt ja doch nichts mehr.«

Und dann hörten Huckleberry und Tom stumm und starr mit an, wie der Mörder in heiterster Gelassenheit seine lügenhafte Geschichte losließ. Jeden Augenblick erwarteten sie, daß Gott aus dem heiteren Himmel einen Blitzstrahl auf das Haupt des Ruchlosen schleudern müsse, und konnten es nicht begreifen, warum das rächende Strafgericht so lange auf sich warten ließ. Und als er geendet hatte und noch immer lebendig und unversehrt vor ihnen stand, da schwand auch der letzte Rest aufflackernder Unschlüssigkeit aus ihrer Seele, ob sie den geschworenen Eid nicht doch lieber brechen und dem armen Gefangenen das Leben retten sollten. So ein Bösewicht wie Joe mußte sich ja – das war ihnen ganz klar – dem Teufel verschrieben haben, und es könnte doch allzu verhängnisvoll werden, sich mit einer solchen Macht in einen Kampf einzulassen.
»Warum bist du denn nicht ausgerückt? Warum, zum Teufel, bist du denn wieder hierher zurückgekommen?« fragte einer. – »Ich konnt' nicht anders – ich konnt' nicht anders«, stöhnte Potter. »Ich wollt' ja weglaufen, aber ich konnte nicht woanders hingehen als hierher.« Und er begann von neuem, herzzerbrechend zu schluchzen. Der Indianer-Joe wiederholte seine Aussage ebenso ruhig wie vorhin und bestärkte sie durch seinen Eid. Und da die Jungens sahen, daß die Blitze immer noch zögerten, wuchs ihr Glaube, daß Joe sich dem leibhaftigen Gottseibeiuns verkauft habe, zur festen Überzeugung. Selbstverständlich wurde er dadurch zu einer Persönlichkeit, die ihr schauderndes, unheimliches Interesse erregte. Ihre Blicke hingen wie gebannt an seinem Antlitz, und sie beschlossen, ihm nachts nachzuspüren, in der Hoffnung, dabei einmal zufällig seinen schauerlichen Herrn und Meister zu Gesicht zu bekommen.
Der Indianer-Joe half die Leiche des Ermordeten auf einen Karren laden und sie fortschaffen, und es ging ein Flüstern durch die Menge, daß die Wunde dabei wieder zu bluten begonnen hätte. Die beiden Jungen hofften schon, daß dieser glückliche Umstand den Verdacht auf die richtige Fährte lenken würde, und waren sehr enttäuscht, als mehrere Leute sagten: »Natürlich mußte sie bluten, drei Schritte davon stand ja der Muff Potter.«
Toms schreckliches Geheimnis und seine furchtbare Mitwisserschaft störten ihm den Schlaf für länger als eine Woche, so daß eines Morgens Sid beim Frühstück sagte: »Du, Tom, du wirfst dich immer so im Bett rum und redest so viel dummes Zeug, daß ich die halbe Nacht nicht schlafen kann.« Tom wurde bleich und senkte die

Augen. »Das ist ein schlimmes Zeichen«, sagte Tante Polly ernst, »was hast du auf dem Herzen, Tom?« – »Nichts, Tante, ich weiß von gar nichts.« Aber seine Hand zitterte so, daß er den Kaffee verschüttete. »Und so'n Quatsch redest du«, fuhr Sid fort, »heute nacht hast du gesagt: ›Blut ist es, Blut, und gar nichts anderes‹, und das hast du immerzu wiederholt. Und dann hast du gerufen: ›Quält mich doch nicht so – ich will ja alles gestehen.‹ Was denn gestehen? Was willst du denn gestehen?« Vor Toms Augen schwamm alles. Es ist nicht auszudenken, was sich ereignet hätte, wenn nicht plötzlich die Spannung aus Tante Pollys Blick geschwunden wäre und sie Tom unbewußt zu Hilfe gekommen wäre, indem sie sagte: »Na natürlich! Es ist der scheußliche Mord! Ich träume auch jede Nacht davon. Einmal hab' ich sogar geträumt, daß ich's selber getan hätte.« Mary sagt, ihr ginge es ebenso, und Sid schien sich damit zufriedenzugeben. – Tom aber verschwand aus dem Zimmer, sobald er nur konnte, dann klagte er eine Woche lang über Zahnweh und wickelte sich jede Nacht ein dickes Tuch fest um die Backen. Er ahnte nicht, daß Sid ihn allnächtlich belauerte, ja, sogar manchmal die Binde lockerte, auf die Ellbogen gestützt sich über ihn beugte und lange und gespannt lauschte, worauf er vorsichtig das Tuch wieder an seine Stelle schob. Jedoch allmählich verlor sich Toms Gemütsverdüsterung, der ewige Zahnschmerz wurde langweilig und daher abgeschafft, und wenn es Sid wirklich gelungen war, aus Toms undeutlichem Gemurmel irgend etwas herauszuhören, so behielt er es jedenfalls für sich. Aber dennoch war es Tom lästig, daß seine Schulkameraden es gar nicht satt bekommen konnten, beständig gerichtliche Totenschau über tote Katzen zu halten, weil dadurch sein Gemüt immer von neuem aufgerüttelt wurde. Sid kam es seltsam vor, daß Tom niemals den Leichenbeschauer spielen wollte, er, der sonst doch immer der Anführer bei derartigen Unternehmungen zu sein pflegte. Es fiel ihm auch auf, daß er nie als Zeuge auftrat, ja, daß er überhaupt eine entschiedene Abneigung gegen dieses ganze Spiel zeigte und es zu hintertreiben suchte, wenn er nur immer konnte. Sid wunderte sich, wie gesagt, darüber, aber er erwähnte nichts davon. Mit der Zeit kam dann auch schließlich die »Totenschau« aus der Mode und hörte auf, Toms Gewissen zu beunruhigen.

Jeden Tag oder wenigstens jeden zweiten in dieser trübseligen Zeit paßte Tom die Gelegenheit ab, um sich an das kleine vergitterte

Kerkerfenster zu schleichen und dem »Mörder« allerlei kleine Gaben, die er auftreiben konnte, zuzustecken. Das Gefängnis war ein armseliges, winziges, halbverfallenes Loch, das in einem Sumpf außerhalb des Städtchens stand. Eine Wache hatte es nicht, denn es war nur sehr selten besetzt. Diese kleinen Spenden trugen sehr dazu bei, Toms Gewissen zu erleichtern.

Die Einwohner des Städtchens zeigten große Lust, auch den Indianer-Joe zu teeren und zu federn und ihm wegen des Leichenraubs den Prozeß zu machen. Aber sein Ruf war so furchtbar, daß sich keiner dazu hergeben wollte, die Leitung der Sache zu übernehmen. So ließ man es denn bleiben. Er hatte vorsichtigerweise bei seinen beiden Aussagen gleich mit der Erzählung von der Rauferei begonnen, ohne über den vorangegangenen Leichenraub ein Wort zu verlieren, und so hielt man es für das klügste, ihn wenigstens vorläufig nicht vor Gericht zu stellen.

Zwölftes Kapitel

Es gab noch etwas, das bewirkte, Toms Gemüt immer mehr von seinen geheimen Qualen abzuwenden, und zwar war dies eine neue wichtige Angelegenheit, die wohl geeignet war, sein Interesse in Anspruch zu nehmen. Seit einiger Zeit fehlte nämlich Becky Thatcher in der Schule. Tom hatte ein paar Tage lang mit seinem Stolz gerungen und versucht, sich die Gedanken an sie aus dem Kopf zu schlagen. Aber umsonst. Er ertappte sich dabei, wie er nachts um ihres Vaters Haus herumstrich, wobei ihm recht jämmerlich zumute war. Sie war krank. Wenn sie nun sterben müßte! Verzweiflung lag in dem Gedanken. Ihn lockte nichts mehr hienieden, kein Krieg, ja nicht einmal das Seeräubertum. Der Reiz des Lebens war entschwunden und nichts als qualvolle Trübung geblieben. Er ließ seinen Reifen und seinen Schlagball achtlos in der Ecke liegen und hatte an keinem Spielzeug mehr Freude. Die Tante, die sich diese beunruhigenden Symptome gar nicht erklären konnte, fing an, sich ernstlich Sorgen zu machen und alle möglichen Arzneien an ihm zu probieren. Sie gehörte nämlich zu den Leuten, die rein versessen sind auf Medizinen jeglicher Art und auf jede neu auftauchende Methode, welche die Gesundheit zu erhalten oder wieder zusammenzuflicken verhieß. Sie war unermüdlich in ihren Experimenten.

Sobald etwas Neues aufkam, brannte sie geradezu fieberhaft darauf, ein Versuchsobjekt dafür zu finden, denn sie selbst kam nicht in Betracht, da ihr leider nie etwas fehlte. Sie war auf sämtliche Lieferungswerke und Zeitschriften für Gesundheitslehre abonniert und die gläubigste Verkünderin jeglichen darin enthaltenen Unsinns, wenn er nur mit dem nötigen feierlichen Pathos vorgetragen wurde. All das Gewäsch über Ventilation, wie man zu Bett gehen müsse, wie aufstehen, was essen, was trinken, wieviel Bewegung man sich verschaffen, welcher Gemütsverfassung sich befleißigen, welche Kleidung man tragen müsse – all dieser Schwindel war ihr Evangelium, und es fiel ihr niemals auf, daß die neueste Nummer immer das widerrief, was in den früheren empfohlen wurde. Sie war so arglos und leichtgläubig, wie der Tag lang ist, und fiel auf alles rettungslos herein. In ihrer schlichten Einfalt kam sie jedoch gar nicht auf den Gedanken, daß sie der leidenden Menschheit etwas

anderes sein könnte als ein wahrer Engel der Genesung und der Balsam des Herrn in Person.
Damals kamen gerade die Kaltwasserkuren auf, und Toms körperliche Verfassung kam ihr wie gerufen. Morgens in aller Frühe holte sie ihn aus dem Bett, schleppte ihn in den Holzschuppen und goß ihm eine wahre Sintflut kalten Wassers über den Kopf. Dann rubbelte sie ihn mit einem rauhen Tuch wie mit einer Feile ab, wobei er wieder zu sich kam, rollte ihn in ein nasses Laken, stopfte ihn unter die Bettdecke und ließ ihn so lange liegen, bis er sich fast die Seele aus dem Leibe geschwitzt hatte, so daß seine »schwarzen Flecken zu den Poren rauskamen«, wie Tom sagte. Aber trotzdem wurde der Junge alle Tage schwermütiger, blasser und niedergeschlagener. Sie verordnete nun zur Abwechslung heiße Bäder, Sitzbäder, Sturzbäder und Duschen, aber Tom verlor auch jetzt nicht seine Leichenbittermiene. Da fügte sie der Wasserkur noch eine leichte Hafermehldiät bei nebst Senfpflastern und goß in ihn wie in einen Krug tagtäglich Wundertränke jeglicher Art, so daß Tom mit der Zeit gegen derartige Belästigungen ganz gleichgültig wurde. Aber dieser Zustand erfüllte die Seele der alten Dame mit neuer Bestürzung. Diese beängstigende Gleichgültigkeit mußte gebrochen werden, koste es, was es wolle! Und da geschah es, daß sie zum erstenmal von dem Universalwundermittel »Schmerzenstöter« hörte. Sofort bestellte sie haufenweise davon, versuchte es und war erfüllt von Dankbarkeit. Es war einfach Feuer in flüssiger Form. Die Wasserbehandlung wurde eingestellt nebst allen andern Methoden, und sie suchte hinfort ihr Heil nur noch im »Schmerzenstöter«. Tom bekam einen Teelöffel voll, und in tiefster Seelenangst erwartete Tante Polly das Resultat; aber mit einem Schlage war sie ihrer Sorgen ledig: Der »Bann der Gleichgültigkeit« war gebrochen. Wenn sie ein Feuer unter ihm angezündet hätte, so hätte der Junge nicht wirksamer darauf reagieren können!
Tom fand, daß es Zeit wurde, sich aufzuraffen. Diese Lebensweise mochte ja in Anbetracht seiner melancholischen Gemütsstimmung recht romantisch sein – aber es wäre ihm für die Dauer doch lieber gewesen, wenn sie mit weniger Gefühlsaufwand und dafür mit mehr Abwechslung verbunden wäre. So erwog er denn verschiedene Pläne, wie er sich Zerstreuung verschaffen könnte, und verfiel schließlich darauf, eine leidenschaftliche Vorliebe für »Schmerzenstöter« zu bekunden. Er verlangte so oft nach dem Wundertrank,

daß er der Tante ordentlich zur Plage wurde und sie ihn schließlich ärgerlich anfuhr, er möge ihn sich selber nehmen und sie in Ruhe lassen. Wäre es nun Sid gewesen, so hätte kein Argwohn ihr Entzücken über einen so ungeahnten Erfolg getrübt, da es aber Tom war, betrachtete sie verstohlen die Flasche. Sie merkte, daß die Flüssigkeit sich tatsächlich verminderte, aber sie wußte nicht, daß der Junge den Schaden einer Bodenritze im Wohnzimmer damit systematisch kurierte. Eines Tages war Tom gerade wieder dabei, besagter Ritze die gewohnte Dosis zu verabfolgen, als Tantes gelber Kater daherkam. Er machte einen Buckel, schnurrte und beäugelte mit gierigem Blick den Löffel, als ob er um eine Probe bettelte. Tom warnte: »Bitte lieber nicht darum, Peter, wenn du's nicht nötig hast.« Aber Peter deutete an, daß er's nötig hätte. »Überleg dir's noch mal, Peter.« Peter hatte es sich überlegt. »Na also, Peter, du willst's absolut haben, da will ich dir's meinetwegen geben – ich bin ja nicht so –, aber wenn's dir nachher nicht gut bekommt, dann darfst du niemandem einen Vorwurf machen als dir selber.« Peter war damit einverstanden, Tom sperrte ihm die Schnauze auf und goß den »Schmerzenstöter« hinein. Peter sprang hoch in die Luft, stieß ein flehendes Miauen aus und fuhr wie rasend im Zimmer herum, wobei er gegen Möbelkanten stieß, Blumentöpfe umschmiß und eine schauerliche Verwüstung anrichtete. Sodann erhob er sich auf die Hinterfüße und stolzierte wie in seliger Verzückung umher; den Kopf hatte er über die Schulter zurückgeworfen, und mit lieblicher Stimme gab er der Welt seine unbändige Wonne kund. Tante

Polly trat gerade noch rechtzeitig zur Tür herein, um zu sehen, wie Peter ein paar Purzelbäume schlug und mit einem mächtigen Schlußhurra durch das offene Fenster segelte, wobei er den Rest der Blumentöpfe mitriß. In maßloser Verblüffung sah ihm die Tante über die Brillengläser hinweg nach, während Tom auf dem Boden lag und sich schier ausschütten wollte vor Lachen.

»Tom, um Gottes willen, was fehlt denn der Katze?« – »Weiß ich doch nicht, Tante«, stieß der Junge nach Atem ringend hervor. – »So was hab' ich ja mein Lebtag noch nicht gesehen. Was macht sie denn nur?« – »Wahrhaftig, Tante, ich weiß es nicht. Katzen machen's anscheinend immer so, wenn sie lustig sind.« – »So? Machen sie's immer so?« Es war etwas in ihrem Ton, das Tom stutzig machte. »Hm – ja, ich – ich glaub' wenigstens, daß sie's so machen.« – »Ach so!« Die alte Dame bückte sich, und Tom beobachtete sie mit emsigem Interesse. Zu spät merkte er, daß der Stiel des verräterischen Teelöffels unter den Fransen der Tischdecke sichtbar wurde. Tante Polly holte ihn hervor und hielt ihn in die Höhe. Tom senkte verlegen die Augen. Da hob ihn die Tante an seinen beiden Ohrenhenkeln zu sich herauf und gab ihm mit der fingerhutbewaffneten Hand ein paar tüchtige Ohrfeigen. »So, nun sag mal, wie kommst du dazu, das arme Tier so zu quälen?« – »Ich – ich hab's doch nur aus Mitleid getan – weil – weil – na, weil Peter doch keine Tante hat.« – »Keine Tante? Dummer Kerl, was hat denn das damit zu tun.« – »'ne Masse! Wenn Peter 'ne Tante hätt', dann würde er doch auch Medizin kriegen, ganz egal, ob sie ihm die Eingeweide aus 'm Leib rausbrennt oder nicht, gerade so, als ob er 'n Junge wär'.« Tante Pollys Gewissen zuckte. So hatte sie die Sache allerdings nicht angesehen. Könnte am Ende das, was Grausamkeit gegen eine Katze war, nicht auch Grausamkeit gegen einen Jungen sein? Sie seufzte, und ihre Augen wurden feucht. Sanft legte sie die Hand auf Toms Kopf und sagte: »Tom, ich hab's gut gemeint und – es hat dir wirklich auch gutgetan, Tom.« Der Neffe sah zu ihr auf, und nur ganz leise lachte ihm der Schelm aus den Augen, als er im tiefsten Ernst erwiderte: »Ich weiß ja, daß du's gut gemeint hast, Tante. Aber ich hab's auch gut gemeint mit dem Peter, und es hat ihm auch gutgetan, noch nie im Leben ist er so hübsch herumgetanzt und –« – »Ach, mach, daß du weiterkommst, eh' du mich wieder ärgerst! Und probier doch endlich mal, ob du nicht 'n anständiger Junge sein kannst! Und Medizin brauchst du keine mehr zu nehmen.«

Tom kam sehr früh in die Schule. Man wollte bemerkt haben, daß dieses Außergewöhnliche in der letzten Zeit häufig vorgekommen sei. Auch heute wieder, wie immer seit kurzem, trieb er sich allein am Tor des Schulhofes herum, anstatt wie sonst mit seinen Kameraden zu spielen. Es sei ihm nicht gut, sagte er, und nach seinem Aussehen konnte man's ihm glauben. Er versuchte den Anschein zu erwecken, als schaue er überall sonst hin, nur nicht auf das, worauf er wirklich schaute, nämlich auf die Straße. Jetzt tauchte Jeff Thatcher auf, und Toms Antlitz erhellte sich. Einen Augenblick spähte er scharf und angestrengt, um sich im nächsten voll Trauer abzuwenden. Als Jeff näher kam, machte sich Tom an ihn heran und suchte mit Schläue das Gespräch auf Becky zu lenken. Aber Jeff, der dumme Kerl, merkte den Köder gar nicht.
Tom schaute und schaute – voller Hoffnung, wenn ein wehender Mädchenrock in Sicht kam, und voll Grimm, sobald er sah, daß dessen Eigentümerin nicht die Erwartete war. Als dann schließlich

keine Röcke mehr kamen, sank er in sein dumpfes, hoffnungsloses Brüten zurück. Vor den andern ging er ins leere Schulhaus und setzte sich ganz allein in die Klasse, um weiterzudulden. Da kam noch ein verspäteter Rock durchs Tor, und Toms Herz schlug hoch auf vor Wonne. Im nächsten Augenblick war er draußen und gebärdete sich wie ein Indianer; er johlte, lachte, schubste die Jungens, sprang über den Zaun, schlug Purzelbäume, stand auf dem Kopf – kurz, er verrichtete unzählige heroische Dinge, wobei er fortwährend nach Becky hinschielte, um zu sehen, ob sie auf sie wirkten. Becky aber schien nicht das geringste davon zu sehen, sie guckte überhaupt nicht nach ihm hin. Konnte es möglich sein, daß sie seine Nähe wirklich nicht merkte? Er verlegte das Feld seiner Heldentaten mehr in ihre Nähe, sprang mit wildem Kriegsgeheul um sie herum, riß einem Jungen die Mütze vom Kopf und schleuderte sie aufs Dach, brach gewaltsam durch eine Gruppe hindurch, so daß sie nach allen Richtungen auseinanderstob, und purzelte dicht vor Beckys Nase zu Boden, wobei er sie selber fast mit umriß. Sie aber drehte ihm den Rücken, rümpfte das Näschen, und er hörte sie sagen: »Ph – 's gibt Jungs, die meinen, sie wären furchtbar interessant – immer müssen sie sich aufspielen.«
Toms Wangen brannten. Er rappelte sich auf und schlich davon – gedemütigt und zerschmettert.

Dreizehntes Kapitel

Toms Entschluß war nun gefaßt. Ihn bewegten finstere, verzweifelte Gedanken. Er war von allen in der Welt verlassen, hatte keinen Freund, keinen einzigen! Aber wenn sie merken werden, wozu sie ihn getrieben, dann würden sie vielleicht doch traurig sein! Er hatte versucht, das Rechte zu tun und gut zu sein, aber sie ließen's ja nicht zu. Nun, wenn sie ihn also durchaus los sein wollten, dann sollten sie eben ihren Willen haben! Natürlich würden sie sagen, er wäre ganz allein an allem schuld – warum sollten sie das auch nicht sagen? Welches Recht hat denn ein Ausgestoßener, sich zu beklagen? Aber nein, sie – sie allein haben schuld, denn sie haben ihn zum Äußersten getrieben! Jetzt wollte er das Leben eines Verbrechers führen – es blieb ihm keine andere Wahl!
Unter solchen Betrachtungen war er weit über die Wiesen geschrit-

ten, und die Schulglocke, die die Kinder in die Klasse rief, tönte nur noch schwach an sein Ohr. Ein Schluchzen stieg in ihm auf, als er daran denken mußte, daß er nun nie, nie wieder diesen altgewohnten Ton vernehmen sollte. Es war hart – furchtbar hart, aber – sie zwangen ihn ja dazu! Da sie ihn nun einmal hinausgestoßen hatten in die kalte, unbarmherzige Welt, so mußte er sich eben dreinschikken – aber er verzieh ihnen, verzieh ihnen allen. Und er schluchzte stärker.

In diesem Augenblick stieß er auf seinen Busenfreund Joe Harper, der finster dahertrottete und offenbar einen gräßlichen Entschluß in seiner Seele herumwälzte. Tom wischte sich schnell die Augen mit seinem Ärmel ab und stotterte etwas hervor von »in die weite Welt hinausgehen«, weil sie ihn zu Hause immer so mißhandelten und ihn absolut nicht verstanden, und von »nie – nie wiederkommen«, und Joe sollte ihm doch ein treues Andenken bewahren. Da stellte sich heraus, daß Joe gerade an Tom ganz dieselbe Bitte hatte richten wollen und sich nur hier herumtrieb, um ihn aufzuspüren. Er hatte von seiner Mutter Prügel gekriegt, weil er Rahm genascht haben sollte, den er doch überhaupt mit keinem Auge gesehen hätte. Es war ganz klar, sie konnte ihn nicht leiden und wollte ihn einfach los sein. Wenn das so ist, was blieb ihm denn da anderes übrig als wegzugehn? Er hoffte, daß es ihr immer gutginge und sie niemals bereuen müsse, ihren armen Jungen in die kalte, gefühllose Welt hinausgestoßen zu haben, um da zu leiden und schließlich zu sterben.

Wie nun die beiden Jünglinge so traurig dahinwandelten, erneuerten sie ihren Freundschaftsbund und schwuren, stets zusammenzuhalten wie zwei Brüder und nicht voneinander zu lassen, bis der Tod sie einst von den Drangsalen dieses Jammertals befreien würde. Joe war dafür, Eremit zu werden, von Brotkrusten in einer Höhle zu leben und mit der Zeit vor Kälte, Not und Kummer zu sterben. Nachdem er aber Toms Plan angehört hatte, sah er ein, daß ein Verbrecherleben doch beträchtliche Vorteile böte, und war damit einverstanden, Pirat zu werden.

Drei Meilen unterhalb St. Petersburg, an einer Stelle, wo der Mississippi mehr als eine Meile breit war, lag eine schmale, bewaldete Insel, die in einer seichten Sandbank auslief. Sie war unbewohnt und lag nah am jenseitigen Ufer, das von einem fast undurchdringlichen Walde bestanden war. Dieser Ort schien wie geschaffen für das Unternehmen, und so wurde denn die Jacksoninsel als Schauplatz ihrer Taten gewählt. Wer eigentlich das Opfer für ihre Seeräubereien sein sollte, war eine Frage, die sie nicht weiter bekümmerte, viel wichtiger war es ihnen, Huckleberry Finn irgendwo aufzutreiben, um ihn für das Unternehmen zu gewinnen. Sie fanden ihn in einem seiner gewöhnlichen Schlupfwinkel, und es bedurfte bei ihm keiner großen Überredungskünste. Er schloß sich ihnen sofort an, denn ihm war jegliche Laufbahn recht – er war nicht wählerisch. Nachdem sie alles verabredet hatten, trennten sie sich einstweilen, um sich an einer einsamen Stelle des Flußufers, zwei Meilen oberhalb des Städtchens, zu ihrer Lieblingsstunde – also um Mitternacht – wiederzutreffen. Dort lag nämlich ein kleines Holzfloß, das sie zu kapern gedachten. Jeder sollte einen Angelhaken und Schnur mitbringen und so viel Mundvorrat, wie man sich auf möglichst heimliche und versteckte Weise aneignen konnte, wie es Geächteten ihrer Art zukam. Bevor noch der Nachmittag zu Ende ging, war es ihnen schon gelungen, überall im Städtchen das Gerücht auszustreuen, man würde bald etwas Merkwürdiges zu hören kriegen, wobei aber alle geheimnisvoll ermahnt wurden, ja darüber den Mund zu halten und abzuwarten.

Um Mitternacht erschien Tom mit einem gekochten Schinken und anderen Kleinigkeiten und blieb im dichten Unterholz einer kleinen Bucht stehen, von wo aus er den Sammelplatz überschauen konnte. Es war sternenklar und totenstill. Der gewaltige Strom lag sozusagen in friedlicher Ruhe da. Tom horchte einen Augenblick, kein Laut unterbrach die Stille ringsumher. Da ließ er ein langgezogenes, scharfes Pfeifen ertönen, das von unten erwidert wurde, noch einmal pfiff er, und wieder wurde das Signal in derselben Weise beantwortet. Dann flüsterte eine Stimme: »Wer naht dort?« – »Tom Sawyer, ›der schwarze Rächer der spanischen Gewässer‹. – Nennt eure Namen!« – »Huck Finn, ›die blutige Hand‹, und Joe Harper, ›der Schrecken der Meere‹.« Tom hatte diese Titel der von ihm bevorzugten Literaturgattung entnommen. »Gebt die Losung!« In dumpfem Flüsterton drang aus zwei Kehlen gemeinsam das gleiche schreckliche Wort in die brütende Nacht hinein: »Blut!«

Darauf kollerte Tom seinen Schinken den Abhang hinunter und ließ sich selber nachgleiten, wobei Haut und Kleider einigermaßen in Mitleidenschaft gezogen wurden. Es gab zwar noch einen leichten, bequemen Weg am Ufer entlang, aber dem fehlte jeglicher Reiz all jener Schwierigkeiten und Gefahren, die Seeräuber nun einmal

schätzen. »Der Schrecken der Meere« hatte eine riesige Speckseite mitgebracht, an der er sich fast krumm und lahm schleppte, und Finn, der »Bluthändige«, hatte einen Kochkessel gestohlen und sich mit einer Portion halb getrockneter Tabaksblätter nebst einigen Maiskolben versehen, um Pfeifen daraus zu machen, obwohl keiner der Piraten außer ihm selber rauchte. Der »schwarze Rächer der spanischen Gewässer« meinte, man könne überhaupt nichts unternehmen, wenn man kein Feuer an Bord hätte. Das war ein weiser Gedanke, aber wie es auftreiben? Streichhölzer waren damals in dieser Gegend noch eine Seltenheit. Da sahen sie hundert Schritt aufwärts auf einem großen Floß ein Feuer brennen, von dem man sich ganz gut einen brennenden Holzscheit verschaffen konnte. Gesagt, getan. Behutsam schlichen sie sich dorthin. Es war ein ungemein gefährliches Abenteuer! Alle Augenblicke blieben sie stehen, legten den Finger an den Mund und riefen »Pscht!« Ihre Hände griffen nach imaginären Schwertern, in düsterem Ton wurden Kommandos geflüstert und grimme Verwünschungen ausgestoßen über den Feind, der »kaltgemacht« werden müsse, denn – »nur der Tod verschließe ihm den Mund auf ewig!« Zwar wußten sie ganz genau, daß die Bootsleute unten in der Stadt waren, um Vorräte einzukaufen oder zu kneipen; das war aber für sie durchaus kein Grund, die Sache weniger piratenmäßig zu betreiben.
Nachdem sie von dem gefahrvollen Feuerraubzug glücklich zurückgekehrt waren, stießen sie vom Ufer. Tom hatte das Kommando, Huck saß am hinteren Ruder und Joe am vorderen. Mit düsteren Blicken und über die Brust gekreuzten Armen stand Tom mitten auf dem Floß und gab in strengem Flüsterton seine Befehle: »Luven! Vor den Wind!« – »Jawoll, Kap'tän.« – »Stet, Jungs – Kurs halten! Einen Strich mehr rechts!« Sie ließen das Floß regelmäßig und gleichförmig in der Mitte des Stromes gleiten, und es versteht sich von selbst, daß die Befehle nur der Form halber erteilt wurden und nicht etwa Anspruch darauf machten, irgend etwas zu bedeuten.
»Welche Segel sind gerefft?« – »Hauptsegel, Toppsegel und Klüversegel, Kap'tän.« – »Bramsegel auf! Vor den Wind! Sechs von euch an die Vortoppmarssegel! Fix, Jungs, rührt euch!« – »Jawoll, Kap'tän.«
Sie lenkten das Floß nach rechts und zogen die Ruder ein. Während der nächsten dreiviertel Stunde wurde kaum ein Wort gewechselt.

Am anderen Ufer, jenseits der weiten sternenbeschienenen Wasserfläche, lag das Städtchen, zwei oder drei schimmernde Lichtpunkte leuchteten von dort zu ihnen herüber. Es ruhte in süßem, friedlichem Schlummer, ohne eine Ahnung zu haben von dem Unerhörten, das sich hier zutrug.

Der »schwarze Rächer« stand unbeweglich mit gekreuzten Armen und warf einen letzten Blick auf den Schauplatz seiner früheren Freuden und späteren Leiden und wünschte nur, daß sie ihn jetzt sehen könnten, draußen auf der wilden See, wie er der Gefahr und dem Tode furchtlosen Herzens ins Antlitz schaute und mit einem grimmigen Lächeln auf den Lippen seinem Untergange entgegensah. Seiner Phantasie fiel es nicht schwer, die Jacksoninsel um tausend Meilen vom Städtchen wegzuversetzen, und so warf er seinen »letzten Blick« mit brechendem, aber befriedigtem Herzen hinüber. Auch die anderen Piraten sandten ihre »letzten Blicke«, und zwar so anhaltend, daß sie die Strömung fortgetrieben hätte, wenn die Gefahr nicht noch beizeiten verhindert worden wäre. Etwa um zwei Uhr morgens landete das Floß an der Sandbank, ungefähr hundert Meter oberhalb der Inselspitze, und die Jungens wateten durch das Wasser hin und her, bis sie ihre Ladung glücklich verstaut hatten. Ein altes Segel, das zu dem kleinen Floß gehörte, spannten sie an einer abgelegenen Stelle als Zelt auf, um ihre Vorräte darunter zu bergen. Sie selbst aber wollten in Wind und Wetter unter freiem

Himmel schlafen, so wie's sich für Ausgestoßene geziemt. Neben einem abgestorbenen Baumstumpf, etwa zwanzig bis dreißig Fuß in der düstern Tiefe des Waldes, schichteten sie Holz für ein Feuer auf, brieten sich Speck zum Abendessen und verzehrten die Hälfte des mitgebrachten Schinkens. Es schien ihnen herrlich, in so wild ungebundener Weise, im jungfräulichen Wald eines unbewohnten Eilandes zu schmausen, weitab vom Getriebe der Menschen, und sie schwuren sich, nie wieder in die Fesseln der Zivilisation zurückzukehren. Das flackernde Feuer beleuchtete ihre Gesichter und warf seinen roten Schein auf die Baumsäulen ihres Waldtempels, auf das Laubwerk und das Gewirr der Schlinggewächse. Als die letzte Schinkenkruste den Weg alles Eßbaren gegangen war, streckten sich die Burschen auf dem Moose aus, erfüllt von köstlichem Behagen. Sie hätten freilich ein kühleres Plätzchen finden können, aber sie wollten sich das romantische Gefühl nicht versagen, am flakkernden Lagerfeuer zu rösten. »Ist das nicht fein?« fragte Joe. – »Famos«, bestätigte Tom. »Was würden nur die Jungens sagen, wenn sie uns so sehen könnten?« – »Sagen? Totschlagen täten sie sich lassen, wenn sie hier sein dürften. Was, Hucky?« – »Na und ob«, brummte Huckleberry. »Mir ist's sauwohl hier, ich wünsch' mir's nicht besser. Zu Hause krieg' ich sowieso nicht satt, und hier kann doch keiner kommen und mir 'n Fußtritt geben und mich Strolch schimpfen.« – »Das nenn' ich doch ein Leben!« rief Tom. »Morgens braucht man nicht aufzustehn, nicht in die Schule, braucht sich nicht zu waschen, zu kämmen und all das blödsinnige Zeugs. Hatte ich nicht recht, Joe? So'n Seeräuber hat das beste Leben, wenn er auf'm Land ist; den ganzen Tag hat er nix zu tun, aber 'n Eremit, der muß beten, bis er schwarz wird – und dann macht's doch auch gar kein' Spaß, immer so allein zu sein.« – »Na ja«, meinte Joe, »ich hab' mir's ja auch nicht so genau überlegt, weißt du. Jetzt, wo ich's probiert hab', bin ich heilfroh, daß ich 'n Pirat geworden bin.« – »Außerdem«, belehrte Tom, »gibt man heutzutage gar nicht mehr so viel auf Eremiten wie früher, aber 'n Pirat ist überall angesehn. Und so'n Eremit muß auch immer auf der allerhärtesten Stelle schlafen, die er nur finden kann, und muß sich Asche auf'n Kopf streuen und im Regen stehen und –« – »Asche? Zu was denn Asche auf'n Kopf?« fragte Huck. – »Weiß ich nicht, aber sie müssen's. Alle Eremiten tun's. Du müßtest's auch, wenn du einer wärst.« – »Ph, würd' mich schön hüten«, versetzte Huck. –

»Du mußt eben!« – »Das weiß ich noch lange nicht. Asche auf'n Kopf? Nee!« – »Aber Huck, du müßtest einfach, wie wolltest du dich denn davon drücken?« – »Oh, ich tät eben ausreißen.« – »Ausreißen? Na, da wärst du 'n nettes Exemplar von 'nem Eremiten. Da wärst du ja 'n Schandfleck für die ganze Bande!« Der »Bluthändige« gab gar keine Antwort, er hatte was Besseres zu tun. Er war gerade damit fertig geworden, einen Maiskolben auszuhöhlen, nun befestigte er einen Binsenhalm als Stiel daran, stopfte Tabak in den Kolben, legte einen glühenden Holzscheit drauf und hüllte sich alsbald in eine Wolke lieblich duftenden Rauchs. Man sah ihm ordentlich an, wie er im höchsten Stadium wohligen Behagens schwelgte, während ihn die beiden andern Piraten nicht wenig um seine so imponierend lasterhafte Kunst beneideten. Nach einer Weile fragte Huck: »Was haben Piraten eigentlich zu tun?« – »Oh, 'ne Masse«, erwiderte Tom, »sie kapern Schiffe und verbrennen sie, nehmen alles Geld weg und vergraben's an unheimlichen Plätzen auf ihrer Insel, wo's Geister gibt, die den Schatz bewachen, und dann töten sie alle Leute auf den Schiffen und werfen sie über Bord und so –« – »Und die Frauen schleppen sie auf ihre Insel«, vervollständigte Joe, »die töten sie nicht.« – »Nee«, pflichtete Tom bei, »sie töten nie Frauen, dazu sind sie viel zu edel. Die Frauen sind auch immer sehr schön.« – »Und die Kleider, die sie anhaben, ich sag' dir, alles von Gold und Diamanten«, fiel Joe ganz begeistert ein. – »Wer?« fragte Huck. – »Na, die Piraten.« Huck sah nachdenklich an seiner Gewandung hinunter. »O je, meine Kleider passen aber dann verdammt schlecht für'n Piraten«, sagte er mit einer gewissen erhabenen Trauer in der Stimme, »ich hab' aber keine andern nicht.« Die beiden trösteten ihn und meinten, die schönsten Kleider würden schon bald kommen, wenn sie nur erst mal auf Abenteuer ausgingen. Sie machten ihm begreiflich, daß seine Lumpen für den Anfang schließlich gingen, obwohl es sich für bessere Seeräuber ja eigentlich schickte, in anständigerer Garderobe auszuziehen.

Allmählich erstarb das Geplauder, und Müdigkeit stahl sich auf die Lider der jugendlichen Strolche. Die Pfeife entglitt den Fingern des »Bluthändigen«, und er schlief den tiefen Schlaf des Gerechten und Müden. Der »Schrecken der Meere« ebenso wie der »schwarze Rächer der spanischen Gewässer« konnten hingegen nicht so schnell einschlafen. Sie sagten ihr Gebet nur innerlich her, da niemand hier war, dessen Autorität sie zum Niederknien und lauten Aufsagen gezwungen hätte. Um die Wahrheit zu gestehen – zuerst wollten sie überhaupt nicht beten, aber schließlich schreckten sie vor solchem Wagnis doch zurück, aus Furcht, es könne ein ganz besonderer Donnerkeil vom Himmel auf ihre schuldigen Häupter niedersausen. Endlich, endlich waren sie dicht an der Grenze des Schlafes, da nahte wiederum ein Störenfried, der sich nicht abweisen lassen wollte – es war das Gewissen. Ein quälendes Gefühl überkam sie, ob sie nicht doch am Ende unrecht getan hätten, so einfach davonzulaufen; und dann dachten sie an die Vorräte, und damit begann erst die richtige Selbstquälerei. Sie versuchten ihr Gewissen einzulullen, indem sie ihm vorstellten, wie heillos oft sie sich an Äpfeln in der Vorratskammer vergriffen hätten, das Gewissen aber ließ sich von durchsichtigen Ausflüchten nicht täuschen und machte ihnen die Unmöglichkeit klar, um die unumstößliche Tatsache herumzukommen, daß das Naschen von Äpfeln und Süßigkeiten eben nur »Stibitzen«, während das Fortschleppen von Speck, Schinken und größeren Gegenständen nichts anderes als hundsgemeiner Diebstahl sei, wogegen es ein dräuendes Gebot in der Bibel gab. Und so beschlossen sie innerlich, daß, solange sie das Piratengeschäft betrieben, sie ihre Raubzüge nicht wieder mit dem Verbrechen des Diebstahls besudeln wollten. Auf dieser Grundlage schloß ihr Gewissen denn auch einen Waffenstillstand mit ihnen, und unsere zartbesaiteten Seeräuber versanken schließlich in einen friedlichen, ungestörten Schlummer.

Vierzehntes Kapitel

Als Tom am andern Morgen erwachte, sah er ganz verwirrt um sich. Er setzte sich auf, rieb sich die Augen, und dann erst konnte er sich besinnen, wo er war. Es herrschte eine graue, kühle Dämmerung, und ein köstlicher Duft von Ruhe und Frieden lag in der tiefen Stille des Waldes. Kein Blatt rührte sich, kein Laut störte das Nachdenken der schweigenden Natur. Tautropfen perlten auf Blättern und Gräsern. Tief drinnen im Walde rief ein Vogel, ein anderer antwortete, dann hörte man das Hämmern eines Spechtes. Allmählich erhellte sich das kühle, fahle Grau der Morgendämmerung, und ebenso allmählich vermehrten sich die Töne ringsum, und überall begann das Leben zu erwachen. Das große Wunder, wie die Natur den Schlaf

abschüttelt und ihr Tagewerk aufnimmt, entfaltete sich vor dem staunenden Knaben. Eine kleine grüne Raupe kam über ein taufrisches Blatt dahergekrochen; von Zeit zu Zeit hob sie drei Viertel ihres Körperchens in die Luft, schnüffelte umher und kroch weiter. »Aha, die kommt zum Anmessen«, dachte Tom. Und als die Raupe aus freien Stücken sich ihm näherte, saß er mäuschenstill und hoffte und bangte, je nachdem sie sich auf ihn zu bewegte oder sich nach einer andern Richtung wandte. Als sie sich aber schließlich ganz entschieden auf Toms Beinkleider niederließ und eine Entdekkungsreise darauf antrat, war sein Herz voll Freude, denn das bedeutete, daß er einen neuen Anzug bekommen würde – zweifellos eine glänzende Piratenuniform. Die ganze Natur war jetzt wach und voll Leben und Bewegung. Gleich blitzenden Lanzen drangen die Sonnenstrahlen nah und fern durch das dichte Laub, und kleine bunte Schmetterlinge kamen herbeigeflogen. Ein schwarzgeflecktes

Marienkäferchen erkraxelte die steile Höhe eines Grashalms, Tom beugte sich zu ihm nieder und sagte:

»Marienkäfer flieg,
Vater ist im Krieg.
Fliege heim, es brennt dein Haus,
Deine Kinder weinen sich die Augen aus.«

Und das Marienkäferchen breitete die kleinen Schwingen aus und flog davon, um nach den zu Hause weinenden Kindern zu sehen, was Tom keineswegs überraschte, denn er kannte aus Erfahrung die Leichtgläubigkeit des dummen Tieres sowie seine Angst vor Feuer und hatte schon mehr als einmal seine Einfalt ruchlos ausgenutzt.

Tom weckte die beiden andern Piraten, und eine Minute später trabten die drei mit hellem Freudengeheul dem Ufer zu, warfen die Kleider ab und jagten, spritzten und überpurzelten sich in dem seichten, lauen Wasser der Sandbank. Sie hatten keine Spur von Sehnsucht nach dem Städtchen, das da drüben, jenseits der endlosen majestätischen Wasserfläche, noch im Schlafe lag. Eine verirrte Welle oder eine zufällige Strömung hatte ihr Floß weggetrieben, aber das tat ihnen nicht leid, im Gegenteil freuten sie sich, daß durch sein Verschwinden nun gleichsam alle Brücken zwischen ihnen und der Zivilisation abgebrochen waren. Wundervoll erfrischt kehrten sie in ihr Lager zurück, frohen Herzens und mit einem Bärenhunger. Bald flackerte das Feuer wieder in heller Flamme, und Huck entdeckte dicht beim Lager eine Quelle frischen Wassers. Sie machten sich Becher aus großen Eichen- und Ahornblättern und stellten fest, daß Wasser, versüßt durch seine so eigenartig wilde Waldromantik, ein wundervoller Ersatz für Kaffee sei. Während Joe eine Speckscheibe zum Frühstück abschnitt, riefen ihm Huck und Tom zu, noch eine Minute auf sie zu warten. Sie liefen an den Fluß, warfen ihre Angel aus, und ehe Joe noch Zeit hatte, ungeduldig zu werden, waren sie schon zurück mit einem Fischvorrat, der für eine ganze Familie ausgereicht hätte. Sie brieten den Fisch in Speck, und noch nie hatte ihnen ein Fisch so delikat geschmeckt. Nach dem Frühstück legten sie sich in den Schatten, während Huck sein Pfeifchen rauchte, und dann machten sie sich zu einer Entdeckungsreise über die Insel auf. Vergnügt trollten sie über vermoderte Baumstümpfe, durch wirres Gestrüpp zu Füßen der erhabenen Fürsten der Wälder,

um deren Stämme von der Krone bis zur Wurzel gleich duftenden Krönungsmänteln wilde Rebenranken hingen. Über Lichtungen kamen sie, deren saftig-grüner Rasen mit bunten Blumen wie gesprenkelt war. Sie stellten fest, daß die Insel etwa drei Meilen lang und eine Viertelmeile breit sei und daß die Küste nur durch einen schmalen, kaum hundert Meter breiten Kanal vom Festland getrennt war. Mindestens jede Stunde einmal nahmen sie ein Bad, und so war der Nachmittag schon ziemlich vorgerückt, als sie in ihr Lager zurückkehrten. Sie waren zu hungrig, um noch erst lange zu fischen, und so fielen sie über ihren Schinken her und warfen sich dann ins Moos und plauderten. Aber das Gespräch geriet bald ins Stocken und hörte schließlich ganz auf. Die feierliche Stille, die über dem Walde brütete, weckte in ihnen ein Gefühl der Verlassenheit. Sie versanken in Nachdenken.

Ein unbestimmtes Sehnen schlich in ihr Herz und nahm immer deutlicher Gestalt an – es war aufkeimendes Heimweh. Selbst Finn,

der »Bluthändige«, träumte von seinen heimatlichen Treppenstufen und leeren Regentonnen. Aber alle drei schämten sich ihrer Schwäche, und keiner hatte den Mut, seinen Gedanken Worte zu verleihen. Schon seit einigen Minuten drangen aus der Ferne eigentümliche Töne her, die ihnen aber bisher nicht deutlich zum Bewußtsein gekommen waren, so wie man manchmal das Ticken einer Uhr hört, ohne sich Rechenschaft darüber zu geben. Jetzt aber wurde der geheimnisvolle Ton stärker und drängte sich der Wahrnehmung auf. Die Jungens fuhren in die Höhe, sahen einander erschrocken an und richteten sich in lauschender Stellung empor. Es war alles so still wie vorher, dann aber hörten sie von fern ein dumpfes »Bum«.
»Was ist das?« rief Joe mit unterdrückter Stimme.
»Möcht's selber wissen«, flüsterte Tom.
»Donner ist's nicht«, meinte Huck in ängstlichem Ton, »denn Donner –«
»Still!« gebot Tom, »quassel nicht, horch lieber!« Wieder warteten sie eine Zeitlang, die ihnen eine Ewigkeit schien, und dann unterbrach dasselbe dumpfe »Bum« die tiefe Stille. »Wir wollen hingehen und nachsehen, was es ist.« Damit sprangen sie schnell auf die Füße und rannten dem Ufer zu, das der Stadt gegenüberlag. Vorsichtig teilten sie die Büsche und lugten auf das Wasser hinaus. Da trieb die kleine Dampffähre etwa eine Meile unterhalb der Stadt mit der Strömung daher. Ihr breites Deck wimmelte von Menschen. Eine Masse Boote ruderte um den Dampfer herum, aber die Jungens konnten nicht unterscheiden, was die Leute darauf machten. Auf einmal brach eine dicke, weiße Rauchwolke aus der Seite der Fähre, und als sie höher stieg und sich langsam in Dunst auflöste, drang wiederum der dumpfe Ton in die Ohren der lauschenden Knaben.
»Jetzt weiß ich's«, schrie Tom, »'s ist einer ertrunken.« – »Jawoll«, stimmte Huck bei. »So haben sie's vorigen Sommer auch gemacht, als Bill Turner ersoff. Da haben sie 'ne Kanone losgefeuert, und dadurch kommt der Tote wieder rauf. Ja, und sie nehmen auch Brote und stecken Quecksilber rein und lassen sie schwimmen, und die treiben gerade dahin, wo der Versoffene liegt, und halten bei ihm an.« – »Ja, ja, davon hab' ich auch gehört«, bestätigte Joe. »Woher das Brot aber so was bloß wissen kann?« – »Na, 's ist gar nicht so sehr das Brot«, sagte Tom, »es wird wohl mehr das sein, was sie vorher drüber sprechen.« – »Aber sie sprechen gar nix drüber«, versicherte Huck, »ich hab's ganz genau gesehen!« – »Das wär' aber

komisch«, meinte Tom, »vielleicht sagen sie's leise. Natürlich, so ist's, das kann man sich doch an den Fingern abzählen.« Die andern beiden gaben Tom vollkommen recht, denn von »so'n dummen, lumpigen Brot« könnte man doch ohne irgendwelchen Zauberspruch unmöglich erwarten, daß es sich bei einer so ernsten, wichtigen Sendung sehr gescheit anstellen würde. – »Teufel«, rief Joe, »ich wollt', ich wär jetzt auch drüben.« – »Ich auch«, bestätigte Huck, »ich gäb' wer weiß was drum, wenn ich wüßt', wer da gesucht wird.« – Die Jungens lauschten wieder angestrengt und beobachteten scharf. Plötzlich zuckte ein erleuchtender Gedanke durch Toms Hirn, und er schrie: »Jungs, ich weiß, wer ertrunken ist – wir sind's!«

Im Nu fühlten sich alle als Helden. Welch ein Triumph! Sie wurden vermißt, betrauert, Herzen brachen ihretwegen, Tränen wurden vergossen, und anklagende Erinnerungen an manche Unfreundlichkeit gegen die armen, nun verlorenen Knaben tauchten auf, und Reue und Gewissensbisse zerfleischten die Herzen! Das Herrlichste aber war – ihr Verschwinden würde das Tagesgespräch der ganzen Stadt bilden! Herrgott, und der Neid der andern Jungens über diese glänzende öffentliche Berühmtheit! Jawohl, es lohnte wahrhaftig, Pirat zu sein!

Als die Dämmerung anbrach, kehrte die Dampffähre zu ihrer gewöhnlichen Beschäftigung zurück, und auch die Boote verschwanden. Die Seeräuber begaben sich wieder in ihr Lager, ganz berauscht vor Stolz über ihre neue Größe und die famose Unruhe, die sie verursachten. Sie fingen Fische, kochten ihr Abendbrot, verzehrten es und legten sich ans Feuer, um Vermutungen darüber anzustellen, was man zu Hause wohl alles über sie sagte und dachte, und malten sich mit Wohlbehagen die Bilder des allgemeinen Kummers aus, der ihretwegen herrschte. Als aber die Schatten der Nacht sie einhüllten, verstummte allmählich ihr Gespräch, und sie starrten ins Feuer, während ihr Geist anscheinend in weiter Ferne weilte. Der Rausch war verflogen, und Tom und Joe konnten sich der leise mahnenden Gedanken an gewisse Leute nicht erwehren, die über ihre Heldentaten viel weniger vergnügt waren als sie selber. Schlimme Ahnungen tauchten auf, sie fühlten sich unbehaglich und unglücklich, und ohne daß sie es wollten, entschlüpfte ihnen ein Seufzer nach dem andern. Schließlich wagte Joe, schüchtern einen tastenden »Fühler« auszustrecken, um zu sehen, wie wohl die an-

dern über eine Rückkehr in die Zivilisation denken mochten – »natürlich nicht jetzt – aber –«
Tom wies diese Zumutung mit Verachtung zurück. Huck, der bis jetzt noch keine Schwächeanwandlung empfunden hatte, stimmte Tom bei, und der Wankelmütige suchte sich sogleich herauszureden, um nach Möglichkeit den Makel schwächlichen Heimwehs von sich abzuwälzen. Auf jeden Fall war die Meuterei für den Augenblick erfolgreich unterdrückt.
Bei einbrechender Dunkelheit nickte Huck ein und begann die Luft mit Schnarchen zu erfüllen. Dann kam die Reihe an Joe, Tom aber lag unbeweglich auf die Ellbogen gestützt und sah die beiden aufmerksam an. Schließlich erhob er sich vorsichtig auf die Knie und kroch bei dem leise flackernden Feuerschein suchend im Grase umher. Er sammelte ein paar halbkreisförmige Stücke weißer, dünner Sykomorenrinde, prüfte sie, um schließlich zwei, die ihm die besten schienen, auszuwählen. Dann kniete er am Feuer nieder und kritzelte voll Anstrengung etwas mit einem Rotstift auf jedes der Stücke. Eins rollte er zusammen und steckte es in seine Tasche, das andere schob er in Joes Hut, den er etwas entfernt von seinem Eigentümer ins Moos legte. In diesen deponierte er außerdem noch allerlei Schuljungenkostbarkeiten von nahezu unschätzbarem Wert, als da sind: ein Stückchen Kreide, einen Radiergummi, drei Fischhaken und eine Glasmurmel, die überall für »echt Kristall« geschätzt wurde. Dann schlich er leise auf den Zehenspitzen zwischen den Bäumen hin, aber als er außer Hörweite war, setzte er sich sofort in einen scharfen Trab – geradewegs der rettenden Sandbank zu.

Fünfzehntes Kapitel

Ein paar Minuten später war Tom schon im seichten Wasser der Sandbank und watete gegen das Illinoisufer. Ehe ihm das Wasser bis an die Brust reichte, war er schon halb drüben. Jetzt aber erlaubte die Strömung kein weiteres Waten mehr, und er machte sich denn zuversichtlich daran, die übrigen hundert Meter durch Schwimmen zurückzulegen. Er schwamm quer durch die Strömung, die ihn immer wieder zurückwarf. Schließlich erreichte er aber doch das Ufer und kletterte an einer niederen Stelle an Land. Er griff in seine Tasche, ob das Rindenstück noch an seinem Platz

wäre, und schlug sich mit triefenden Kleidern durch den Wald, der das Ufer entlanglief. Kurz vor zehn Uhr kam er an eine Bucht, gerade dem heimatlichen Städtchen gegenüber, und fand dort die Dampffähre, die unter den Bäumen des hohen Ufers verankert lag. Alles war still unter den funkelnden Sternen. Er kroch vorsichtig die Uferböschung hinab, glitt ins Wasser und schwamm mit drei oder vier Stößen nach dem Boot, das an der Seite der Fähre befestigt war. Dort streckte er sich unter der Ruderbank aus und wartete mit klopfendem Herzen. Alsbald läutete eine blecherne Glocke, und eine Stimme gab den Befehl zum Abstoßen. Ein paar Minuten später wurde das Boot von der Fähre scharf angezogen, und die Fahrt hatte begonnen. Tom beglückwünschte sich zu seinem Erfolg, er wußte, dies war die letzte Fahrt, die die Fähre diesen Abend machte. Nach endlosen zwölf bis fünfzehn Minuten stoppten die Räder, Tom schlüpfte über Bord, schwamm im Dunkeln ans Ufer und landete etwa fünfzig Meter unterhalb des Städtchens, aus Furcht, etwa noch herumstreichenden Bekannten zu begegnen. Er lief durch einsame Gäßchen und stand bald am hinteren Hofzaun seiner Tante. Er kletterte hinüber, näherte sich dem Hause und blickte durch das Fenster des Wohnzimmers, in dem noch Licht brannte. Er sah Tante Polly, Sid, Mary und Joe Harpers Mutter um den Tisch sitzen, der in der Nähe des Bettes stand, und das Bett befand sich zwischen ihnen und der Tür. Tom näherte sich dieser Tür und drückte vorsichtig die Klinke. Sie gab unter seiner Berührung nach und öffnete sich mit leisem Knarren. Vorsichtig erweiterte er den Spalt und hielt jedesmal inne, wenn es quietschte, bis er ihm groß genug erschien, daß er sich mit den Knien durchschieben konnte. Dann steckte er den Kopf durch und begann, mutig vorwärts zu kriechen.
»Warum das Licht nur so flackert?« sagte Tante Polly. Tom beeilte sich. »Herrgott, ich glaub', die Tür ist offen! Natürlich ist sie's! Geh, mach sie zu, Sid.« Tom konnte gerade noch zur rechten Zeit unter dem Bett verschwinden. Dort lag er mucksmäuschenstill, bis er wieder zu Atem gekommen war, dann kroch er weiter, so daß er fast die Füße seiner Tante berühren konnte. – »Also, wie gesagt«, fuhr diese fort, »schlecht war er nicht, was man so unter schlecht versteht – nur immer voll Übermut und Leichtsinn. Das reinste Füllen – man konnte ihm nichts übelnehmen; er meinte es ja nicht bös und war der gutmütigste Kerl, den man sich denken kann, und –« Sie begann zu weinen.

»Geradeso war mein Joe – immer voll Teufeleien und toller Streiche, aber dabei selbstlos und gut! Und nun denken zu müssen, daß ich hingehen konnte und ihn durchhauen, weil ich mein', er hat den Rahm genommen, und denk' gar nicht dran, daß ich ihn doch selber fortgeschüttet hab', weil er sauer geworden ist! Und jetzt – jetzt soll ich ihn nie, nie wiedersehen in dieser Welt, meinen armen mißhandelten Jungen, nie, nie wieder!« Und Mrs. Harper schluchzte, als wollte ihr das Herz brechen.

»Ich hoffe, Tom hat es besser, wo er jetzt ist«, sagte Sid, »aber ich mein', wenn er sich hier manchmal besser –«

»Sid!« Tom fühlte ordentlich den drohenden Mahnblitz in den Augen der Tante, obwohl er's nicht sehen konnte. »Nicht ein Wort gegen meinen armen Tom, jetzt, da er von uns gegangen ist. Gott wird sich seiner schon annehmen, da brauchst du dich nicht drum zu kümmern, hörst du! Oh, Mistress Harper, ich weiß nicht, wie ich's aushalten soll ohne ihn, er war ja mein ganzer Trost, wenn er mir auch manchmal fast das Herz aus dem Leibe quälte.«

»Der Herr hat's gegeben, der Herr hat's genommen, der Name des Herrn sei gelobt! Aber hart ist's, furchtbar hart! Noch letzten Sonntag ließ mir mein Joe einen Schwärmer gerade unter die Nase platzen, und ich versetzte ihm eins, daß er umfiel. Wie konnt' ich da denken, daß er so bald – ach, wenn er's doch bloß noch einmal tun könnt' – küssen und segnen wollt' ich ihn dafür.«

»Ja, ja, ja, ich weiß, wie Ihnen zumut' ist, Mistress Harper, ich weiß es nur zu gut! Es ist noch nicht länger her als gestern nachmittag, da hat mein Tom der Katze »Schmerzenstöter« eingegeben, na, und ich mein', das Tier reißt 's ganze Haus ein. Und Gott verzeih mir, ich geb' dem Jungen mit meinem Fingerhut einen Klaps auf den Kopf – armer Junge, armer, armer toter Junge! Aber nun ist er heraus aus allen Nöten. Und die letzten Worte, die ich von ihm gehört hab', waren, daß er mir vorwarf –« Aber diese Erinnerung war zuviel für die alte Dame, und sie brach völlig zusammen. Tom schluchzte jetzt auch aus lauter Mitleid mit sich selber. Er hörte, wie Mary weinte und von Zeit zu Zeit ein freundliches Wort über ihn ins Gespräch warf. Seine Meinung über sich selbst stieg um ein beträchtliches, und er war so gerührt über den Kummer der Tante, daß er kaum der Versuchung widerstehen konnte, unter dem Bett hervorzukriechen und ihren Kummer in Freude zu verwandeln. Der theatralische Effekt einer solchen Szene wäre ganz nach seinem Ge-

schmack gewesen, aber er widerstand tapfer und verhielt sich still. Aus allerlei Bruchstücken der Unterhaltung entnahm er, daß man zuerst geglaubt hatte, die Burschen seien beim Schwimmen verunglückt. Dann wurde aber das kleine Floß vermißt, und ein paar Jungen gaben an, daß die Verschwundenen gesagt hätten, die Stadt solle bald etwas Neues erfahren. Die »weisen Häupter« der Gemeinde reimten sich nun alles mögliche zusammen und waren sich schließlich darin einig, die Ausreißer seien auf dem Fluß davongefahren und würden wohl bald in der nächsten Stadt flußabwärts auftauchen. Aber gegen Mittag hatte man etwa vier Meilen unterhalb des Städtchens an der Missouriküste das leere Floß gefunden, und da schwand jede Hoffnung. Sie waren sicher ertrunken, denn sonst hätte sie der Hunger vor Nacht nach Hause gejagt. Man glaubte, die Suche nach den Leichen wäre deshalb erfolglos geblieben, weil sich das Unglück jedenfalls mitten im Strom zugetragen habe, denn die Jungens waren flotte Schwimmer und hätten sich sonst sicherlich ans Ufer gerettet. Das war Mittwoch abend. Wenn man sie bis Sonntag noch nicht gefunden hätte, dann müßte man jede Hoffnung aufgeben, und am Sonntag sollte dann ein Trauergottesdienst in der Kirche abgehalten werden. Tom erschauerte.
Mrs. Harper sagte schluchzend gute Nacht und wandte sich zum Gehen. Von dem gleichen Impuls getrieben, flogen die beiden unglücklichen Frauen einander in die Arme, weinten sich eine an der Schulter der andern tüchtig aus und nahmen schließlich Abschied. Tante Polly sagte Sid und Mary mit besonderer Zärtlichkeit gute Nacht, Sid weinte ein bißchen, Mary aber schluchzte aus Herzensgrund.
Nun kniete Tante Polly nieder und betete für Tom, so rührend, so eindringlich, mit so grenzenloser Liebe in jedem Wort und jedem Ton ihrer alten, zitternden Stimme, daß der Missetäter unter dem Bett fast in Tränen zerfloß. Er mußte noch lange, nachdem sie zu Bett gegangen war, still liegen bleiben, denn sie warf sich ruhelos von einer Seite zur andern und stieß von Zeit zu Zeit herzzerbrechende Seufzer aus. Endlich aber wurde sie still, nur ab und zu schluchzte sie noch leise im Schlafe auf. Jetzt kroch Tom unter dem Bett hervor, richtete sich in die Höhe, beschattete die Kerze mit der Hand und betrachtete sie. Sein Herz war voller Mitleid für sie. Er nahm die Sykomorenrinde aus der Tasche und legte sie neben den Leuchter. Da fiel ihm etwas ein; er zögerte, und sein Gesicht ver-

klärte sich ordentlich im Widerschein einer grandiosen Idee. Rasch steckte er die Rinde wieder ein, beugte sich über das liebe, alte Gesicht und küßte die welken Lippen; dann stahl er sich davon und zog leise die Tür hinter sich zu. Er schlich den gleichen Weg, den er gekommen, nach der Fähre zurück und betrat kühn das Deck. Wußte er doch, daß um diese Zeit nur ein einziger Wächter dort war, und der pflegte sich für gewöhnlich in die Kajüte zurückzuziehen und dort zu schlafen wie ein Sack. Er löste das Boot, schlüpfte hinein und ruderte vorsichtig stromaufwärts. Als er eine Meile von der Stadt entfernt war, steuerte er quer über den Fluß und legte sich tüchtig in die Riemen. Er traf genau die Landungsstelle auf der andern Seite – eine Leistung, die für ihn nichts Neues war. Einen Augenblick überlegte er, ob er das Boot nicht mitnehmen sollte, da es doch sozusagen ganz legitime Beute für einen Piraten wäre; aber er fürchtete, man würde womöglich Nachforschungen danach anstellen, die zu unliebsamen Entdeckungen führen könnten. So sprang er ans Ufer und lief in den Wald. Dort hielt er eine lange Rast und hatte Mühe, nicht einzuschlafen. Todmüde machte er sich dann auf den Heimweg. Die Nacht war schon weit vorgerückt, und es war fast Tag, als er sich wieder am Ufer gegenüber der Sandbank befand. Er ruhte noch einmal aus, bis die Sonne ganz aufgegangen war. Dann warf er sich ins Wasser, und kurz darauf stand er triefend am Eingang des Lagers. Gerade hörte er Joe sagen: »Nee, Huck, Tom ist treu wie Gold – er kommt bestimmt wieder, der kneift nicht aus! Er weiß, das wär' 'ne Schande für 'n Piraten, und dafür ist Tom viel zu ehrenhaft. Er ist auf irgendwas aus – wenn ich bloß wüßt', auf was.« – »Na ja, aber die Sachen da im Hut gehören doch nun uns, nicht?« – »Beinah, Huck, aber noch nicht ganz. Er schreibt doch hier auf der Rinde: Die Sachen gehören euch, wenn ich nicht bis zum Frühstück zurück bin.« –

»Was hiermit der Fall ist!« rief Tom und betrat mit großartiger dramatischer Pose die Szene.

Ein üppiges Frühstück aus Speck und Fisch war bald zur Stelle, und während sich die drei darüber hermachten, erzählte Tom mit entsprechender Ausschmückung seine Erlebnisse. Sein Ruhm warf einen strahlenden Abglanz auf die andern, so daß sie sich nur zu bald als eine eitle prahlerische Heldenschar gebärdeten. Dann suchte Tom ein schattiges Plätzchen zum Schlafen, während die andern Piraten auf Fischfang gingen.

Nach dem Mittagessen zog die ganze Bande auf die Sandbank, um Schildkröteneier zu suchen. Mit Stöcken durchwühlten sie den Sand, und wo sie eine etwas aufgelockerte Stelle fanden, gruben sie mit den Händen nach. Manchmal erwischten sie fünfzig bis sechzig Eier auf einen Haufen – runde, weiße, nußgroße Dinger. Das gab ein köstliches Abendbrot von gebackenen Eiern und reichte sogar noch für ein leckeres Frühstück am andern Morgen.

Es war Freitag. Nach dem Frühstück liefen sie mit Hallo an den Strand, schlugen Purzelbäume, jagten einander und warfen vor Übermut beim Rennen ihre Kleider ab, so daß sie splitternackt waren. Ihre fleischfarbene Haut erinnerte sie an die Trikots der Zirkusleute, und im Nu war ein Kreis in den Sand gezogen, und der schönste Zirkus war fertig. Ein Zirkus mit drei Clowns – denn niemand wollte natürlich diesen stolzesten, begehrtesten aller Posten einem andern überlassen. Als dies Vergnügen bis zur Neige ausgekostet war, sprangen Huck und Joe ins Wasser, aber Tom getraute sich nicht hinein, da er merkte, daß er beim Ausziehen der Hosen seine Klapperschlangenringe vom Knöchel verloren hatte. Er verstand gar nicht, wie er bis jetzt vor einem Krampf beim Schwimmen bewahrt geblieben war ohne den Schutz dieses geheimnisvollen Zaubermittels. Nicht um die Welt wäre er hineingegangen, ohne es wiedergefunden zu haben. Und als er die Zauberklappern schließlich nach langem Suchen gefunden hatte, da waren die andern des Schwimmens müde und wollten sich ausruhn. Schweigsam schlenderten sie am Ufer hin, nach und nach blieb einer hinter dem andern zurück, und jeder ertappte sich dabei, daß er sehnsüchtig über die breite Wasserfläche starrte, dorthin, wo das heimatliche Nest schläfrig in der Sonne lag. Tom merkte auf einmal, wie er mit der großen Zehe »Becky« in den Sand schrieb. Ärgerlich über seine unmännliche Schwäche wischte er's wieder aus, aber schon im nächsten Augenblick zog er dieselben magischen Linien von neuem – es war wie ein unwiderstehlicher Zwang. Wieder löschte er sie und entzog sich dann der Versuchung, indem er den Freunden nachrannte.

Auf Joes Gemüt hatte sich mittlerweile ein hoffnungsloser Druck gelegt, und er hatte solches Heimweh, daß er vor Elend nah dem Heulen war. Selbst Huck war in ganz melancholischer Stimmung.

Tom konnte sich diesem Einfluß nicht entziehen: auch sein Herz war schwer, aber er bemühte sich mit aller Kraft, es nicht zu zeigen. Er hatte ja sein Geheimnis – jedoch wollte er es noch nicht gern preisgeben. Allerdings, wenn diese aufrührerische Niedergeschlagenheit durchaus nicht zu bannen wäre, dann mußte er schließlich doch damit herausrücken, aber zuerst wollte er's noch mit etwas anderem versuchen. Daher rief er mit übertriebener Heiterkeit: »Jungs, ich möchte wetten, daß hier auf der Insel schon einmal vor uns Piraten waren. Wir wollen doch mal alles genau durchsuchen. Vielleicht haben sie irgendwo 'n Schatz versteckt. Was würdet ihr sagen, wenn wir plötzlich auf so 'ne alte verrostete Kiste stießen, voll von Gold und Silber – he?« Allein, der erhoffte Begeisterungssturm blieb aus. Tom probierte es noch mit zwei oder drei andern lockenden Vorschlägen, aber sie versagten ebenfalls. Es war wenig ermutigend. Joe stocherte mit einem Stock im Sande herum und schaute höchst trübselig drein. Schließlich sagte er: »Och, Jungs, wir wollen's aufgeben. Ich möcht' nach Hause. 's ist so einsam hier.« – »Ach was, Joe, das wird schon mit der Zeit besser werden«, beruhigte ihn Tom, »denk doch bloß – allein das Fischen!« – »Was liegt mir am Fischen! Ich will nach Hause!« – »Aber Joe, das mußt du doch sagen, nirgends ist so 'ne famose Schwimmgelegenheit wie hier.« – »Ist mir ganz schnuppe. Das ganze Schwimmen kann mir gestohlen werden, wenn keiner da ist, der's einem verbietet! Nach Haus will ich.« – »Ach Quatsch! So 'n Baby! Will seine Mama sehen, was?« – »Jawohl, das will ich auch – ich will meine Mutter sehen, und wenn du eine hättest, tätst du's auch wollen, und 'n Baby bin ich deshalb noch lange nicht.« Und Joe fing an zu schluchzen. »Na, also gut, dann wollen wir eben das Schreipüppchen zu seiner Mama schicken, nicht wahr, Huck? Armes, kleines Wickelkindchen will zu seiner Mama! Na ja, das sollst du haben. Aber dir gefällt's hier, Huck, nicht wahr? Wir beide bleiben hier, nicht?« – »Ja-a«, sagte Huck, aber es klang nicht sehr herzhaft. – »In meinem ganzen Leben red' ich kein Wort mehr mit dir, daß du's weißt«, rief Joe und stand auf, um sich anzuziehen. – »Ph, wenn du wüßtest, wie wurscht mir das ist«, versetzte Tom geringschätzig, »wir brauchen dich nicht. Mach, daß du nach Hause kommst, und laß dich auslachen. Bist mir 'n schöner Pirat, du! Huck und ich, wir sind keine Schreipuppen, wir bleiben hier, nicht, Huck? Laß den laufen, wir werden's aushalten können ohne den ›Schrecken der Meere‹.«

Tom war es jedoch gar nicht recht geheuer zumute, und unruhig sah er zu, wie Joe wortlos und verbissen in seine Kleider fuhr. Es war aber auch beängstigend, wie aufmerksam Huck den Vorbereitungen Joes folgte, und mit welch unheimlichem Schweigen! Nun begann Joe ohne ein Wort des Abschieds dem Illinoisufer zuzuwaten. Tom sank das Herz. Forschend blickte er auf Huck. Der konnte den Blick nicht ertragen und senkte die Augen. Dann sagte er: »Ich – ich möcht' auch fort, Tom! 's war schon bis jetzt so einsam, und nun wird's noch schlimmer. Komm, Tom, wir gehen mit.« – »Ich nicht, du kannst ja gehen, wenn du willst. Ich bleib'.« – »Tom, ich – ich möcht' doch lieber gehen.« – »Na, dann mach doch, wer hält dich denn?« – Huck raffte langsam seine umherliegenden Kleider auf und sagte dabei: »Tom, ich wollt', du kämst mit, überleg' dir's mal. Wir warten drüben am Ufer 'ne Weile auf dich.« – »Da könnt ihr warten, bis ihr schwarz werdet!« Kummervoll schlich Huck davon, und Tom sah ihm nach, während ihm das drängende Verlangen, den beiden zu folgen, fast das Herz abschnürte. Aber das ging gegen seinen Stolz! Er hoffte, die Jungens würden stehenbleiben, aber sie wateten entschlossen vorwärts, ohne sich umzusehen. Da kam es ihm mit grausamer Deutlichkeit zum Bewußtsein, wie still und einsam es jetzt um ihn sein würde. Einen letzten Kampf bestand er mit seinem Stolz – dann rannte er hinter den Freunden her und brüllte: »Halt! Wartet doch, ich muß euch was sagen!« – Sofort blieben sie stehen und wandten sich um. Als er sie erreicht hatte, platzte er mit seinem Geheimnis heraus. Sie hörten mürrisch zu, bis sie auf einmal kapiert hatten, worauf Tom hinauswollte. Da aber stießen sie ein wahres Kriegsgeheul vor Begeisterung aus und schrien, das wär' 'n grandioser Spaß, und wenn er ihnen das gleich gesagt hätt', dann wär's ihnen keinen Augenblick eingefallen, wegzulaufen. Tom gebrauchte alle möglichen Ausflüchte für seine Verschwiegenheit – in Wirklichkeit aber hatte er gefürchtet, daß selbst die Enthüllung dieses geheimnisvollen Planes sie nicht für die Dauer auf der Insel festzuhalten vermochte, und deshalb wollte er ihn als letztes Lockmittel aufsparen. Frohgemut kehrten die Ausreißer nun zurück und erörterten mit Feuereifer Toms wahrhaft geniale Idee.

Nach einer lukullischen Fisch- und Eiermahlzeit erklärte Tom, daß er nun rauchen lernen wolle. Joe griff den Gedanken begeistert auf, und so machte Huck zwei Pfeifen zurecht, und die beiden neuesten

Jünger der edlen Rauchkunst streckten sich im Moose aus, stützten sich auf die Ellenbogen und begannen – allerdings etwas zögernd – draufloszupaffen, mit augenscheinlich nicht allzu großem Vertrauen auf ihre Fähigkeiten. Der Rauch hatte aber auch einen gar zu unangenehmen Geschmack, immerzu mußten sie sich räuspern, aber Joe meinte: »Ph, das ist ja kinderleicht! Wenn ich das früher gewußt hätt', könnt' ich's schon lange.« – »Ich auch«, bekräftigte Tom, »das ist ja rein gar nix! Herrgott, wie oft hab' ich einem zugesehen, wie er geraucht hat, und mir gewünscht, wenn ich's doch bloß auch könnt'! Hätt' aber nie gedacht, daß ich's fertigbringe, wie oft hab' ich dir das schon gesagt, nicht, Huck? Mindestens hundertmal.« – »Ja, ja, oft genug«, bestätigte dieser. – »Na, und ich vielleicht nicht?« rief Joe. »Tausendmal hab' ich das gesagt. Erst neulich beim Schlachthaus, weißt du noch, Huck? Bob Tanner war dabei und Johnny Miller und Jeff Thatcher. Weißt du nicht mehr, Huck, wie ich's da sagte:« – »Jawohl«, gab Huck zu, »'s war gerade 'n Tag nachher, als ich meine schöne weiße Steinkugel verloren hatte – ach nee, 's war 'n Tag vorher.« – »Siehst du wohl«, rief Joe, »der Huck weiß es noch! Ich glaub', ich könnt' den ganzen Tag lang Pfeifen rauchen, mir ist kein bißchen übel.« – »Meinst du vielleicht, mir?« fiel Tom ein. »Ich möcht' überhaupt immerzu so fortrauchen. Aber ich wett', Jeff Thatcher könnt's nicht!« – »Jeff Thatcher! Du lieber Gott, der wär' nach zwei Zügen futsch! Der soll's nur mal probieren, der tät was erleben!« – »Das glaub' ich auch. Und der Johnny Miller – na, den möcht' ich mal dabei sehen.« – »Ach ja«, lachte Joe, »das wär' 'n Spaß. Der könnt' das sicher ebensogut, wie er alles andere kann. Der braucht bloß dran zu riechen, dann wär' er schon hin.« – »Todsicher! Du, ich wollt' bloß, die Jungs könnten uns hier sehen. Wißt ihr was? Wir sagen gar nix davon, und wenn wir mal alle zusammen sind, geh ich auf dich zu und frag': ›Hast du vielleicht 'ne Pfeife da, Joe? Ich möcht' 'n bißchen rauchen‹, und du sagst dann so ganz selbstverständlich, als ob's gar nix wär': ›Ja, ich hab' meine alte und meine neue mit, aber mein Tabak ist nicht sehr gut.‹ Und dann sage ich: ›Ach, das macht nix, wenn er nur stark genug ist.‹ Und dann rückst du raus mit den Pfeifen, und 's geht los. Die Augen, die sie machen werden!« – »Donnerwetter, das ist famos. Ich wollt', 's wär schon soweit.« – »Und dann sagen wir: ›Das haben wir alles gelernt, als wir Piraten waren‹, und dann platzen sie erst recht vor Neid, daß sie nicht mitdurften.« So plauderten sie und prahlten. Nach und nach aber wurden sie immer stiller, immer häufiger traten Pausen ein, in demselben Maße, wie ein sonderbares Ausspucken zunahm. Jede Stelle in ihrem Munde schien zu einem rieselnden Brunnen geworden zu sein; sie konnten die Höhlung unter der Zunge kaum schnell genug leeren, um eine Überschwemmung zu verhüten, aber trotz alledem geriet noch etliches von dem Überfluß in den Hals hinunter, und dem folgte jedesmal ein leichter Würgeanfall. Unsere Helden sahen recht blaß und elend aus. Joes Pfeife entfiel seinen kraftlosen Fingern, und auch Toms schien unglaublich schwer geworden zu sein. Die Wasser- und Pumpwerke arbeiteten fieberhaft, bis Joe endlich mit schwacher Stimme sagte: »Ich – ich muß da irgendwo – mein Messer verloren haben. Will mal hingehen – und suchen.« Mit zitternden Lippen keuchte Tom: »Ich helf dir. Geh du dorthin – ich such' bei der Quelle. Nein, Huck – bleib nur – du brauchst – nicht – mitzukommen –, wir – finden's schon –.« Huck setzte sich also wieder hin und wartete etwa eine Stunde lang, dann wurde es ihm zu langweilig, und er ging, um die Kameraden zu suchen. Er fand sie auch schließlich mitten im Walde, einer weit vom andern entfernt, beide sehr blaß und beide fest eingeschlafen. Aber ein Etwas in ihrer Umgebung bewies ihm, daß, falls sie Beschwerden gehabt, sie sich ihrer endgültig wieder entledigt hatten.

Beim Abendessen waren sie nicht allzu redselig. Als Huck zum Nachtisch seine Pfeife hervorzog und sich erbot, auch die ihrigen zu stopfen, da dankten sie und sagten, sie fühlten sich nicht recht wohl, sie müßten mittags wohl etwas gegessen haben, das ihnen nicht bekommen sei.

Siebzehntes Kapitel

Etwa um Mitternacht erwachte Joe und weckte die andern. Es lag eine drückende Schwüle in der Luft, die nichts Gutes zu bedeuten schien. Die Jungens rückten eng aneinander und suchten die freundliche Nähe des Feuers, obwohl die brütende, schwere Hitze der bewegungslosen Atmosphäre fast erstickend war. Sie saßen still da in atemloser Erwartung. Außerhalb des Feuerscheins lag alles in schwarze Nacht getaucht. Da glomm ein zitternder Schein auf und ließ für einen Augenblick das Laub der Bäume aufleuchten, um dann plötzlich wieder zu verlöschen. Ein zweiter, noch stärkerer Strahl folgte – und dann wieder einer. Wie leises Stöhnen ging es durch die Äste der Waldbäume, und die Jungens spürten einen schwachen Lufthauch über ihre Wangen streifen und erschauerten unter der Vorstellung, daß der Geist der Natur an ihnen vorübergegangen sei. Nun zuckte von neuem ein unheimlicher Blitz auf und wandelte die Nacht in Tag und ließ jeden kleinen Grashalm deutlich hervortreten und zu gleicher Zeit drei weiße, bange, erschrockene Gesichter. Ein schwerer Donnerschlag kam rollend und krachend vom Himmel hernieder und verlor sich in dumpfem Grollen in der Ferne. Ein kühler Luftstoß raschelte in den Blättern und wirbelte die Asche des Feuers auf. Ein neuer flammender Strahl erhellte den Wald, und ein Krach folgte, der die Baumkronen über den Köpfen der Knaben zu zerschmettern drohte. Sprachlos vor Schreck umklammerten sie sich in der trostlosen Finsternis, die die Lichtflut ablöste. Jetzt fielen die ersten Regentropfen klatschend auf die Blätter. »Schnell, Jungs, schnell ins Zelt!« schrie Tom. Sie rannten davon, stolperten über Wurzeln, verfingen sich in Schlingpflanzen und verloren einander in der dichten Finsternis. Sie schrien sich gegenseitig zu, aber der heulende Sturm und der dröhnende Donner verschlangen ihre Stimmen. Stromartig stürzte nun der Regen nieder. Schließlich gelang es ihnen, sich bis zum Zelt durchzuschlagen, wo

sie unterschlüpfen konnten – frierend und vor Wasser triefend. Sie konnten sich nicht verständigen, denn das alte Segel klatschte zu wahnsinnig – selbst, wenn der übrige Lärm es erlaubt hätte. Stärker und stärker brauste der Sturm, bis auf einmal das Segel sich von seinen Klammern losriß und davongetragen wurde. Die Jungens faßten sich bei den Händen und flohen unter Stolpern und Fallen dem Ufer zu, wo sie unter einer großen, alten Eiche Schutz fanden. Nun toste der Kampf der Elemente mit höchster Gewalt. Bei den unaufhörlichen Blitzen, die den Himmel wie in Feuer tauchten, trat alles ringsum grell beleuchtet und scharf umrissen hervor: die sturmgebeugten Bäume, der aufgewühlte Strom mit den weißen Schaumköpfen, die vom Wind gepeitschten flockenähnlichen Regentropfen; die verschwommenen Zackenlinien der hohen Klippen am jenseitigen Ufer lugten ab und zu aus dem zerstiebenden und sich wieder verdichtenden Regenschleier. Hier und dort unterlag ein Baumriese der Gewalt des Sturmes und stürzte krachend ins Unterholz. Die furchtbaren Donnerschläge folgten hintereinander mit ohrenzerreißendem, explosionsähnlichem Schmettern, kurz und scharf und mit solcher Wucht, als ob sie die Insel in Stücke reißen, sie in Feuer verzehren, sie bis zu den Baumwipfeln in den Strom versenken, sie vom Erdboden hinwegfegen und jede lebende Kreatur darauf vernichten wollten – alles auf einmal – in einem Augenblick! Es war eine tolle Nacht für unsere heimatlosen Heißsporne!
Endlich – endlich hatte die Schlacht ausgetobt, die feindlichen Mächte zogen sich zurück, das Drohen und Grollen wurde schwächer und schwächer, und bald herrschte wieder Friede in der Natur. Die Jungens schlichen zum Lager zurück, noch zitternd von dem überstandenen Schrecken. Die große Sykomore, die ihr Lager beschattet hatte, lag zerschmettert da, sie konnten sich glücklich schätzen, daß sie während der Katastrophe nicht darunter gesessen hatten. Das ganze Lager war durchnäßt und das Feuer erloschen. Sie waren eben Jungens; und, leichtsinnig, wie diese Sorte nun einmal ist, hatten sie an Regen nicht gedacht. Der Verlust des Feuers war höchst beklagenswert, denn unsere Seehelden froren erbärmlich und waren naß bis auf die Knochen. Ihre Trauer machte sich in wortreichen Klagen Luft, bis sie auf einmal entdeckten, daß die Flammen sich an dem Baumstamm, unter dem das Feuer aufgeschichtet war, hochgezüngelt hatten und daß, etwa eine Handbreit vom Boden entfernt, eine schwach glimmende Spur den löschenden

Wasserfluten entgangen war. Mit Rindenstückchen und dürren Zweigen gelang es ihnen nach vieler Mühe, die Flammen wieder anzufachen, und nachdem sie sich getrocknet und eine Mahlzeit gehalten hatten, saßen sie am Feuer und verbreiteten sich über ihre nächtlichen Abenteuer, bis der Morgen graute, denn es gab ringsum kein trockenes Plätzchen zum Schlafen. Als die ersten Sonnenstrahlen über ihre Gesichter huschten, begaben sie sich nach der Sandbank, wühlten sich dort in den Sand und schliefen, bis die höher steigende Sonne sie langsam zu rösten begann.

Als sie aufwachten, waren sie noch ebenso müde und verschlafen wie vorher und saßen verdrossen und wortkarg beim Frühstück. Das Heimweh meldete sich stärker als je. Tom erkannte die drohenden Anzeichen und versuchte alles mögliche, die melancholischen Piraten aufzuheitern. Aber es nützte nichts, weder Steinkugeln, Zirkus, Schwimmen oder sonst was vermochte ihren Sinn zu fesseln. Da erinnerte er sie an sein Geheimnis. Das hatte Erfolg, und ein Strahl von Freude erhellte ihre vergrämten Gesichter. Diese Stimmung benutzte er schleunigst, um sie für ein neues Spiel zu interessieren: Sie wollten das Piratentum eine Zeitlang beiseite legen und mal zur Abwechslung Indianer sein. Das war eine Idee! Und es dauerte nicht lange, so waren sie pudelnackt und tätowiert – bemalt vom Scheitel bis zur Sohle mit schwarzen Schmutzstreifen, so daß sie wie Zebras aussahen. Jeder war natürlich ein Häuptling, und sie rannten durch das Dickicht zum siegreichen Ansturm gegen eine englische Niederlassung. Darauf trennten sie sich in drei verschiedene feindliche Stämme, stürzten aus Hinterhalten mit gellendem Kriegsgeheul aufeinander los und töteten und skalpierten sich gegenseitig nach Tausenden. Es war ein blutiger Tag und daher höchst befriedigend.

Als sie sich zur Mittagszeit wohlgemut und hungrig im Lager einfanden, entstand eine unvorhergesehene Schwierigkeit. Feindliche Indianer konnten doch unmöglich das Brot der Gastfreundschaft miteinander brechen, ohne zuvor Frieden zu schließen. Und dies war wiederum unmöglich ohne Friedenspfeife. Wer hätte je gehört, daß es ohne Pfeifen gegangen wäre? Zwei der Indianer hätten jetzt was drum gegeben, wenn sie Seeräuber geblieben wären, aber es gab keinen Ausweg. So forderten sie denn mit so viel Unbefangenheit, wie sie auftreiben konnten, die Pfeife, und jeder tat, wie es sich gehört, einen vollen Zug daraus. Und siehe da – welches Glück, daß

sie Wilde wurden! Denn nun merkten sie auf einmal, daß sie rauchen konnten, ohne gezwungen zu sein – nach einem verlorenen Messer zu suchen. Sie hatten aber nicht die Absicht, diese neuerworbene Kunst etwa aus Mangel an Übung wieder zu verlernen, sondern machten sich nach dem Abendessen sofort wieder dahinter, und zwar mit großem Erfolg. Diese Heldentat schien ihnen glorreicher, als wenn sie noch so viele Indianerstämme skalpiert und hingerichtet hätten.

Achtzehntes Kapitel

Aber in der kleinen Stadt herrschte an jenem friedlichen Sonnabendnachmittag durchaus keine Fröhlichkeit. Harpers und Tante Polly samt ihrer Familie legten unter vielen kummervollen Tränen Trauerkleider an. Eine ungewöhnliche Stille lag über dem Städtchen, in dem man sich wohl auch sonst nie über allzuviel Lärm und Getriebe beklagen konnte. Mit zerstreuter Miene gingen die Leute ihren Geschäften nach, sprachen wenig und seufzten desto mehr.

Den Kindern machte sogar der sonst so ersehnte schulfreie Nachmittag keine Freude – es kam kein rechter Zug in ihre Spiele, so daß sie sie bald aufgaben.
Becky Thatcher schlich ganz melancholisch um das verlassene Schulhaus, aber sie fand auch dort nicht den ersehnten Trost. »Ach, wenn ich doch nur seinen Messingknopf wiederfinden könnte«, seufzte sie, »jetzt hab' ich gar kein Andenken an ihn«, und sie unterdrückte ein Schluchzen. Dann blieb sie stehen. »Gerade hier war's, wenn es noch einmal geschehen könnte, ich würd's nie mehr sagen, nicht um die Welt! Aber nun ist er fort, und ich werde ihn nie – niemals wiedersehen.« Dieser Gedanke raubte ihr alle Fassung, und unter strömenden Tränen schlich sie davon. Nun kam eine Gruppe von Jungen und Mädchen, Kameraden von Tom und Joe; sie blieben am Zaun stehen und sprachen in leisem, ehrfürchtigem Ton von den Verlorenen: wie Tom das und das gesagt hatte, das letztemal, als sie ihn sahen, und was Joe gesagt hatte – und jede Kleinigkeit schien ihnen von ahnungsschwerer Vorbedeutung gewesen zu sein. Und jeder bezeichnete dabei ganz genau den Platz, wo die Vermißten damals gestanden hatten, und immer hieß es: »Und ich stand da, gerade, wie ich jetzt steh', und er war, wo du stehst, ebenso nah, und er lächelte – so – und dann lief's mir ordentlich kalt über den Rükken, ganz schauerlich – ich wußt' natürlich damals nicht, warum, aber jetzt, jetzt weiß ich's.« Dann erhob sich ein großer Streit, wer die Toten zuletzt im Leben gesehen habe. Von allen Seiten riß man sich um diese traurige Ehre, und einer überbot den andern und brachte durch mehr oder weniger Zeugen erhärtete Beweise dafür herbei – ja, ein kleiner Bursche, der sonst keinerlei Auszeichnung vorweisen konnte, rief mit sichtlichem Stolz: »Mich – mich hat der Tom Sawyer erst neulich mächtig verhauen!« Aber dieser ruhmheischende Trumpf erwies sich als gänzlich erfolglos. Die meisten Jungen konnten sich dessen rühmen, und dadurch sank die Auszeichnung allzusehr im Wert.
Als am nächsten Morgen die Sonntagsschule vorüber war, begannen alle Glocken feierlich zu läuten. Es war ein ungewöhnlich stiller Sonntag, und der traurig klagende Glockenton paßte zu der feierlichen Ruhe, die über der Stadt lag. Die Kirchenbesucher blieben noch einen Augenblick in der Vorhalle stehen, um sich im Flüsterton über das traurige Ereignis zu unterhalten. Drinnen in der Kirche war's totenstill, nur das Rascheln der Frauenkleider unterbrach das

Schweigen. Niemand konnte sich erinnern, die kleine Kirche je so voll gesehen zu haben. Nach einer dumpfen, erwartungsvollen Pause trat Tante Polly ein mit Sid und Mary, dann kam die Familie Harper – alle in tiefer Trauer. Die ganze Gemeinde – ja sogar der alte Pfarrer – erhob sich ehrfurchtsvoll von den Plätzen und blieb stehen, bis die Leidtragenden in der vordersten Reihe Platz genommen hatten. Dann war es wieder ganz still, nur hier und da hörte man ein ersticktes Schluchzen. Der Pfarrer erhob seine Stimme und betete, darauf wurde ein ergreifendes Lied gesungen, und dann kam die Predigt mit dem Text: »Ich bin die Auferstehung und das Leben«.

Der Geistliche entwarf ein so glänzendes Bild von den Tugenden, der Liebenswürdigkeit und den vielversprechenden Talenten der Verlorenen, daß jeder der Zuhörer einen Stich im Herzen fühlte bei dem Gedanken, wie beharrlich blind er all diesen Vorzügen gegenüber gewesen war und wie er ebenso beharrlich immer nur Fehler und Mängel an den armen Jungens zu entdecken vermocht hatte. Manch rührendes Ereignis aus dem Leben der Dahingeschiedenen schilderte der Prediger, das so recht ihre feinbesaiteten, hochherzigen Naturen beleuchtete, und vielen gingen nun erst die Augen darüber auf, wie groß und erhaben eigentlich jene Vorkommnisse gewesen, die ihnen damals als arge Schelmenstreiche und Teufeleien einer tüchtigen Tracht Prügel wert erschienen waren. Die Rührung wuchs, je mehr der Geistliche seine Rede ausspann, bis schließlich die ganze Gemeinde sich mit allgemeinem Schluchzen und Seufzen dem Klagen der trauernden Hinterbliebenen anschloß. Ja, selbst der Prediger wurde von seinen Gefühlen übermannt, und seine Stimme war halb erstickt von unterdrücktem Weinen. Da raschelte es plötzlich auf der Empore. Einen Augenblick später knarrte eine Tür, der Geistliche hob die strömenden Augen vom Taschentuch auf und – stand wie versteinert. Erst folgte ein Augenpaar der Richtung seines Blickes, dann ein zweites, und plötzlich, wie von einem gemeinsamen Antrieb beseelt, flog die ganze Gemeinde von ihren Sitzen und starrte auf das Mittelschiff, wo – gemütlich im Gänsemarsch – die toten Jungens den Mittelgang heraufspaziert kamen, Tom voran, dann Joe und zuletzt Huck, der als eine wandelnde Lumpenruine hinterhertrottete. Alle drei hatten auf der Empore verborgen gesessen und ihre eigene Grabrede mit angehört. Tante Polly, Mary und die Harpers stürzten sich auf die Wiedererstandenen und erstickten sie fast mit ihren Küssen und Umarmungen. Der arme Huck aber stand blöde und verschüchtert daneben und wußte nicht, was er mit sich anfangen und wohin er sich wenden sollte vor so vielen glotzenden Augen, von denen ihm nicht eins einen Willkommensgruß bot. Er wandte sich halb um und versuchte, sich heimlich fortzustehlen; aber Tom packte ihn am Ärmel und rief: »Tante Polly, das ist nicht recht! Es muß sich auch jemand freuen, daß Huck wieder da ist.« – »Ja, das müssen wir, mein Junge, und ich tu's auch. Komm her,

du armes, verlassenes Kind!« Aber wenn etwas das Gefühl des Unbehagens bei Huck noch steigern konnte, so waren es die Zärtlichkeiten, mit denen Tante Polly ihn nunmehr überhäufte.
Plötzlich rief der Geistliche mit seinem größten Stimmaufwand in den Lärm hinein: »Lobet den Herrn, den mächtigen König der Ehren. Wir wollen singen, aber herzhaft.«
Und sie sangen. Aus hundert Kehlen erscholl das alte Lied mit triumphierender Macht, und die Töne stiegen und schwollen, so daß die Kirche unter ihnen erzitterte. Tom Sawyer, der Pirat, aber schaute um sich, und als er alle Augen auf sich gerichtet sah, fühlte er, daß dies der stolzeste Augenblick seines Lebens sei.
Als die genasführte Gemeinde die Kirche verließ, meinten alle, sie würden sich gern noch einmal zum besten halten lassen, nur um »Lobet den Herren« wieder einmal so wirklich andächtig singen zu hören.

Neunzehntes Kapitel

Das war also Toms großes Geheimnis gewesen: der Plan, mit seinen Piratenkumpanen nach Hause zurückzukehren und ihrem eigenen Trauergottesdienst beizuwohnen. Auf einem dicken Baumstamm waren sie am Abend vorher ans Missouriufer hinübergeschwommen, wo sie fünf oder sechs Meilen unterhalb des Städtchens gelandet waren. Dann hatten sie in dem Walde vor der Stadt fast bis zum Tagesanbruch geschlafen, waren durch mehrere abgelegene Gäßchen zur Kirche geschlichen, wo sie auf der Empore zwischen einem Chaos ausgedienter, zerbrochener Kirchenbänke ihren Schlaf beendet hatten.
Am Montagmorgen beim Frühstück waren Tante Polly und Mary besonders zärtlich zu Tom und lasen ihm seine Wünsche nur so an den Augen ab, und man konnte gar nicht aufhören mit dem Erzählen. »Weißt du«, sagte Tante Polly, »ich will ja glauben, daß es für euch Jungen ein Hauptspaß war, uns hier fast 'ne Woche lang in Kummer und Sorgen zu halten, während ihr da draußen herrlich und in Freuden lebtet. Aber schön war's wahrhaftig nicht von euch, sondern ganz unverzeihlich gefühllos. Hast du denn gar nicht daran gedacht, was du mir damit antust, Tom? Ebensogut, wie du herüberkommen konntest, um deine Leichenrede zu hören, hättest du

wohl auch kommen können und mir einen kleinen Wink geben, daß du nicht tot bist, sondern einfach weggelaufen.« – »Ja, Tom, das ist wahr, das hättest du tun müssen«, stimmte Mary bei, »und du würdest es wohl auch getan haben, wenn du dran gedacht hättest, nicht wahr?« – »Nicht wahr, Tom?« fragte Tante Polly, deren Miene sich bei Marys Worten erwartungsvoll aufgehellt hatte. »Sag, hättest du's getan, wenn du dran gedacht hättest?« – »Ich – hm – ich – ich weiß nicht, das hätt' doch alles verdorben.« – »Ich hab' wirklich gemeint, daß du mich doch wenigstens so liebhaben würdest«, seufzte Tante Polly in so betrübtem Ton, daß es dem Jungen ordentlich unbehaglich wurde. »'s hätt' ja schon genügt, wenn du nur dran gedacht hättest, wenn du's auch gar nicht tatest.« – »Ach, Tante«, beruhigte Mary, »gräm dich doch nicht darüber, es ist doch nun mal so Toms Art – er ist ja immer in so 'ner Hast, daß er nie an so was denkt.« – »Das ist es ja gerade, Sid, hätte dran gedacht, der wäre gekommen. Tom, du wirst's noch mal bereun, wenn's zu spät ist, und wünschen, du wärst besser gegen deine alte Tante gewesen, wo doch so wenig dazu gehört, mich –« – »Ach, Tanti, du weißt ja doch, daß ich dich lieb hab', nicht wahr?« schmeichelte Tom. – »Woher soll ich das wissen, wenn du's so wenig zeigst.« – »Ach, wenn ich doch bloß dran gedacht hätte«, sagte Tom in reuevollem Ton, »aber weißt du, ich hab' von dir geträumt, das ist doch wenigstens was, nicht? Jawohl, Mittwochnacht träumte mir, ihr säßet alle dort drüben beim Bett, Sid auf'm Holzkasten und Mary neben ihm« – »Ja, ja, so saßen wir auch, wie gewöhnlich, ich bin nur froh, daß du dir wenigstens im Traum die Mühe nahmst, an uns zu denken.« – »Ja, und ich träumte, Joe Harpers Mutter war auch da –« – »Wirklich, das war sie. Nein, so was! Aber hast du noch mehr geträumt?« – »Och, noch 'nen ganzen Haufen, aber jetzt ist alles so verworren –« – »Na, besinn dich doch mal, geht's nicht?« – »Wart mal, ich mein', der Wind – der Wind hätt' –« – »Los, Tom, was hat der Wind?« – Tom legte in angestrengtem Nachdenken die Finger an die Stirn. »Richtig, jetzt hab' ich's, der Wind ließ das Licht flackern und –« – »Ja, wahrhaftig! Weiter Tom, weiter.« – »Na, und ich glaub', du sagtest – ja du sagtest: ›Seht doch mal die Tür –‹ « – »Weiter, Tom.« – »Wart mal 'n Augenblick – ja, jetzt weiß ich wieder – du sagtest, die Tür wäre offen –« – »So wahr ich hier sitz', so sagt' ich, nicht, Mary? Weiter, und dann?« – »Und dann – ja, so genau weiß ich's nicht mehr, aber ich mein', du hättest Sid hingeschickt, und – und du sagtest – er soll hingehen und sie zumachen.« – »Nein, so was lebt nicht mehr! Herr, du mein Gott, es soll mir nur noch einer damit kommen, daß Träume nichts bedeuten! Das soll die superkluge Emilie Harper aber hören, eh' noch 'ne Stunde vergeht. Ob sie dann wohl noch immer so von oben herab von Aberglauben und Unsinn reden wird? – Aber erzähl weiter, Tom.« – »Ach, jetzt ist mir alles auf einmal ganz klar! Dann hast du gesagt, ich wär' nicht schlecht, nur leichtsinnig und voll dummer Streiche, so wie ein – ein – ein Füllen, mein' ich, war's – oder so was.« – »Jawohl, ganz richtig! Herrgott noch mal! Weiter, Tom.« – »Dann hast du geweint.« – »Wahrhaftig, und nicht zum erstenmal. Und dann?« – »Dann fing Joes Mutter auch an zu weinen und sagte, mit ihrem Joe wär's ganz genau so, und sie wollt' nur, sie hätt' ihn nicht durchgewichst, weil sie doch den Rahm selber weggeschüttet hat –.« – »Allmächtiger! Tom, der Geist war über dir, das ist ja die reinste Sehergabe! Jawohl, das ist es! Mach weiter, Tom.« – »Dann kam Sid, der sagte –« – »Ich glaub', ich hab' gar nix gesagt«, warf Sid rasch ein. »Doch, Sid, doch«, berichtigte Mary. »Sei doch still und laß Tom reden. Was hat Sid gesagt, Tom?« – »Er sagte – ja – ich glaub', er sagte – er hofft, daß ich's da besser hab', wo ich jetzt bin, aber wenn ich hier manchmal besser –« – »Na, was sagt ihr nun?« triumphierte Tante Polly. »Seine eigenen Worte!« – »Du hast's ihm aber ganz gehörig gegeben, Tanti, und –« – »Weiß Gott, das hab' ich. Es muß 'n Engel hier gewesen sein, sag' ich, es muß 'n Engel hier irgendwo versteckt gewesen sein.« – »Ja, und dann – dann erzählte Frau Harper, wie Joe ihr 'n Schwärmer unter der Nase losgebrannt hat, und du erzähltest vom Peter und dem ›Schmerzenstöter‹.« – »Ja, so wahr ich leb'!« – »Und dann kam 'n großes Gerede, wie man den Fluß nach uns abgesucht hat und daß am Sonntag der Trauergottesdienst sein soll, und ihr habt euch geküßt, du und Mistress Harper, und habt mächtig geweint, und dann ist sie weggegangen.« – »So war's, genau so war's! Du hättest es nicht genauer erzählen können, wenn du dabeigewesen wärest! Und was dann weiter, Tom?« – »Und dann träumte ich, du hättest für mich gebetet, ich konnte dich sehen und jedes Wort hören, und du hast dich ins Bett gelegt, und ich war so traurig, daß ich 'n Stück Rinde nahm und drauf schrieb: ›Wir sind nicht tot, wir sind nur fort, um Piraten zu werden.‹ Das hab' ich auf den Tisch neben den Leuchter gelegt, und du hast so lieb ausgesehen, wie du dalagst und schliefst, daß ich geträumt hab', ich hätt' mich über dich gebeugt und dich geküßt.« – »Wirklich, Tom, wirklich und wahrhaftig? Oh, dafür will ich dir alles, alles verzeihen!« Und sie schloß den Jungen mit einer solchen Zärtlichkeit in die Arme, daß Tom sich wie der elendigste, erbärmlichste Schuft vorkam. – »Ist ja recht lieb und nett, wenn's auch nur 'n Traum war«, murmelte Sid vor sich hin, doch so, daß es die andern hören konnten. »Halt den Mund, Sid, man tut im Traum immer nur das, was man auch wachend tun würde. Hier, Tom, guck mal, den schönen Apfel, den hab' ich für dich aufbewahrt, für den Fall, daß du doch wiedergefunden wirst. Jetzt aber fort mit euch in die Schule!«

Die Kinder gingen davon, und die Tante machte sich auf, um Frau Harper zu besuchen und deren Unglauben mit Toms wunderbarem Traum wirksam zu bekämpfen.

»Wenn das nicht durchsichtig ist –«, murmelte Sid, als er das Haus verließ, »so 'n ellenlanger Traum und ohne den allerkleinsten Irrtum! Na, wer das glaubt!« Er war aber klug genug, diesen Gedanken nicht laut werden zu lassen.

Was für ein Held war Tom geworden! Er sprang und tollte nun nicht mehr herum, sondern bewegte sich mit würdevollem Ernst, wie es einem ehemaligen Piraten geziemte, der das Auge der Öffentlichkeit auf sich ruhen fühlt – und dies war in der Tat der Fall. Zwar gab er sich den Anschein, als sähe er die Blicke und höre die Bemerkungen nicht, wenn er vorüberging, und doch trank sein Herz sie mit begieriger Wonne. Truppweise liefen die kleineren Jungens hinter ihm her, voll Stolz, mit ihm gesehen und von ihm geduldet zu werden, der wie ein Tambourmajor an der Spitze seiner Kompanie einhermarschierte. Und wenn die »großen Jungens« sich auch stellten, als hätten sie ganz vergessen, daß er jemals fortgewesen, so wußte er nur zu gut, wie sie sich innerlich vor Neid verzehrten. Sie hätten ja alle wer weiß was dafür gegeben, eine ebenso gebräunte, sonnenverbrannte Haut zu haben wie er und eine ebenso glänzende Berühmtheit. Aber Tom hätte keinen dieser beiden Faktoren hergegeben – nicht mal für einen Zirkus!

In der Schule aber wurde so viel Aufhebens von ihm und Joe gemacht, und so viel beredte Bewunderung strahlte ihnen aus aller Augen entgegen, daß die beiden Helden gar bald eine unerträgliche Hochnäsigkeit zur Schau trugen. Sie taten nichts anderes, als ihren hungrig lauschenden Hörern ihre Abenteuer zu schildern, ohne aber

je über den Anfang hinauszukommen – denn eine solche Erzählung konnte ja überhaupt nie ein Ende finden, wenn eine so fruchtbare Phantasie wie die ihre stets von neuem unerschöpfliches Material lieferte. Und dann – als sie gar ihre Pfeife hervorzogen und anfingen, mit größter Gelassenheit zu paffen – fürwahr, da hatten sie den Gipfel ihres Ruhmes erstiegen!
Tom beschloß, sich in Zukunft nicht mehr um Becky Thatcher zu kümmern. Ruhm genügte ihm – was fragte er da nach Liebe! Er wollte sein Leben dem Ruhme weihen. Natürlich würde sie sich jetzt, da er ein berühmter Held geworden, gern an ihn »ranmachen« wollen, dachte er. Oh, aber dann sollte sie schon sehen, daß er mindestens so kühl sein könnte wie andere Leute. Dort kam sie gerade. Tom tat, als sehe er sie gar nicht. Er wandte sich einer Gruppe von Jungen und Mädchen zu und begann eifrig mit ihnen zu plaudern. Aber er merkte ganz gut, wie sie mit glühenden Wangen und glänzenden Augen hin und her trippelte und ganz darin aufzugehen schien, ihre Gefährtinnen zu necken und sie herumzujagen, und wie sie vor Vergnügen laut aufkreischte, wenn sie eine gefangen hatte – und er merkte auch, daß sich dieses Haschen stets ganz in seiner Nähe abspielte und daß sie ihm dabei ab und zu verstohlene Blicke zuwarf. Das schmeichelte seiner sündigen Eitelkeit mächtig und schwellte seinen Stolz derart, daß er, statt einzulenken, sich nur noch mehr stellte, als wäre sie Luft für ihn. Da gab sie schließlich das Herumtoben auf, drückte sich unentschlossen von einer Gruppe zur andern, seufzte ein paarmal schmerzlich und schielte verstohlen und bedeutungsvoll zu Tom hin. Aber der unterhielt sich so angelegentlich mit Anny Lorenz, daß er scheinbar alles um sich her vergessen hatte. Da durchzuckte sie ein jäher Schmerz, sie wollte sich fortstehlen, aber ihrem Vorsatz zum Trotz trieb es sie mit unheimlicher Gewalt immer wieder zu der Gruppe in Toms Nähe. Einem Mädchen, das dicht neben ihm stand, rief sie mit erzwungener Ausgelassenheit zu: »Oh, wart', Mary Austin, du warst gestern nicht in der Sonntagsschule –.« – »Ich? Natürlich war ich dort – hast du mich denn nicht gesehen?« – »Wirklich, nein so was! Ich hab' dich nicht gesehen – und ich wollt' dir doch von dem Picknick erzählen.« – »'n Picknick? Famos! Wer will eins geben?« – »Ich – meine Mutter hat's mir erlaubt.« – »Ach, wie reizend. Hoffentlich werde ich eingeladen?« – »Natürlich, ich darf einladen, wen ich will, und dich will ich.« – »Au, fein! Wann ist's denn?« – »Bald, vielleicht noch

vor den Ferien.« – »Ladest du uns alle ein?« – »Gewiß, alle, die meine Freunde sind oder es sein wollen.« Dabei traf Tom ein verstohlener Blick, aber der redete immer noch auf Anny Lorenz ein und erzählte gerade von dem Gewitter auf der Insel und wie der Sturm die große Sykomore in tausend Stücke gerissen hatte, »ganz dicht bei mir – keine drei Schritte entfernt«. – »Darf ich auch kommen?« fragte Gracie Miller. »Jawohl.« – »Ich auch?« fragte Sally Rogers. – »Gewiß.« – »Und ich?« fiel Susan Harper ein, »und Joe auch?« – »Natürlich.« So ging's weiter, bis sich jeder in der Gruppe mit Jubel und Händeklatschen seine Einladung geholt hatte, außer Anny und Tom. Der hatte sich kühl und gelassen umgedreht und ging nun mit Anny, immer noch plaudernd, auf und ab; Beckys Lippen zitterten, und Tränen wollten in ihre Augen treten. Aber mit erzwungener Heiterkeit verbarg sie diese Zeichen ihres Herzeleids; sie fuhr fort, zu plappern und zu lachen, jedoch das Picknick hatte jetzt jeglichen Reiz für sie verloren – wie überhaupt das ganze Leben. Sobald sie konnte, schlich sie sich davon, um nach der Art ihres Geschlechts in einer verschwiegenen Ecke in einem tüchtigen Tränenstrom Erleichterung zu suchen. Die Schulglocke läutete. Das rüttelte sie auf, und mit rachedurstigen Blicken sprang sie empor, schüttelte ihre langen Zöpfe und war nun ganz mit sich im klaren, was sie zu tun habe.

In der nächsten Pause setzte Tom seinen Flirt mit Anny Lorenz fort, wobei es ihm vor allem darum zu tun war, daß Becky es merkte. Er suchte sie mit den Augen, und als er sie endlich erspähte, da – da fiel er von seiner überlegenen Höhe herab – bis ins Bodenlose hinein. Ganz gemütlich saß sie hinter dem Schulhaus auf einem Bänkchen und schaute mit Alfred Tempel zusammen in ein Bilderbuch – und so versunken waren die beiden und so dicht hatten sie die Köpfe über dem Buch zusammengesteckt, daß sie überhaupt nichts von dem zu bemerken schienen, was um sie her vorging. Eifersucht rieselte glühend heiß durch Toms Adern. Oh, wie haßte er sich nun selber, daß er die Gelegenheit zur Versöhnung, die Becky ihm geboten, von sich gewiesen hatte! Er schimpfte sich einen Esel, Dummkopf und belegte sich mit allen Ehrentiteln, deren er sich für würdig hielt. Er hätte weinen mögen vor Wut. Inzwischen schnatterte Anny mit einem Herzen voller Seligkeit lustig weiter. Aber Toms Zunge hatte alle Schwungkraft verloren, und er hörte kaum, was sie sagte. Sooft sie eine Pause machte, um seine Antwort abzuwarten, brachte er nur ein tölpelhaftes »Ja« oder »Nein« heraus, und noch dazu meist am verkehrten Platz. Sie gingen auf und ab, und gegen seinen Willen trieb es ihn immer wieder nach der Hinterseite des Schulhauses; es war, als würden seine Augen von dem verhaßten Schauspiel förmlich angezogen. Es machte ihn beinahe toll, daß Becky Thatcher offenbar seine Anwesenheit gänzlich zu übersehen schien. Aber sie sah ihn recht gut und war sich ihres Sieges durchaus bewußt und triumphierte, daß er nun ebenso litt, wie sie zuvor hatte leiden müssen. Annys ahnungslos fröhliches Geplauder wurde ihm unerträglich. Umsonst gab Tom ihr zu verstehen, daß er noch alles mögliche zu tun hatte, lauter unaufschiebbare Dinge – es nützte nichts, das Mädel schwatzte unaufhaltsam weiter. »Hol' sie der Kuckuck«, dachte Tom, »soll ich sie denn überhaupt heut' nicht wieder loswerden.« Endlich gelang es ihm, die Dringlichkeit seiner Geschäfte ins rechte Licht zu setzen, und da gab ihm die arglose Seele das Versprechen, nach der Schule auf ihn warten zu wollen. Er wünschte sie zu allen Teufeln und ging wütend davon.

»Wenn's noch 'n anderer Junge wäre«, dachte er zähneknirschend, »jeder andere in der ganzen Stadt, nur nicht dieser Zierbengel, der sich wer weiß was einbildet und meint, weil er sich aufputzt, er wär' besser als unsereiner. Wart, du Affe! Ich hab' dir am ersten Tag das Fell verdroschen, als du kaum in die Stadt reingerochen hattest, da werd' ich's jetzt wohl auch noch fertigbringen. Freu dich, wenn ich dich erwisch', mein Kerlchen, dann setzt's was, daß du blau und –« er hieb um sich, als ob er den Feind schon jetzt unter den Fäusten hätte, fuchtelte mit den Händen in der Luft herum und schlug mit den Füßen aus, daß der Sand flog. »Wird's bald, he! Wirst du bald ›genug‹ schrei'n? So, jetzt lauf und merk dir's für 'n andermal!« Und damit war die eingebildete Züchtigung zu Toms Zufriedenheit erledigt.

Mittags rannte er wie gejagt nach Hause – um Anny nicht zu treffen. Ihre dankbare Glückseligkeit konnte er einfach nicht mit ansehen, und die Qualen der Eifersucht wurden immer unerträglicher. Becky hatte mit Alfred von neuem das Buch vorgenommen. Als aber Minute auf Minute verrann und kein Tom sich sehen ließ, an dessen Qualen sie sich weiden konnte, da verringerte sich ihr Interesse an der Sache sehr bedeutend. Sie wurde zerstreut und schließlich ganz melancholisch. Immer wieder spitzte sie die Ohren, wenn sich ein Schritt näherte, aber jedesmal war es vergebliches Hoffen. Zuletzt wurde ihr ganz elend zumute, und sie wünschte, sie hätte es nicht so weit kommen lassen. Der arme Alfred, der sah, wie sie sich ihm, ohne daß er's hindern konnte, immer mehr entzog, suchte sie aufzumuntern: »Guck mal, hier ist was Feines, sieh doch nur her!« bis sie schließlich die Geduld verlor und mit dem unwilligen Ruf: »Laß mich in Ruh, was liegt mir dran!« in Tränen ausbrach und davonlief. Alfred trottete ritterlich neben ihr her und wandte alles mögliche an, um sie zu trösten, aber sie rief zornig: »Mach, daß du fortkommst, ich kann dich nicht ausstehen!« Ganz verdutzt blieb der Junge zurück, ohne zu begreifen, was er ihr nur getan haben könnte, sie hatte ihm doch vorher versprochen, während der ganzen Mittagspause Bilder mit ihm anzusehen – und nun lief sie einfach davon und weinte. Nachdenklich schlich er ins einsame Schulzimmer. Er fühlte sich gedemütigt und tief verletzt, denn auf einmal ging ihm ein Licht auf: Das Mädel hatte ihn nur dazu benutzt, um ihren Ärger an Tom Sawyer auszulassen. Diese Überzeugung trug nicht gerade dazu bei, seinen Haß gegen Tom zu verringern. Nichts wünschte er mehr, als seinem Gegner auf irgendeine Art etwas einzubrocken – natürlich ohne selbst viel dabei zu riskieren. Da fiel ihm Toms Lesebuch ins Auge – da war sie ja, die ersehnte Gelegenheit! Er schlug das Buch bei der Lektion für den Nachmittag auf und – goß das Tintenfaß über die ganze Seite. In diesem Augenblick schaute Becky hinter ihm zum Fenster hinein und sah alles mit an. Ohne sich zu verraten, lief sie davon. Sie wollte Tom von dem feindlichen Anschlag unterrichten, dann müßte er ihr doch dankbar sein, und alles wäre wieder wie früher. Aber auf dem Wege nach Hause änderte sie ihren Entschluß. Der Gedanke, wie Tom sie behandelt, als sie von ihrem Picknick gesprochen, überfiel sie plötzlich wieder mit glühender Scham. Nein, sie wollte ihn mit dem verschmierten Buch ruhig in der Patsche sitzenlassen und ihn obendrein für immer und ewig von Herzen hassen und verachten.

Zwanzigstes Kapitel

Tom kam sehr verdrießlich nach Hause, und die ersten Worte, mit denen ihn seine Tante begrüßte, zeigten ihm nur zu gut, daß hier nicht viel Trost für seinen Kummer zu erhoffen sei. »Wahrhaftig, Tom, ich möchte dir am liebsten das Fell über die Ohren ziehn!« – »Nanu, was hab ich denn getan?« – »Du fragst auch noch? Da bin ich so dumm und renne was ich kann zu der allerweltsklugen Mistress Harper, um ihr von deinem Traum zu erzählen und ihr klipp und klar zu beweisen, daß Träume durchaus nicht so unsinnig und ohne Bedeutung sind, wie sie immer behauptet – na, und da lacht sie mir ins Gesicht und sagt, sie hätt's aus dem Joe herausgekriegt, daß du an jenem Abend hier gewesen bist und alles selber gesehen und gehört hast. Nun sag mal, Tom, was soll nur aus 'nem Jungen werden, der so was tut? Ich bin ganz außer mir, daß du mich so zum Narren gehabt hast und mich zu Mistress Harper gehen lassen konntest.« Von diesem Gesichtspunkt hatte Tom allerdings die Sache noch nicht gesehen. Seine schlaue Erzählung war ihm heute morgen als ein famoser Witz, ja als wahrhaft genial erschienen, und nun – wie schäbig und gemein kam sie ihm jetzt vor! Er senkte den Kopf, und kein Wort der Entschuldigung wollte ihm einfallen. Endlich stammelte er: »Tanti, wirklich, ich wollt', ich hätt's nicht getan – aber – ich hab' mir's eben nicht so überlegt.« – »Na ja, du überlegst eben nie etwas, denkst immer nur an dich und dein Vergnügen! Du hast natürlich, als du den Weg von der Jacksoninsel hierher machtest, nur daran gedacht, über uns und unsern Kummer zu lachen und deine alte Tante mit dem verlogenen Traum zum Narren zu halten. Es ist dir aber nicht eingefallen, an unseren Jammer und unsere Sorge zu denken.« – »Tanti, ich hab's nicht so gemeint, wahrhaftig nicht! Und ich bin auch ganz gewiß nicht rübergeschwommen, um mich über euch lustig zu machen.« – »Ach, rede doch nicht. Warum denn sonst?« – »Nur, um dir zu sagen, du sollst keine Angst haben, wir wären nicht ertrunken.« – »Tom, wenn ich dir nur so was Gutes wirklich zutrauen könnte. Aber es ist sicher nicht so gewesen, Tom, und das weißt du ja auch am allerbesten.« – »Doch, Tanti, es war so, ganz bestimmt.« – »Ach, lüg doch nicht, du machst damit alles nur noch schlimmer.« – »Es ist nicht gelogen, Tante, es ist die reine Wahrheit – ich wollte nicht, daß du dir so Kummer machst, und einzig und allein deshalb bin ich gekommen.«

– »Wenn ich das nur glauben könnt' – es würde eine Masse deiner losen Streiche wettmachen, Tom. Ja, dann wollt' ich gar nichts mehr davon sagen, daß du schlecht gewesen und weggelaufen bist. Aber, hör mal, wenn's wahr ist, warum hast du mir's denn aber damals nicht gesagt, statt dich einfach wieder so davonzuschleichen?« – »Warum? Ja, sieh mal, Tanti, als ihr so vom Trauergottesdienst und all dem spracht, da kam mir auf einmal der Gedanke, wie famos das wär', wenn wir heimlich herkämen und uns unterdessen in der Kirche versteckten. Ich war so begeistert davon, weißt du, daß ich mir's absolut nicht verderben wollt'. Na, und so hab' ich mich denn heimlich gedrückt und meine Rinde wieder eingesteckt.« – »Welche Rinde?« – »Na, auf die ich geschrieben hab', wir wären Piraten geworden. Jetzt wollt' ich, du wärst aufgewacht, als ich dich geküßt hab', jawohl, das wollt' ich.« Der strenge Ausdruck im Gesicht der Tante ließ nach, und plötzlich strahlten ihre Augen in heller Zärtlichkeit. »Du hast mich geküßt, Tom?« – »Jawohl.« – »Ganz gewiß?« – »Aber ja, Tante, gewiß und wahrhaftig!« – »Warum hast du denn das getan?« – »Na, weil ich dich lieb hab' und weil du so mächtig geseufzt und gestöhnt hast und es mir so leid tat und –« Das klang aufrichtig. Die Tante konnte ein Zittern in ihrer Stimme nicht unterdrücken, als sie sagte: »Na also, gib mir noch 'n Kuß, Tom, und mach jetzt, daß du fortkommst, 's ist Zeit zur Schule. Und ärgere mich von jetzt an nicht mehr so viel, hörst du.«

Kaum war er fort, da stürzte sie zum Schrank und nahm die Rockruine hervor, die Tom als Pirat getragen hatte. Sie betrachtete sie liebevoll und flüsterte: »Nein, ich glaub's doch nicht! Er hat sicher wieder geschwindelt – aber es war so lieb geschwindelt – ordentlich 'n Trost für so 'n altes Herz. Ich hoffe, der Herr – nein, ich weiß, der Herr wird ihm verzeihen, weil er's diesmal aus lauter Gutherzigkeit getan hat. Ich will auch gar nicht weiter untersuchen, ob's geschwindelt war, nein, ich will's nicht –«, damit legte sie die Jacke beiseite. Und obwohl ihre Hand immer wieder nach der Tasche zuckte, zog sie sie jedesmal wieder zurück, bis ihr schließlich der Gedanke Mut machte: »Es tut nichts, wenn's auch gelogen war, 's war doch gut von ihm« – und schon hatte sie die Hand in die Jackentasche versenkt. Einen Moment später las sie mit überströmenden Augen, was Tom auf jenes Rindenstück gekritzelt hatte.
»Jetzt könnt' ich dem Jungen verzeihen, und wenn er 'ne Million Sünden auf dem Gewissen hätt'«, schluchzte sie.

Einundzwanzigstes Kapitel

Wenn Tante Polly Tom küßte, ging ihm allemal das Herz auf. Es lag etwas in der Art, das alle Niedergeschlagenheit wegfegte und ihn wieder leichtherzig und glücklich machte. Er stürmte zur Schule und hatte das Glück, unterwegs, am oberen Ende der großen Wiese, Becky Thatcher zu begegnen. Und da er sich immer von seiner augenblicklichen Stimmung leiten ließ, rannte er, ohne sich's lange zu überlegen, auf sie zu und sagte:
»Becky, ich war heute mordseklig gegen dich, ich will's in meinem ganzen Leben nie, nie wieder tun. Bitte, willst du mir wieder gut sein?«
Das Mädchen blieb stehen und blickte ihn verächtlich von oben bis unten an:
»Ich wäre Ihnen dankbar, wenn Sie mich mit Ihrer Gesellschaft verschonten, ich werde nie mehr mit Ihnen reden.«
Sprach's, warf den Kopf zurück und ging weiter. Tom war dermaßen stumm, starr und sprachlos, daß er nicht einmal genug Geistesgegenwart zu einem »Was liegt mir daran, Jungfer Naseweis« hatte, bis die rechte Zeit dafür verstrichen war. Deshalb sagte er überhaupt nichts, trotz seiner Wut. Er schlängelte sich in den Schulhof

und wünschte sich nur, sie wär' 'n Junge, und stellte sich vor, wie er sie dann verprügeln würde. Als er in ihre Nähe kam, warf er ihr eine beißende Bemerkung zu, die sie ebenso zurückgab, und der Bruch war vollständig. Es schien Becky in ihrer furchtbaren Erbitterung, als ob sie den Schulbeginn überhaupt nicht erwarten könne, um zu sehen, wie Tom wegen des verschmierten Buchs seine Prügel bekäme. Wenn sie bisher noch eine kleinwinzige Neigung verspürt hatte, Alfred Tempel als den Täter anzugeben, so hatte Toms letzter beleidigender Ausfall diese aber auch vollkommen verscheucht.

Das arme Mädchen ahnte nicht, wie rasch sich ihr selbst das Verderben nahte. Der Lehrer, Herr Dobson, war ein Mann in mittleren Jahren, der einen unbefriedigten Ehrgeiz in der Brust hegte. Es war sein Lieblingswunsch gewesen, Arzt zu werden; seine Armut hatte ihn aber zu nichts Höherem als einem Dorfschulmeister bestimmt. Alle Tage, sobald die verschiedenen Klassen beschäftigt waren, nahm er ein geheimnisvolles Buch aus seinem Pult, in das er sich eifrig vertiefte; sonst hielt er es streng unter Schloß und Riegel. Bis zum allerkleinsten Schulkind herunter verging alles vor Neugierde, nur ein einziges Mal einen Blick hineinwerfen zu dürfen; es bot sich aber nie eine Gelegenheit. Jedes Schulmädel und jeder Schuljunge hatte sich seinen eigenen Begriff über die Art des Buches gemacht, von dem nicht einer dem andern glich; aber etwas Tatsächliches konnten sie absolut nicht herausbringen. Als eben Becky an dem Pult vorbeikam, das nah an der Tür stand, bemerkte sie, daß der Schlüssel im Schloß steckte. Das war ein großer Augenblick. Sie sah sich um, sah, daß sie allein war, und hielt im nächsten Augenblick das Buch auch schon in der Hand. Das Titelblatt: »Anatomie von Professor Soundso« war nicht dazu angetan, sie über den Inhalt aufzuklären, und so begann sie, drin herumzublättern. Gleich zu Anfang stieß sie auf ein wundervoll gemaltes Bild, eine menschliche Figur – aber im selben Augenblick fiel ein Schatten auf das Buch – Tom Sawyer war unter die Tür getreten und konnte ebenfalls gerade noch einen Blick auf das Bild werfen. Hastig wollte Becky das Buch schließen, aber dabei hatte sie das Mißgeschick, das Bild in der Mitte durchzureißen. Der Band flog ins Pult zurück, sie drehte den Schlüssel um und begann vor Scham und Ärger zu weinen.

»Tom Sawyer, du bist der gemeinste Kerl, den's gibt! Dich so an 'nen Menschen ranzuschleichen und ihn auszuspionieren.«

»Wie konnte ich denn wissen, daß du gerade was ansahst?« – »Du solltest dich vor dir selber schämen, Tom Sawyer! Jetzt wirst du mich verklatschen; und, oh, was soll ich denn tun, was soll ich tun? Ich habe nie in der Schule Schläge bekommen, aber heut – heut haut mich der Lehrer sicher durch.« – Als Tom nicht antwortete, stampfte sie mit ihrem kleinen Fuß auf und rief: »Na, dann sei doch so gemein und verklatsche mich, wenn's dir Spaß macht! Aber wart nur, ich weiß schon, was dir passieren wird. Du wirst schon was erleben! Ich hasse, hasse dich!« Damit stürzte sie unter einem neuen Tränenausbruch aus der Klasse.

Tom stand beinah wie betäubt von solchem Angriff; dann sagte er zu sich selbst:

»Was für'n dummes Gewächs so'n Mädel ist! Noch niemals in der Schule Prügel gekriegt! Blödsinn, was liegt denn da dran! So sind aber die Mädels, so dünnfellig und hasenherzig. Fällt mir gar nicht ein, sie zu verklatschen, aber raus kommt's doch. Der alte Dobson wird fragen, wer das Buch zerrissen hat, und wenn er keine Antwort kriegt, dann fragt er einen nach dem andern, und dann merkt er's schon am Gesicht. So'n Mädel verrät sich immer selber, 's ist nun mal kein Schneid drin. Dann kriegt sie ihre Tracht Prügel, die Becky Thatscher, da gibt's nix dagegen! Na, mir kann's egal sein, sie säh mich ja mächtig gern in der gleichen Patsche; nun soll sie zusehn, wie sie's ausfrißt!«

Tom schloß sich draußen der lärmenden Schülergesellschaft wieder an, kurz darauf kam der Lehrer; und der Unterricht begann. Tom konnte den Studien kein besonderes Interesse abgewinnen. So oft er verstohlen zu den Mädchen hinübersah, beunruhigte ihn Beckys Gesicht. Genaugenommen, wollte er sie gar nicht bemitleiden; aber er konnte nicht anders. Er brachte es nicht fertig, sich in eine gesunde Wut gegen sie hineinzureden, die den Namen auch wirklich verdient hätte. Jetzt wurde das beschmutzte Lesebuch entdeckt, wodurch Toms Gemüt eine Zeitlang ganz von seinen eigenen Angelegenheiten in Anspruch genommen wurde. Dies rüttelte auch Becky aus ihrer Teilnahmslosigkeit auf, und sie folgte den Vorgängen mit Aufmerksamkeit. Sie glaubte nicht, daß Tom sich rauslügen könnte; und sie hatte recht damit, denn das Leugnen schien seine Sache nur noch schlimmer zu machen. Becky dachte, sie wäre froh darüber, und versuchte auch, froh zu sein; aber sie war doch nicht ganz sicher, ob sie's auch wirklich war. Wie's am allerschlimmsten wurde, war's ihr, als müsse sie aufspringen und Alfred Tempel anzeigen, aber sie bezwang sich und schwieg, weil sie sich sagte: »Tom verklatscht mich ja doch, weil ich das Bild zerrissen hab'. Ich sag' kein Wort, und wenn ich ihm das Leben damit retten könnt'.«

Tom steckte seine Prügel ein und begab sich mit einem keineswegs gebrochenen Herzen wieder auf seinen Platz zurück. Er dachte, es wäre möglich, daß er beim Herumtoben die Tinte über das Buch geschüttet hätte – so etwas konnte ja passieren. Er hatte nur der Form halber und weil es mal so Sitte war, geleugnet und war dann aus angeborener Dickköpfigkeit dabei geblieben.

Eine ganze Stunde verrann; der Lehrer saß nickend auf seinem Thron; das leise Gesumme der lernenden Kinder wirkte wie immer einschläfernd auf ihn. Nach und nach raffte sich Herr Dobson aber auf, gähnte, schloß das Pult auf, griff nach dem Buch, schien aber noch unentschlossen, ob er's nehmen oder liegen lassen sollte. Die meisten Schüler blickten verschlafen auf ihn; nur zwei Augenpaare verfolgten all seine Bewegungen mit gespannter Aufmerksamkeit. Zunächst fingerte er noch etwas geistesabwesend an dem Buch herum, dann nahm er's heraus und lehnte sich in seinen Stuhl zurück, um zu lesen.

Tom blickte zu Becky hinüber. So hatte ihn mal ein gehetztes Kaninchen angesehen, gegen das er die Flinte erhoben hatte. Im Augenblick war aller Groll vergessen. Etwas mußte geschehen, aber sofort, mit Blitzesschnelle, sonst war's zu spät! Aber die Nähe der Gefahr schien seine Erfindungsgabe vollkommen zu lähmen. Schließlich kam ihm eine Erleuchtung! Wenn er hinstürzte, das Buch an sich riß und damit die Flucht ergriff? Aber die Größe des Plans ließ ihn einen kleinen Augenblick zögern, und darüber ging die Gelegenheit verloren; denn schon öffnete der Lehrer den Band. Wenn Tom nur die versäumte Gelegenheit hätte zurückrufen können! Zu spät! Nun gab es keine Hilfe mehr für Becky. Im nächsten Augenblick traf des Lehrers Auge die aufschauenden Schüler, und alle Blicke senkten sich, es lag etwas darin, das selbst den Unschuldigsten erzittern ließ. Eine kleine Weile blieb's totenstill, bis der Lehrer seine Wut etwas bezwungen hatte; dann fragte er mit fürchterlicher Stimme:

»Wer hat dieses Buch zerrissen?«

Kein Laut! Man hätte eine Stecknadel fallen hören können. Die

Stille hielt an; der Lehrer forschte von Gesicht zu Gesicht nach einem Zeichen des Schuldbewußtseins.
»Benjamin Rogers, hast du das Buch zerrissen?«
Verneinung und Pause. »Joseph Harper, warst du's?«
Wieder eine Verneinung. Toms Unruhe wurde unter dieser langsamen Folter immer heftiger. Der Lehrer blickte die Knabenreihe durchdringend an, dachte eine Weile nach und wandte sich dann den Mädchen zu:
»Anny Lorenz?«
Kopfschütteln!
»Gracie Miller?«
Kopfschütteln!
»Susanne Harper, hast du's getan?«
Wieder eine Verneinung! Das nächste Mädchen war Becky Thatcher. Tom zitterte vor Aufregung und im Gefühl der Hoffnungslosigkeit von Kopf bis Fuß.
»Rebekka Thatcher!« – Tom sah, wie ihr Gesicht vor Entsetzen

bleich wurde – »Hast du mein – schau mich an« – ihre Hände waren flehend erhoben – »hast du mein Buch zerrissen?«
Wie ein Blitzstrahl schoß Tom ein Gedanke durch den Kopf.
Er sprang auf und rief laut:
»Ich hab's getan!«
Sprachlos ob solcher unerhörten, unglaublichen Dummheit starrten alle Augen auf ihn. Einen Moment stand Tom regungslos, um seine aus dem Leim gegangenen Lebensgeister wieder zu sammeln, und als er dann ans Katheder ging, um sich abstrafen zu lassen, strahlte ihm so viel Überraschung, Dankbarkeit und Verehrung aus den Augen der armen Becky entgegen, daß er sich dadurch für hundert Trachten Prügel vollauf entschädigt gefühlt hätte.
Begeistert durch seine eigene Großmut, ließ er die unbarmherzigste Züchtigung, die Herr Dobson je ausgeteilt, ohne einen Laut über sich ergehen und nahm auch die weitere Grausamkeit eines zweistündigen Nachsitzens gleichmütig auf. Er wußte ja, wer draußen auf ihn warten und jede Minute bis zu seiner Befreiung aus der Gefangenschaft zählen würde.
Mit finsteren Racheplänen gegen Alfred Tempel ging Tom am Abend ins Bett, denn Becky hatte ihm alles, auch ihre eigene Verräterei, gebeichtet. Aber dieser unbändige Sühnedurst mußte bald milderen Gefühlen und lieblicheren Bildern weichen, und noch beim Einschlafen klangen ihm Beckys letzte Worte süß in den Ohren: »Tom, wie konntest du nur so edel sein!«

Zweiundzwanzigstes Kapitel

Die Ferien näherten sich. Der allezeit strenge Schulmeister wurde von Tag zu Tag noch strenger und gründlicher, denn er wünschte, daß seine Schule bei der Prüfung mit Ehren bestehen sollte. Seine Rute und sein Lineal kamen gar nicht mehr zur Ruhe, wenigstens bei den kleinen Schülern. Nur die großen Jungens und die Damen von 18–20 Jahren waren vor ihnen sicher. Und Herrn Dobsons Schläge waren noch dazu recht gewichtig; denn wenn sich auch unter seiner Perücke ein glänzender Kahlkopf barg, so stand er doch noch im kräftigsten Mannesalter, und die Stärke seiner Muskeln ließ nichts zu wünschen übrig. Je näher der große Tag heranrückte, desto mehr kam alle in ihm schlummernde Tyrannei an die Oberflä-

che; und er ahndete mit schier grausamem Vergnügen auch die geringsten Fehler und Versäumnisse. Die Folge davon war, daß die Kinder ihre Tage in Angst und Schrecken und ihre Nächte mit dem Schmieden finsterer Rachepläne verbrachten und keine Gelegenheit versäumten, ihrem Lehrer einen Streich zu spielen. Er war aber ständig auf der Hut, und die Strafe, die jedem dieser Racheakte auf dem Fuße folgte, war so niederschmetternd und überwältigend, daß die Jungens das Feld jedesmal als »Geschlagene« räumen mußten. Schließlich zettelten sie eine allgemeine Verschwörung an, die einen glänzenden Sieg verhieß. Sie zogen den Sohn des Anstreichers ins Vertrauen und baten ihn um seine Hilfe. Der hatte seine besonderen Gründe, davon entzückt zu sein, denn der Lehrer wohnte bei seinem Vater, und der Junge hatte Ursache genug, ihn kräftig zu hassen. Die Frau des Lehrers wollte in den nächsten Tagen zu Besuch aufs Land, so stand also der Ausführung des Planes nichts im Wege. Der Lehrer pflegte sich zur würdigen Vorbereitung bei großen Gelegenheiten nachhaltigen Mut aus der Flasche zu holen, und der Anstreicherjunge versprach, wenn er dann das richtige Stadium des »Mutes« erreicht haben und in seinem Stuhle eingenickt sein würde, so werde er die »Sachen schon besorgen« und ihn dann so knapp vor der Prüfung wecken, daß er gleich zur Schule eilen müsse.
Als die Zeit erfüllt war, trat das große Ereignis ein. Um acht Uhr abends war das Schulhaus festlich beleuchtet und mit Girlanden und Kränzen geschmückt. Der Lehrer thronte in seinem Stuhl auf dem hohen Katheder, die schwarze Tafel hinter sich. Er sah ziemlich käsig aus. Drei Reihen Bänke auf jeder Seite und sechs ihm gegenüber waren von den Honoratioren der Stadt und den Eltern der Schüler besetzt. Zu seiner Linken, hinter den Reihen der Bürger, stand heute ein großes Podium, auf dem die Schüler saßen, welche an den Prüfungen des Abends teilnahmen. Es waren ganze Reihen kleiner Knaben, die vor Sauberkeit glänzten und sich äußerst unbehaglich fühlten, Reihen von vierschrötigen großen Jungen, schneeweiße Bänke voller Mädchen und Fräuleins in Batist und Musselin, die tiefdurchdrungen waren von der unwiderstehlichen Wirkung ihrer nackten Arme, ihrer roten und blauen Bänder und ihrer mit Blumen geschmückten Haare. Der übrige Raum war von den nicht mitwirkenden Schülern gefüllt.
Die Prüfungen begannen. Ein kleiner Knirps trat vor und leierte mit einem ausdruckslosen Schafsgesicht:

»Kaum glaubt ihr's, daß solch kleiner Mann
Wie ich schon zu euch sprechen kann.«

wobei er seinen Vortrag mit stoßweisen, peinlich genauen Bewegungen einer Maschine begleitete, und zwar einer Maschine, an der sich eine Schraube gelockert hat. Doch er kam trotz seiner Todesangst glücklich zum Ende, erntete bei seiner Taschenmesserverbeugung einen wahren Beifallssturm und zog sich aufatmend zurück.
Ein kleines, schüchternes Mädchen lispelte: »Maria hatt' ein kleines Lamm«, machte einen mitleiderregenden Knicks, bekam auch ihren Anteil am Beifall, setzte sich errötend und lächelte glücklich.
Nun kam Tom Sawyer voll stolzer Zuversicht vor, schmetterte mit donnerndem Pathos den Anfang des unvermeidlichen und unzerstörbaren »Gib mir die Freiheit oder gib mir den Tod!« hinaus und begleitete es mit wütenden und begeisterten Gesten. Aber, ach, in der Mitte verlor er den Faden, ein elendes Lampenfieber ergriff ihn, seine Beine zitterten, und er war dem Umsinken nahe. Wohl hatte er das Mitleid des Hauses – leider auch dessen Schweigen auf seiner Seite, was schlimmer als alles Mitleid ist. Der Lehrer blickte grimmig drein, und seine Miene verhieß Unheil. Tom stammelte und stotterte eine Weile, dann gab er's auf und zog sich zurück. Ein schwacher Beifallsrausch, der sich erheben wollte, erstarb bald.
Es folgten noch: »Auf brennendem Deck der Knabe stand« und: »Es nahten die Assyrer sich« und andere Perlen der Vortragskunst. Dann gab es Leseübungen und einen Wettkampf im Buchstabieren. Die magere Lateinklasse schnitt gut ab. Den Höhepunkt des Abends bildeten in der Regel und auch jetzt Originalaufsätze der jungen Damen. Nach der Reihe trat jede vor, räusperte sich, erhob ihr von einem zarten Bande umwundenes Manuskript und begann unter genauer Beobachtung des Ausdrucks und der Satzzeichen zu lesen. Die Themata waren dieselben, die schon ihre Mütter, Großmütter und alle weiblichen Vorfahren bis rückwärts zu den Kreuzzügen bearbeitet hatten: »Freundschaft«, »Erinnerungen früherer Tage«, »Die Religion in der Geschichte«, »Das Land der Träume«, »Die Vorzüge der Kultur«, »Ähnlichkeiten und Gegensätze der politischen Regierungsformen«, »Melancholie«, »Kindliche Liebe«, »Herzenswünsche« und dergleichen mehr. Die meisten dieser Ergüsse zeichneten sich durch eine starke Vorliebe für das »Sentimentale« aus, allen gemeinsam war eine üppige Verschwendung »erha-

bener« Ausdrücke und eine Fülle von Gemeinplätzen und Phrasen, ebenso die »moralische Nutzanwendung«, die, möglichst bei den Haaren herbeigezogen und dick aufgetragen, überall als Schwanz angehängt war; einerlei, welches Thema behandelt wurde.
In allen wurden die krampfhaftesten Anstrengungen gemacht, das Gebäude mit einer äußerst erbaulichen Betrachtung zu krönen. Der erste Aufsatz, der vorgelesen wurde, trug den Titel: »Ist dies das Leben!« Vielleicht kann der Leser eine Probe davon aushalten: »Wie schaut gewöhnlich das jugendliche Gemüt voll entzückenden Gefühlen den kommenden Freuden entgegen, die das Leben in Bereitschaft halten soll! Die Phantasie malt ihm geschäftig eine rosenfarbige Zukunft vor! In ihren Träumen sieht sich die jugendliche Schöne in festlich wogendem Gedränge, schauend und geschaut. Ihre anmutige Gestalt gleitet in weißen Hüllen auf den Wellen des Tanzes dahin; ihr Auge strahlt am hellsten, ihr Schritt ist der leichteste in der ganzen frohen Gesellschaft! Unter solch lockenden Träumen entschwindet die Zeit, und die Stunde der Erfüllung naht, welche die Tore zu jenem Elysium, genannt Welt, weit auftun soll. Wie feenhaft erscheint dem entzückenden Auge alles, was es erblickt! Jede neue Szene ist reizender, lockender als die frühere! Aber ach! Bald erkennt sie unter der glänzenden Außenseite die Eitelkeit und Hohlheit. Die Schmeichelei, die sie zuerst betört, findet keinen Eingang mehr zu ihrem Ohr. Der Ballsaal hat seine Reize eingebüßt, und mit schwankender Gesundheit und verbittertem Herzen wendet sie sich mit der Überzeugung ab, daß weltliche Vergnügungen niemals die Sehnsucht der Seele befriedigen können!«
Und so ging's weiter! Ein beifälliges Gemurmel begleitete von Zeit zu Zeit die Lektüre, und leise Ausrufe: »Wie schön!« »Gut gesagt!« »Wie wahr!« wurden hörbar. Und als das Machwerk mit einer besonders erhebenden moralischen Schlußbetrachtung endete, wurde der Beifall wahrhaft enthusiastisch.
Dann erhob sich ein dünnes, melancholisch aussehendes Mädchen, dessen Gesicht jene interessante Blässe aufwies, die von Pillen und schlechter Verdauung herrührt, und las eine eigene Dichtung vor, von der die zwei folgenden Verse als Probe dienen mögen:

»Abschiedslied der Missouri-Maid an Alamba
Lebwohl, Alamba, treu lieb ich dich!
Und dennoch muß ich jetzt meiden dich.

Ja, traurig Gedenken bedränget mich sehr,
Erinnrung machet das Herz mir so schwer.
Wie bin ich gewandert auf blumiger Au,
Am lieblichen Ufer des Flusses so blau.
Dort hab ich gelesen, was herrlich nur ist;
Dort hat mich der Strahl Aurorens geküßt.

Nicht schämig verberg ich mein trauervoll Herz,
Noch berg ich vor andern das Auge voll Schmerz,
Nicht von der Fremde je wend ich mich fort,
Nicht Fremde sind es, die laß ich dort.
Willkommen und Heimat mir bot ja dies Land,
Von dem ich jetzt wend mich zum fremden Strand.
Kalt muß ich mich stellen, spricht kalt man von dir,
und doch liegst, Alamba, am Herzen du mir!«

Sodann trat eine junge Dame vor, an der alles kohlpechrabenschwarz war: Haare, Augen und beinah auch die Gesichtsfarbe. Sie machte eine wirkungsvolle Kunstpause, setzte eine tragische Miene auf und begann pathetischen Tons vorzulesen:

»Eine Vision

Eine dunkle Sturmnacht! Am Himmelszelte funkelte kein Stern, nur das dumpfe Dröhnen des Donners vibrierte in unserm Ohr, während grelle Blitze in entfesselter Wildheit die Himmelskammern durchrasten, als ob sie der Erfindung des großen Franklin spotten wollten. Selbst die stürmischen Winde kamen alle aus ihren geheimnisvollen Höhlen hervor und fegten und tosten daher, als ob sie durch ihre Gegenwart die tolle Szene noch verstärken wollten. Gleich trostlos und dunkel sah es um diese Stunde in meiner Seele aus, und mein ganzes Sein schrie vergebens nach dem Balsam menschlichen Mitgefühls. Umsonst! Da plötzlich:

Erschien sie, die mein Trost, mein Führer und mein Rat,
Beistand in Leid und Freud, zur Seit mir trat –

Sie schwebte daher gleich einem jener anmutigen engelhaften Wesen, mit denen Jugend und Romantik sich die Fluren ihres sonnigen Edens bevölkert denken, wie eine Königin der Schönheit, nur mit ihrem eigenen Liebreiz angetan und gekrönt. Ihr Schritt gab keinen Laut, und nur der selige Wonneschauer, der mein ganzes Sein bei ihrer sanften Berührung durchrieselte, verriet mir ihre Gegenwart, sonst wäre sie ebenso unbeachtet vorbeigeglitten wie andere Schönheiten, die gleich ihr alles Aufdringliche vermieden. Wie eisige Tränen auf dem winterlichen Gewande des Dezembers lag eine sanfte Traurigkeit auf ihren Zügen, als sie auf den Kampf der Elemente da draußen wies und mich die beiden Wesen betrachten hieß, die diese darstellten.«

Dieser Spuk füllte ungefähr zehn Seiten und schloß mit einer so vernichtenden Predigt auf alle Ungläubigen, daß er mit dem ersten Preis gekrönt wurde. Der Aufsatz galt als die vollendetste Leistung des ganzen Abends. Der Bürgermeister überreichte der Verfasserin den Preis und sagte, es sei das Inhaltsvollste, was er je gehört, und Daniel Webster selbst hätte stolz darauf sein können.

Es soll nicht unerwähnt bleiben, daß die Zahl der Aufsätze, in denen der Ausdruck »wunderbar« beständig wiederkehrte und die menschliche Erfahrung als eine »Seite im Lebensbuche« erwähnt wurde, durchaus den üblichen Durchschnitt erreichte.

Jetzt erhob sich der Lehrer, den der Erfolg des Abends beinahe butterweich gemacht hatte, drehte dem Publikum den Rücken, um auf der großen Tafel für die Geographieprüfung eine Karte von Amerika zu zeichnen. Da er aber den Tatterich hatte, fiel seine Figur auf der Tafel recht unglücklich aus. Ein unterdrücktes Gekicher erklang im Saal; er wußte wohl, was es bedeutete, und nahm alle Kraft zusammen, um sich mit Erfolg aus der Affäre zu ziehen. Er wischte die mißlungenen Linien aus und zog sie neu, aber die Zeichnung wurde nur noch konfuser und das Gekicher noch deutlicher. Er wollte sich aber nicht aus der Fassung bringen lassen und arbeitete mit wütender Entschlossenheit weiter. Er fühlte, daß alle Augen auf ihn gerichtet waren, aber obwohl er glaubte, sich nun endlich zurechtzufinden, nahm das Kichern immer noch zu. Und Grund genug war dazu vorhanden. Im oberen Stock befand sich nämlich eine Dachkammer, die eine Luke gerade über dem Platz aufwies, an dem der Lehrer stand. Durch diese Luke wurde mit einem Stricke eine Katze runtergelassen, deren Kopf man mit einem Lumpen verbunden hatte, um das Miauen zu ersticken. Wie sie so langsam hinunterglitt, suchte sie sich nach oben zu krümmen, um sich mit den Vorderpfoten am Seil festzuklammern, aber sie griff nur in die Luft. Das Gekicher schwoll zum Gelächter, die Katze war jetzt nur noch etwa sechs Zoll vom Haupte des ganz in seine Zeichnung vertieften Lehrers entfernt. Sie sank tief und tiefer; noch eine Spanne, und nun

packte sie mit verzweifeltem Griff die Perücke des schulmeisterlichen Hauptes, krallte sich in dem ersehnten Halt fest und wurde im selben Augenblick mit der Siegesbeute in den Klauen durch die Luke gezogen. Der kahle Schädel des Lehrers aber glänzte in ungeahnter Pracht, denn der Anstreicherjunge hatte ihn vergoldet! Das beendete die Vorstellung! Die Knaben waren gerächt und – die Ferien da!

Dreiundzwanzigstes Kapitel

Tom schloß sich dem neuen Orden der Temperenzkadetten an, deren bunte, prächtige Abzeichen ihm ins Auge stachen. Er versprach, solange er Mitglied sei, sich des Trinkens, Tabakrauchens und aller Weltlichkeit zu enthalten. Dabei machte er eine neue Entdeckung, nämlich die, daß es keinen besseren Weg gäbe, etwas absolut tun zu wollen, als das Gelöbnis, es zu unterlassen. Tom fühlte sich bald geradezu gepeinigt von dem Verlangen nach Trinken und Fluchen, der Wunsch danach wurde so übermächtig, daß nur die Hoffnung auf eine baldige Gelegenheit, bei der er mit seiner roten Schärpe öffentlich paradieren konnte, ihn von dem Austritt aus dem Orden abhielt. Und so setzte er denn seine ganze Zuversicht auf den alten Friedensrichter Frazer, der, wie es hieß, in den letzten Zügen lag und der als hoher Beamter eine große öffentliche Leichenfeier bekommen würde. Drei Tage lang war das Befinden des Richters Toms größte Sorge, und er wartete heißhungrig auf Neuigkeiten. Manchmal stiegen seine Hoffnungen, stiegen so hoch, daß er seine Abzeichen hervorholte und sie vor dem Spiegel anprobierte! Aber der Richter war sehr wankelmütig, und man sprach von einer leichten Besserung und dann sogar von einer Rekonvaleszenz. Nun hatte Tom es aber satt – er empfand dies förmlich als persönliche Kränkung. Er reichte seinen Abschied ein, und in derselben Nacht hatte der Richter einen Rückfall und starb. Tom beschloß, nie mehr in seinem Leben irgendeinem Menschen zu trauen.
Die Leichenfeier war großartig. Die Kadetten stolzierten in ihrem Prunk einher, auf eine Art und Weise, die das frühere Mitglied fast vor Neid bersten ließ. Nun, wenigstens war er jetzt wieder ein freier Junge – aber es war ein Haken bei der Geschichte. Er konnte wieder trinken und fluchen, so viel er wollte, doch zu seiner Überraschung merkte er, daß er sich jetzt nicht das geringste mehr daraus machte. Die einfache Tatsache, daß er's durfte, hatte nicht nur den Reiz, sondern auch den ganzen Wunsch ausgetilgt. – Tom fand, daß die langersehnten Ferien sehr öde zu werden drohten.
Er fing ein Tagebuch an, aber da in drei Tagen absolut nichts passierte, steckte er's wieder auf. Dann brachte endlich eine Vorstellung von schwarzen Sängern eine kleine Anregung in die Stadt. Tom und Joe Harper gründeten darauf selber eine Künstlertruppe und fühlten sich zwei Tage lang glücklich.

Selbst der ruhmreiche vierte Juli erwies sich in gewissem Sinne als ein Reinfall, denn es regnete in Strömen, infolgedessen fand kein Umzug statt. Und der größte Mann der Welt – wenigstens in Toms Augen – Mr. Brenton, ein leibhaftiger Senator der Vereinigten Staaten, war eine geradezu überwältigende Enttäuschung, denn er war keine 25 Fuß hoch, ja, nicht einmal annähernd soviel! Ein Zirkus kam, und die Jungens spielten nach seinem Abzug drei Tage lang Zirkus in vier Zelten aus Packtuch. Eintritt: drei Stecknadeln für Jungens, zwei für Mädchen. Dann hatten sie auch davon wieder genug.

Ein Phrenologe und ein Hypnotiseur kamen und ließen die Stadt langweiliger und verschlafener zurück als je.

Becky Thatcher war in den Ferien bei ihren Eltern, in ihrem Landhaus; und so hatte das Leben gar keinen Lichtblick.

Das schreckliche Geheimnis des Mordes war zu einem chronischen Elend geworden und so beharrlich und peinvoll wie eine schmerzhafte Krebsgeschwulst.

Und dann bekam Tom die Masern. Zwei Wochen lang war er ein Gefangener, wie tot für die Welt und ihre Geschehnisse. Er war sehr krank und lag ganz teilnahmslos da. Als er sich wieder auf seinen zittrigen Beinen zum erstenmal durch die Stadt schlich, merkte er, daß mit allem und jedem eine traurige Veränderung vorgegangen war. Es hatte eine Erweckung stattgefunden, und alle waren fromm geworden, nicht nur die Großen, sondern auch die Jungen und Mädchen. Tom lief umher in der stillen Hoffnung, wenigstens noch einem fröhlichen Sünderantlitz zu begegnen – doch vergebens! Er fand Joe Harper über dem Neuen Testament brütend und wandte sich traurig ab von diesem niederdrückenden Schauspiel. Er fahndete nach Ben Rogers und traf ihn, wie er die Armen mit einem Korb voll Traktätchen besuchte. Er spürte Jim Hollis auf, der auf seine Masernerkrankung als einen warnenden Fingerzeig Gottes hinwies. Jeder Junge, den Tom ansprach, hängte seinem ohnehin niedergedrückten Gemüt ein neues Gewicht an; und als er zuletzt seine Zuflucht bei Huckleberry Finn suchte und sogar dort mit einem Bibelwort empfangen wurde, schlich er nach Hause und kroch wieder ins Bett. Sein Herz brach fast, als er sich vorstellte, daß er allein in der ganzen Stadt für immer und ewig verloren sei.

In derselben Nacht brach ein furchtbarer Sturm los, mit einem Wolkenbruch und gräßlichem Gewitter. Er versteckte seinen Kopf unter

der Bettdecke und erwartete in peinvoller Angst sein Schicksal, denn er hatte nicht den geringsten Zweifel, daß dieser ganze Höllenspuk nur seinetwegen losgelassen sei. Er glaubte, daß er die Langmut der göttlichen Geduld über alle Gebühr ausgenutzt habe, und dies wäre nun die Folge davon. Die Verschwendung, gleichsam mit Artilleriekanonen eine Wanze totzuschießen, kam ihm gar nicht zum Bewußtsein, vielmehr schien es ihm ganz natürlich, daß ein so kostspieliger Gewittersturm veranstaltet wurde, nur um das Universum von einem Insekt wie ihm zu befreien.
Nach und nach wurde das Tosen schwächer und erstarb, ohne seinen Zweck erfüllt zu haben. Toms erste Eingebung war, sich nun dankbar und reuig zu zeigen; die zweite aber, einfach abzuwarten; es mußte ja nicht wieder so ein Gewitter kommen.
Am nächsten Tag rief man den Doktor von neuem. Tom hatte einen Schwächeanfall. Drei Wochen lang lag er still auf dem Rücken, sie schienen ihm eine ganze Ewigkeit. Als es endlich wieder aufwärts mit ihm ging, war er ordentlich dankbar, denn er dachte daran, wie einsam und verloren er sich gefühlt hatte. Er schlich durch die Straßen und fand Jim Hollis als Richter in einem Jugendgerichtshof angesichts eines gemordeten Vogels das Urteil über eine Katze sprechen und – er fand Joe Harper und Huck Finn, wie sie sich in einem Feldweg eine gestohlene Melone schmecken ließen. Die armen Kerls hatten ebenso wie Tom einen Rückfall erlitten.

Vierundzwanzigstes Kapitel

Endlich kam Leben in die verschlafene Atmosphäre. Der Mordprozeß kam vors Gericht und wurde damit sofort zum einzigen Gesprächsstoff des Städtchens. Tom hatte keinen anderen Gedanken mehr. Jede Erwähnung des Mordes jagte ihm einen Schauer durchs Herz, denn sein bedrücktes Gewissen und seine Angst ließen ihn jedesmal darin einen »Fühler« wittern, um ihn auszuforschen. Freilich erschien es ihm bei näherer Überlegung ganz unmöglich, daß man gerade ihn beargwöhnen sollte, aber jedenfalls beunruhigte ihn das Geschwätz in höchstem Maße. Er schleppte Huck an einen entlegenen Platz, um sich mit ihm zu beraten. Es mußte ja auch schon eine Erleicherung sein, das Siegel eine kleine Weile von den Lippen zu lösen und die Hälfte des Grams den Schultern eines andern aufzubürden. Zudem lag ihm daran, zu erfahren, ob Huck wirklich verschwiegen geblieben war. »Huck, hast du 'ner Menschenseele was erzählt?« – »Was denn?« – »Du weißt schon!« – »Natürlich nicht!« – »Kein Sterbenswörtchen?« – »Auf Ehr' und Seligkeit, kein Sterbenswörtchen! Warum fragst du?« – »Na, ich – ich hatte Angst.« – »Aber, Tom Sawyer, wir beide wären doch keine zwei Tage mehr unseres Lebens sicher, wenn's herauskäm'! Das weißt du doch so gut wie ich!« Tom fühlte sich wesentlich erleichtert. Nach einer Pause: »Huck, es könnte doch keiner was aus dir rauskriegen, nicht wahr?« – »Rauskriegen? Da müßt' ich ja gerade Lust haben, von dem Teufel von Indianer ersäuft zu werden – sonst wahrhaftig nicht!« – »Gut, dann ist alles in Ordnung! Ich glaub', wir können ruhig sein, solange wir reinen Mund halten. Aber laß uns zur Vorsicht noch mal schwören, es ist sicherer!« – »Ich hab' nix dagegen!« Und sie schwuren nochmals einen fürchterlichen Eidschwur! »Worüber schwatzen sie eigentlich am meisten in der Stadt, Huck? Ich hab' alles durcheinander gehört!« – »Am meisten? Na, immer von Muff Potter, immer und ewig Muff Potter! Mir läuft beständig der Angstschweiß runter, am liebsten möcht' ich mir Watte in die Löffel stecken, bloß, um nix mehr davon zu hören.« – »Geradeso geht's mir! Ich fürcht', der ist verloren! Tut dir's nicht auch manchmal leid um ihn?« – »Beinah immer, wirklich, beinah immer! Er ist ja keine feine Nummer, aber er hat doch nie 'nem Menschen was zuleid getan. Stibitzt wohl mal 'n Fisch, um Geld zu 'nem Rausch zu kriegen, und bummelt 'n ganzen Tag rum, aber, Herrgott, das tut ja jeder – wenigstens beinah jeder. Und 'n guter Kerl is er doch, er hat mir mal 'n halben Fisch gegeben, wo der ganze wirklich nicht für ihn allein gelangt hätt', und hat mir schon manchmal aus der Patsche geholfen.« – »Und mir hat er den Drachen geflickt und Angelhaken an der Leine festgemacht. Ich wollt', wir könnten ihm raushelfen, Huck – ich gäb' was drum!« – »Ach, das würd' doch nix nützen, Tom, sie würden ihn ja gleich wieder erwischen!« – »Ja, das würden sie! Aber ich kann's nicht vertragen, wenn sie wie über den leibhaftigen Gottseibeiuns über ihn herfallen, wo er's doch gar nicht getan hat!« – »Ich auch nicht! Und dabei reden sie, als wär' er der blutdürstigste Bösewicht im ganzen Land und 'n reines Meerwunder, daß er nicht schon längst gehängt wurde.« – »Ja, so schwatzen sie! Ich hab' sogar gehört, wie einer sagte, wenn er doch freikäm', würden sie ihn lynchen!« – »Und du

kannst dich drauf verlassen, sie würden es tun!« Das Gespräch gab nur wenig Trost. Als es zu dämmern begann, befanden sie sich auf einmal vor dem kleinen einsamen Gefängnis, vielleicht in der geheimen Hoffnung, es könnte irgend etwas geschehen, wodurch sie von ihren Kümmernissen befreit würden. Aber nichts ereignete sich, es zeigten sich weder Engel noch Feen, die sich für den unglücklichen Gefangenen zu interessieren schienen.

Die Jungen traten wie schon so manches Mal ans Gitter, um Potter Tabak und Streichhölzer hineinzureichen.

Seine Dankbarkeit bei ihren kleinen Geschenken hatte ihnen schon immer ins Herz geschnitten, heute aber war's schlimmer als je. Sie kamen sich wie die feigsten und gemeinsten Verräter vor, als Potter sagte: »Ihr seid so gut zu mir, Jungens, besser, als sonst irgend jemand aus der Stadt es war. Und das vergess' ich euch nicht – ganz gewiß nicht. Ich sag' mir oft, ich hab' doch so vielen Jungens die Drachen geflickt, und die besten Fischplätze gezeigt und getan, was ich nur für sie tun konnte, aber alle haben den alten Muff in seiner Not vergessen, alle – nur der Tom und der Huck nicht, die haben ihn nicht vergessen, sag' ich, und der alte Muff, der vergißt sie auch nicht! Seht, Jungens, ich hab' in meinem Mordsrausch was Furchtbares angestellt, anders kann ich's mir nicht erklären, und dafür soll ich jetzt baumeln, und das ist nur recht und billig. 's geschieht mir schon recht, und 's wird wohl auch das beste für mich sein, glaub' ich. Na, wir woll'n nicht weiter davon sprechen! Möcht' nicht, daß ihr 'n schweres Herz durch mein Gerede kriegt, denn ihr seid gut gegen mich gewesen. Aber nur eins sag' ich euch, betrinkt euch nie, wenn ihr groß seid, dann kommt ihr nicht hierher! Tretet mal näher ran, so, 's ist ordentlich ein Trost, so 'n paar gute Gesichter zu sehen, wenn man tief im Dreck sitzt – gute, liebe Gesichter! So – so ist's recht! Die Hand möcht' ich euch geben, ihr müßt aber eure kleinen Pfoten durchs Gitter strecken; meine Tatzen sind zu groß dazu. Kleine Hände – kleine schwache Hände sind das, und doch haben sie dem armen Muff Potter so geholfen und würden's noch mehr tun, wenn sie nur könnten.«

Tom schlich todelend nach Hause und hatte nachts die schrecklichsten Träume. Am nächsten und übernächsten Tag strich er beständig um das Gerichtsgebäude herum, von einem fast unwiderstehlichen Hang getrieben, hineinzugehen. Er hatte Mühe, sich zu bezwingen. Huck erging es geradeso. Sie wichen einander möglichst aus; jeder entfernte sich von Zeit zu Zeit, um immer von neuem der schrecklichen Anziehungskraft zu erliegen. Tom spitzte die Ohren, wenn wieder ein Trupp Müßiggänger aus dem Gerichtssaal herauskam, aber er hörte unabänderlich betrübende Neuigkeiten. Das Netz der Beweise schloß sich enger und enger um den armen Potter. Am Ende des zweiten Tages hieß es, daß der Indianer-Joe fest und unerschütterlich bei seinen Aussagen beharre und daß über den Urteilsspruch gar kein Zweifel mehr bestehen könne.

Tom trieb sich an diesem Abend noch sehr lange draußen herum, kam durchs Fenster heim und befand sich in der fürchterlichsten Aufregung. Stundenlang wälzte er sich in seinem Bett herum, ohne einschlafen zu können.

Am nächsten Morgen strömte was nur Beine hatte dem Gerichtsgebäude zu, der große Tag war herangekommen, an dem die Entscheidung fallen sollte. Männlein und Weiblein saßen dicht gedrängt, wie die Heringe, im Zuhörerraum. Nach einer langen Wartezeit betraten die Geschworenen den Saal und nahmen ihre Sitze ein. Kurz darauf führte man den totenbleichen Potter in Ketten herein. Verschüchtert und hoffnungslos saß er da, während all die neugierigen Augen ihn unbarmherzig anstarrten. Nicht weniger Aufsehen erregte der Indianer-Joe, der unerschütterlich wie immer dreinschaute. Nach einer Pause erschien dann der Richter, und der Sheriff verkündigte den Beginn der Verhandlung. Das gewohnte

Geflüster unter den Anwälten und das Zurechtlegen der Akten folgten. All diese Einzelheiten und Umständlichkeiten riefen eine ebenso aufregende wie spannungsvolle Erwartung hervor.
Jetzt wurde ein Zeuge aufgerufen, der aussagte, daß er Muff Potter schon bei Tagesgrauen am Morgen nach der Mordtat gesehen habe, wie er sich gerade am Bach wusch und eilig davonschlich, als er den Beobachter gewahrte. Nach einigen weiteren Fragen sagte der Staatsanwalt: »Hat der Herr Verteidiger etwas zu bemerken?«
Für einen Moment hob der Angeklagte die Augen, senkte sie aber sofort wieder, als der Verteidiger sagte: »Ich verzichte.«
Der nächste Zeuge beschwor, daß man das Messer in der Nähe der Mordtat gefunden habe. Der Staatsanwalt sagte abermals: »Der Herr Verteidiger hat das Wort«, und abermals verzichtete dieser auf jede Frage.
Ein dritter Zeuge gab an, das Messer als Potter gehörig zu erkennen. »Der Herr Verteidiger hat das Wort.« Und zum drittenmal erwiderte Potters Verteidiger ruhig: »Ich verzichte.«
Im Zuhörerraum entstand eine leise Unruhe. Wollte dieser Anwalt denn das Leben seines Klienten so einfach ohne die leiseste Anstrengung preisgeben?
Mehrere Zeugen berichteten über Potters verdächtiges Benehmen, als er an den Schauplatz der Tat geführt wurde. Auch sie wurden ohne jedes Kreuzverhör entlassen.
Jede Einzelheit der so äußerst verdächtigen Vorgänge auf dem Friedhofe, an die sich jeder noch so gut erinnerte, wurde von glaubwürdigen Zeugen bestätigt; aber auch nicht ein einziger von ihnen wurde von Potters Verteidiger ins Verhör genommen. Das Publikum gab sein Staunen und seine Unzufriedenheit durch ein Gemurmel kund, das ihm einen Verweis des Richters eintrug. Dann ergriff der Staatsanwalt das Wort:
»Durch den Eid von Bürgern erhärtet, deren einfaches Wort schon über jeden Zweifel erhaben ist, sehen wir uns gezwungen, das furchtbare Verbrechen dem unglücklichen Gefangenen zur Last zu legen. Die Verhandlung ist hiermit abgeschlossen.«
Der Brust des armen Potters entrang sich ein gequältes Stöhnen, er bedeckte das Gesicht mit den Händen, und sein Körper schrumpfte gleichsam zusammen. Ein fast schmerzhaftes Schweigen herrschte in dem Saal. Alle Männer waren bewegt, und die Frauen verrieten ihr Mitleid durch Tränen – der Verteidiger ergriff das Wort:

»Hoher Gerichtshof! Zu Beginn der Verhandlungen ließen wir durchblicken, daß wir unsere Verteidigung darauf aufbauen wollten, daß der Klient die Tat im Zustand sinnloser Trunkenheit begangen habe. Wir haben diese Absicht aufgegeben, wir werden auf diese Beweisführung verzichten.« – Dann zu dem Gerichtsdiener: »Man rufe Thomas Sawyer!«

Auf allen Gesichtern malte sich unverhohlenes Erstaunen, selbst auf dem Potters. Jedes Auge saugte sich geradezu voll maßlosem Interesse an Tom fest, als er aufstand und seinen Platz vor der Zeugenschranke einnahm. Verstört genug sah der Junge freilich aus; er schien in großer Angst zu sein. Nachdem er geschworen, begann das Verhör:

»Thomas Sawyer, wo warst du am 17. Juni um die Mitternachtsstunde?« Tom warf einen flüchtigen Blick auf die eiserne Stirn des Indianer-Joe, und die Stimme versagte ihm. Die Zuhörer lauschten atemlos, aber die Worte wollten ihm nicht kommen. Nach ein paar Augenblicken hatte er aber wieder Kraft genug, sich wenigstens den Nächstsitzenden verständlich zu machen: »Auf dem Friedhof!« – »Ein wenig lauter, bitte, nur keine Angst! Also wo?« – »Auf dem Friedhof!«

Ein verächtliches Lächeln zuckte über das Gesicht des Indianer-Joe. »Warst du irgendwo in der Nähe des Grabes von Hoß Williams?« – »Ja, Herr Verteidiger!« – »Noch ein bißchen lauter! Wie nah ungefähr?« – »So nah wie bei Ihnen!« – »Warst du dort versteckt oder nicht?« – »Ich war versteckt.« – »Wo?« – »Hinter den Ulmen, die dicht dabeistehn!« Da fuhr der Indianer-Joe fast unmerklich zusammen. »War noch jemand dabei?« – »Ja, er war mit –« – »Laß nur! Wir brauchen den Namen deines Gefährten noch nicht, wir werden ihn schon zur rechten Zeit anführen. Hast du etwas bei dir gehabt?« Tom zögerte und schaute verwirrt um sich. »Nur heraus damit, fürchte dich nicht! Die Wahrheit zu sagen, macht immer Ehre. Was also war es?« – »Nur – nur – eine tote Katze!« – Ein leises Gekicher ließ sich hören, dem aber sofort Einhalt geboten wurde. »Wir werden uns später erlauben, das Skelett der Katze als Beweis vorzulegen. Jetzt aber, mein Junge, erzähl uns alles, was passiert ist, erzähl's ganz ruhig auf deine Art. Verbirg uns nichts und fürchte dich nicht!«

Tom begann zuerst stotternd, dann aber erwärmte er sich über den Bericht, und seine Worte flossen ihm leichter von den Lippen. Nach

ein paar Augenblicken hörte jedes Nebengeräusch im Saale auf, nur seine helle Knabenstimme war hörbar. Jedes Auge war auf ihn gerichtet, mit offenem Mund und stockendem Atem hingen die Zuhörer an seinen Lippen. Alle schienen der Welt entrückt, so hielt sie die Erzählung von der grausigen Tat in Bann. Die Erregung erreichte ihren Höhepunkt, als der Knabe sagte: »Und wie der Doktor mit dem Brett auf den Muff Potter einhieb und er umfiel, da sprang der Indianer-Joe mit dem Messer auf und – –«
Ein Krach! Wie der Blitz war der Indianer-Joe dem Fenster zugestürzt, hatte alle, die sich ihm entgegenstellten, weggeschleudert, und ehe man zur Besinnung kam – war er verschwunden.

Fünfundzwanzigstes Kapitel

Wieder war Tom zum strahlenden Helden der Stadt geworden – der Liebling der Alten, der Neid der Jungen. Sein Name wurde sogar durch den Druck unsterblich gemacht, denn das Wochenblättchen verherrlichte ihn in allen Tonarten. Es gab sogar Leute, die behaupteten, er würde noch einmal Präsident, falls er nicht vorher – gehängt würde!

Wie's so geht, schloß die wankelmütige, gedankenlose Welt nunmehr Muff Potter in demselben Maße in ihr Herz und verwöhnte ihn, wie sie ihn vorher beschimpft hatte. Da ihr dies aber, im Grunde genommen, zur Ehre gereicht, wollen wir's ihr hingehn lassen.

Tom erlebte Tage des Glanzes und Entzückens, aber seine Nächte waren voll Schrecken und Grauen. Der Indianer-Joe spukte in all seinen Träumen herum, und Tod und Vernichtung drohten aus seinem Auge. Keine noch so große Versuchung hätte jetzt den Jungen mehr bewegen können, sich nachts auf der Straße herumzutreiben.

Dem armen Huck ging es nicht besser, auch er schwebte in beständiger Furcht, denn Tom hatte am Abend vor der letzten großen Gerichtssitzung dem Verteidiger die ganze Geschichte erzählt, und Huck zitterte davor, daß sein Anteil an der Sache doch noch durchsickern könne, obgleich ihn die Flucht des Indianer-Joe ja dem Übel einer öffentlichen Aussage entzogen hatte. Der arme Kerl hatte freilich den Verteidiger beschworen, reinen Mund zu halten, und der hatte es ihm auch versprochen, aber was nutzte ihm das? Seit die Gewissensbisse Tom dazu getrieben, sich bei Nacht und Nebel ins Haus des Verteidigers zu schleichen und das Fürchterliche zu berichten trotz all der schrecklichen Eide, die sie sich so feierlich geschworen hatten, war Hucks Vertrauen in das menschliche Geschlecht erschüttert – ja vernichtet.

Bei Tag erfüllte Muff Potters Dankbarkeit Tom mit Freude und Stolz, daß er geredet, nachts aber wünschte er sich inständig, seine Lippen wären versiegelt geblieben. Einmal fürchtete Tom, der Indianer-Joe würde nie erwischt werden, dann wieder zitterte er bei dem Gedanken, daß man ihn doch finden könnte. Das aber fühlte er – ruhig atmen würde er erst wieder können, wenn dieser Mensch tot sei und er selbst seinen Leichnam gesehen habe.

Belohnungen waren ausgesetzt, die ganze Gegend durchforscht worden, aber kein Indianer-Joe wurde gefunden. Man hatte eines

jener scheue Ehrfurcht einflößenden Wunderwesen, einen Detektiv, aus St. Louis kommen lassen. Der schnüffelte überall herum, machte ein gescheites, geheimnisvolles Gesicht, schüttelte den Kopf und hatte denselben erstaunlichen Erfolg, den die meisten seiner Kollegen erringen: Er entdeckte, wie er sagte, »den Schlüssel des Rätsels«! Aber da man nun mal einen »Schlüssel« nicht des Mordes anklagen und hängen konnte, fühlte sich Tom, nachdem der weise Mann wieder abgereist war, ebenso unsicher wie zuvor.
Die Tage schleppten sich trübselig dahin, zum Glück aber nahm jeder neu anbrechende ein klein wenig von der Seelenangst hinweg, die auf dem armen Jungen lastete.

Sechsundzwanzigstes Kapitel

Im Leben eines jeden richtigen Jungen kommt einmal eine Zeit, in der er sich rasend danach sehnt, einen verborgenen Schatz zu heben. Dieses Verlangen hatte eines Tages auch Tom ergriffen. Er wollte sich gleich mit Joe Harper darüber besprechen, der war jedoch nirgends aufzutreiben. Dann suchte er nach Ben Rogers, und der war fischen gegangen. Zufällig stieß er auf Huck Finn, »den Bluthändigen«, und in Ermangelung der anderen war ihm auch dieser recht. Er schleppte ihn an einen geheimen Ort und zog ihn dort ins Vertrauen. Huck war einverstanden, er war immer bereit, an einem Unternehmen teilzunehmen, das Vergnügen versprach und kein Kapital erforderte, denn er hatte einen Überfluß von der Art Zeit, die kein Geld ist. »Wo sollen wir graben?« fragte er. –»Na, überall.« – »Ja, gibt's denn überall 'n verborgenen Schatz?« – »Was du dir einbildest! Die sind immer nur an ganz ausgefallenen Plätzen, zum Beispiel mal auf 'ner Insel, dann in 'ner verfaulten Kiste, die unter 'nem Baumstamm verscharrt ist, grad' da, wo der Schatten um Mitternacht drauffällt, aber meistens stecken sie doch in Häusern, wo's spukt.« – »Wer versteckt sie denn dort?« – »Natürlich Räuber, wer denn sonst, oder meinst du vielleicht Sonntagsschullehrer?« – »Was weiß ich? Ich weiß nur, wenn der Schatz mir gehört, würd' ich ihn nicht verstecken, sondern das Geld ausgeben und mir damit feine Tage machen.« – »Ja, ich auch, aber die Räuber sind anders, sie verstecken und verlassen ihn immer.« – »Gucken sie denn nie mehr danach?« – »Nee! Sie wollen wohl, aber dann vergessen sie die Zeichen oder sterben gewöhnlich. Dadurch liegt er dann 'ne Ewigkeit und wird rostig, und schließlich findet mal einer so 'n altes, ganz vergilbtes Papier, an dem muß man über 'ne Woche dran rumbuchstabieren, um's zu entziffern, weil die Schrift drauf lauter schwere Zeichen und Hieroglyphen sind.« – »Hiero – was?« – »Hieroglyphen! Bilder und Krakelfüße und so Zeugs, die immer was bedeuten, weißt du!« – »Hast du denn solche Papiere gefunden, Tom?« – »Nee!« – »Ja, aber wie willst du denn die Zeichen rauskriegen?« – »Ach was – ich brauch' keine Zeichen! Sie vergraben den Schatz doch immer bloß unter 'nem Spukhaus oder auf 'ner Insel oder unter 'nem faulen Baum, der noch 'n abgestorbenen Ast ausstreckt. Na, wir haben ja schon 'n bißchen auf der Jacksoninsel rumgestöbert, dort können wir's noch mal probieren. Und dann haben wir noch das alte verfallene Spukhaus droben am Stillhausbach, und da gibt's 'ne Masse abgestorbene Bäume – in Haufen, sag' ich dir.« – »Liegt da unter jedem 'n Schatz vergraben?« – »Esel! Nein.« – »Wie kannst du dann aber wissen, wo du graben sollst?« – »Na, wir graben mal bei allen.« – »Ja, aber Tom, da geht doch der ganze Sommer drauf!« – »Was schadet denn das! Denk, du fändest 'n Kupferkessel mit hundert alten Dollar drin oder 'ne faule Kiste mit lauter Diamanten, he?« Hucks Augen funkelten. »Das wär' so was für mich, Tom. Wenn du mir nur die hundert Dollar läßt, nach den Diamanten frag' ich nix.« – »Mir auch recht! Ich werf' dir die Diamanten gewiß nicht nach! Manche davon sind gut und gern ihre zwanzig Dollar das Stück wert, und 's ist sicher keiner dabei, der nicht beinah 'n Dollar oder noch viel mehr gilt.« – »Nee, wahrhaftig?« – »Das kann dir 'n Wickelkind sagen! Hast du denn noch nie 'n Diamanten gesehen?« – »Nicht, daß ich wüßte!« – »Oh, Könige haben ganze Haufen davon!« – »Ja, ich kenn' aber keine Könige, Tom!« – »Natürlich nicht, wenn du aber nach Europa gingst, könntest du sie in ganzen Scharen rumhopsen sehen!« – »Was? Hopsen die denn?« – »Hopsen! Bist woll verrückt? Nein, hopsen tun sie nicht.« – »Na, warum hast du dann so gesagt?« – »Rindvieh! Das soll doch nur heißen, du könntest sie sehen, und zwar 'ne ganze Menge davon, denn sie sind überall rum verstreut, zum Beispiel den alten buckligen Richard.« – »Richard? Wie heißt er denn sonst noch?« – »Er hat keinen andern Namen. Könige haben immer nur 'n Vornamen.« – »So, wirklich?« – »Wenn ich's doch sag'!« – »Na, wenn's ihnen recht ist – mir kann's egal sein. Ich möcht' aber dann kein König sein und nur so einen lumpigen Namen haben wie 'n elender Nigger. Aber, sag mal, wo wollen wir zuerst graben?« – »Ja, ich weiß selber nicht recht! Wie wär's, wenn wir uns zuerst mal an den alten Baum ranmachten, drüben auf dem Hügel hinterm Stillhausbach?« – »Mir ist's recht!«

So verschafften sie sich denn eine etwas ramponierte Schaufel und eine Hacke und zogen zu ihrem drei Meilen weiten Marsch aus. Keuchend und heiß kamen sie endlich dort an, rekelten sich im Schatten einer benachbarten Ulme und qualmten tüchtig drauflos. »So gefällt's mir!« sagte Tom. – »Mir auch«, meinte Huck. – »Du, Huck, wenn wir jetzt 'n Schatz finden, was fängst du mit deinem Teil an?« – »Ich? Na, dann eß ich jeden Tag Kuchen und Pastete und trink' Sodawasser und geh' in jeden Zirkus, der hierherkommt. Das soll schon 'ne verflucht feine Zeit werden.« – »Ja, willst du denn gar nix davon sparen?« – »Sparen? Zu was?« – »Na, um später auch noch was zum Leben zu haben!« – »Och, das würd' mich doch nix nützen! Mein Alter kommt doch wieder mal in die Stadt, und wenn er das Geld in seine Klauen kriegt, würd' er's schnell genug durchbringen, wenn ich mich nicht vorher beeile. Was wirst du mit deinem anfangen, Tom?« – »Ich, ich kauf' mir erst mal 'ne neue Trommel und 'n richtiges Schwert und 'ne rote Krawatte und 'ne junge Bulldogge, und dann – ja, dann verheirat' ich mich.« – »Was – heiraten?« – »Jawohl!« – »Tom, du – du bist wohl übergeschnappt?« – »Wart nur ab – wirst's schon sehen.« – »Tom, das wär' einfach das Allerdümmste, was du tun könntest! Denk nur mal an meinen Vater und meine Mutter, nix als Keilerei den lieben langen Tag! Ich erinnere mich nur noch zu gut!« – »Das beweist gar nix. Das Mädchen, das ich heirat', prügelt sich nicht rum.« – »Tom, glaub's nicht, eine ist wie die andere, und das Prügeln versteht jede. Überleg dir's lieber noch mal, rat' ich dir. Wie heißt denn das Mädel?« – »'s ist kein Mädel, es ist ein Mädchen!« – »Das ist doch egal, Mädel oder Mädchen, das kommt auf eins raus! Na also, sag mir, wie sie heißt!« – »Später mal, jetzt noch nicht!« – »Mir auch recht. Nur, wenn du dich verheiratest, werd' ich noch viel einsamer sein als jetzt!« – »Nein, gewiß nicht! Du mußt dann bei mir wohnen. Aber jetzt wollen wir an die Arbeit gehen.«

Eine halbe Stunde lang gruben sie im Schweiße ihres Angesichts. Kein Erfolg. Noch eine weitere halbe Stunde der Mühe und Anstrengung. Immer noch kein Erfolg. Da sagt Huck: »Vergraben sie

den Schatz denn immer so tief unten?« – »Manchmal, nicht immer! Gewöhnlich nicht, ich glaube, wir haben nicht den richtigen Platz erwischt.«
Sie verzogen sich an eine andere Stelle und begannen nochmals. Die Arbeit ging ihnen jetzt etwas weniger rasch von der Hand, aber sie kamen doch vorwärts. Sie gruben eine Zeitlang, ohne zu reden. Schließlich lehnte sich Huck auf seine Schaufel, wischte sich mit seinem Ärmel den Schweiß von der Stirn und fragte: »Wo gehn wir nachher hin, wenn wir hier fertig sind?« – »Ich denk', an den alten Baum, oben auf 'm Cardiffhügel hinterm Haus der Witwe Douglas.« – »Au ja, da ist 'n guter Platz. Aber wird sich's die Witwe nicht verbitten oder uns den Schatz wegnehmen, weil der Baum doch auf ihrem Land steht?« – »Wegnehmen? Soll's mal probieren! Wer 'n verborgenen Schatz findet, dem gehört er auch, ganz egal, auf wem seinem Land er ihn ausgegraben hat.«
Das war 'ne Beruhigung. Sie arbeiteten weiter, endlich sagte Huck: »Verflucht! 's muß wieder der falsche Platz sein. Was meinst du?« – »Das ist doch merkwürdig, Huck, ich versteh's gar nicht. Manch-

mal mischen sich auch Hexen rein, 's kann sein, daß die uns so 'ne Schererei machen!« – »Unsinn! Hexen sind doch am hellen Tag machtlos!« – »Ja, du hast recht, daran hab' ich gar nicht gedacht. Ach, jetzt weiß ich aber, was schuld ist! Was für Schafsköpfe wir sind! Man muß doch erst rauskriegen, wohin der Schatten um Mitternacht fällt, und da liegt der Schatz.« – »Na, dann hol's der Teufel! Da haben wir uns die ganze Arbeit für nix und wieder nix gemacht, da müssen wir also nachts noch mal hierher zurückkommen. 's ist 'n scheußlich weiter Weg! Kannst du denn so unbemerkt auskneifen?« – »Natürlich! Und zwar müssen wir noch diese Nacht wiederkommen, denn wenn einer kommt und sieht die Löcher hier, dann weiß er gleich, was los ist, und schnappt uns womöglich die ganze Sache vor der Nase weg.« – »Gut! Ich komm' heut nacht zu dir und miaue.« – »Schön. Und die Werkzeuge verstecken wir hier im Gebüsch.«

Nachts zur bestimmten Zeit waren dann auch die Jungens wieder an Ort und Stelle. Wartend saßen sie im Schatten. Es war ein einsamer Ort und eine nach alten Überlieferungen geheimnisvolle Stunde. Geister flüsterten im raschelnden Laube, Gespenster huschten in dunklen Ecken umher, aus der Ferne ertönte das tiefe Gebell eines Hundes, dem eine Eule mit Grabesstimme antwortete. Die Knaben fühlten sich bedrückt durch die unheimliche Umgebung und wagten nur leise zu sprechen. Als es nach ihrer Schätzung Mitternacht sein mußte, bezeichneten sie die Stelle, auf die der Schatten fiel, und begannen dort zu graben. Ihre Hoffnungen waren im Steigen, und ihr Interesse und ihr Fleiß wuchsen im gleichen Maße. Das Loch wurde tiefer und tiefer, aber jedesmal, wenn die Hacke auf etwas Festes stieß und ihnen das Herz vor freudiger Erregung klopfte, wurden sie grausam enttäuscht. Es war immer nur ein Stein oder ein alter Holzknüppel. Schließlich sagte Tom: »'s hat keinen Zweck, Huck, wir sind wieder am falschen Platz!« – »Das kann doch nicht sein, Tom, wo wir den Schatten doch so haarscharf abgezirkelt haben!« – »Das weiß ich. Dann ist eben was andres schuld.« – »Was denn?« – »Ja, wir haben die Zeit doch nur so aufs Geratewohl erraten, vielleicht war's zu früh oder zu spät!« Huck ließ die Schaufel fallen. »Das ist's, ganz gewiß, da liegt der Hund begraben! Wir müssen's schon aufgeben, denn wie sollen wir je die genaue Zeit rauskriegen? Und außerdem – es ist so gruselig hier zur Nachtzeit, mit all den Hexen und Gespenstern, die überall rumflattern. Ich fühl'die ganze Zeit eins hinter mir, und ich trau mich nicht umzusehen, weil dann auch eins vor mir sein könnt', das nur die Gelegenheit abwartet, um – huh, mir läuft's in einem fort eiskalt den Buckel runter!« – »Mir geht's beinah' ebenso! Meistens begraben sie auch bei dem Schatz noch 'n toten Menschen unter so'n Baum, der Wache halten soll.« – »Um Gottes willen!« – »Ja, ja! Ich hab's immer so gehört!« – »Tom, ich hab' nicht gern was mit Toten zu tun; die machen einem immer nur Unannehmlichkeiten.« – »Ich hab' auch keine Lust, sie aufzuwecken, Huck! Denk nur, wenn da jetzt plötzlich einer seinen Schädel rausstrecken und was zu uns sagen wollt'!« – »Schweig doch, Tom, das ist ja gräßlich!« – »Ja, das ist's, Huck; ich würd' mich auch gar nicht gemütlich dabei fühlen.« – »Du, Tom, wir stecken's hier auf und graben lieber mal woanders!« – »Ja, es ist am Ende besser, aber wo?« Er dachte 'ne Weile nach und sagte: »Ich hab's: im Spukhause!« – »Teufel! Ich kann keine Spukhäuser leiden, Tom, da sind Gespenster, die sind noch schlimmer als Tote! Tote sprechen dich vielleicht mal an, aber sie fegen doch nicht in Leinentüchern rum wie so'n Gespenst und grinsen dir nicht mit einemmal über die Schulter und klappern mit den Zähnen und Beinen. Nee, du, das könnt' ich nicht aushalten, Tom, kein Mensch könnt' so was!« – »Ja, aber Huck, Gespenster spuken doch nur nachts, am Tage werden die uns doch nicht bei der Arbeit

stören!« – »Ja, das ist wahr! Aber du weißt selber, daß niemand gern in die Nähe von dem Spukhaus kommt, nicht bei Tag und nicht nachts.« – »Na, das ist doch nur, weil dort mal einer ermordet worden ist. Es hat sich aber nie was ums Haus rum gezeigt in der Nacht, höchstens mal so 'ne kleine blaue Flamme am Fenster, aber nie 'n wirklicher Geist.« – »Ja, aber wo du so'n blaues Flämmchen siehst, Tom, kannst du Gift drauf nehmen, daß auch 'n Geist in der Nähe ist. Das ist doch ganz klar! Wer sonst sollte denn so'n blaues Flämmchen benutzen, außer 'n Geist!« – »Das kann sein. Aber auf keinen Fall kommen sie bei Tag raus. Da brauchen wir uns nicht zu fürchten!« – »Gut, mir soll's recht sein! Machen wir uns also an das Spukhaus ran, aber – gewagt ist's doch, glaub' ich!«
Inzwischen waren sie am Fuß des Hügels angelangt; dort, inmitten des mondbeglänzten Tales, stand das Spukhaus. Völlig vereinsamt stand es vor ihnen, die Umzäunung war längst verfallen, und rankendes Unkraut überwucherte Tür und Treppenstufen. Der Kamin war eingestürzt, leer starrten die Fensterhöhlen, ein Teil des Daches war abgedeckt. Eine Zeitlang blickten die Jungens unverwandt auf den gespenstischen Ort hinüber, immer in der Erwartung, daß sich ein blaues Licht zeigen werde, und sprachen, der unheimlichen Stätte angemessen, nur im Flüsterton. Dann machten sie einen weiten Bogen um das Spukhaus und schlugen sich heimwärts durch die Wälder, welche die Rückseite des Cardiffhügels mit ihrem saftigen Grün schmückten.

Siebenundzwanzigstes Kapitel

Um die Mittagsstunde des nächsten Tages fanden sich die Jungens wieder an dem Schauplatz ihrer nächtlichen Taten ein, um ihre Geräte zu holen. Tom hatte es in seiner Ungeduld sehr eilig, ans Spukhaus zu kommen, während es Huck schon besser abwarten konnte und mit einem Male sagte:
»Weißt du eigentlich, Tom, was heut für 'n Tag ist?« Tom ließ im Geist die Tage der Woche Revue passieren, sah dann betroffen in die Höhe und rief: »Nein, so was? Daran hab' ich gar nicht gedacht, Huck!« – »Ich zuerst auch nicht, mit einemmal ist mir's siedendheiß eingefallen, daß ja Freitag ist.« – »Zum Kuckuck! Man kann doch nie vorsichtig genug sein, da hätten wir ja schön in die Patsche ge-

raten können, wenn wir so was am Freitag unternommen hätten!« – »Geraten können? Ich würd' eher sagen: geraten müssen! 's gibt Glückstage, aber der Freitag gehört ganz sicher nicht dazu!« – »Das weiß 'n Pferd! Du bildest dir doch nicht ein, daß du der erste bist, der das rausgefunden hat, Huck?« – »Hab' ich das vielleicht behauptet? Aber der Freitag allein ist's noch gar nicht, ich hab' heut nacht 'n verflucht scheußlichen Traum gehabt, von Ratten.« – »Auch noch! Das ist ganz gewiß 'n schlechtes Zeichen! Haben sie sich rumgebissen?« – »Nee.« – »Na, das ist noch gut, Huck. Wenn sie sich nicht rumbeißen, soll's nur heißen, daß Unheil in der Nähe ist. Da brauchen wir einfach nur ordentlich aufzupassen, daß wir ihm rechtzeitig ausweichen können. Auf jeden Fall wollen wir die Geschichte für heute sein lassen und lieber spielen. Kennst du Robin Hood?« – »Nee! Wer ist denn das?« – »Ja, der war einer der größten und besten Männer, die je in England gelebt haben, und 'n Räuber dazu!« – »Patent! Ich wollt', ich wär' auch einer! Wen hat er denn beraubt?« – »Och, nur Richter und Bischöfe und reiche Leute und Könige und so was. Die Armen hat er nie bedrückt, die hat er geliebt und immer brüderlich mit ihnen geteilt!« – »Der muß ja 'n Prachtkerl gewesen sein!« – »Ja, ich garantier' dir dafür. So 'n edler Mensch hat vorher und nachher nicht mehr gelebt! Der konnt' jeden Mann in England unterkriegen, selbst wenn man ihm eine Hand auf'm Rücken gefesselt hat. Und mit seinem Eibenbogen konnt' er jedes Zehncentstück auf 'ne Entfernung von anderthalb Meilen treffen!« – »Was ist denn 'n Eibenbogen?« – »Was weiß ich? Irgend'ne Art Bogen natürlich. Und wenn er das Geldstück statt in der Mitte mal nur am Rand getroffen hat, hat er sich jedesmal hingesetzt und vor Wut geheult und geflucht. Komm, wir spielen Robin Hood, 's ist fein, ich zeig's dir.« – »Na ja.« – So spielten sie dann den ganzen Nachmittag Robin Hood und warfen ab und zu einen sehnsüchtigen Blick auf das Spukhaus, ließen auch gelegentlich eine Bemerkung über ihre Aussichten und Pläne für den folgenden Tag fallen.

Als die Sonne sich gen Westen neigte, schlugen sie den Heimweg ein, quer durch die langen Schatten, welche die Bäume nun warfen, und waren bald im Walde des Cardiffhügels verschwunden.

Samstag, kurz nach zwölf Uhr mittags, waren die Jungens wiederum an dem alten Baum. Erst rauchten und schwatzten sie eine Weile in seinem Schatten, dann gruben sie noch ein wenig in dem alten Loch herum, wenn sie auch keine große Hoffnung mehr hatten. Tom aber sagte, es wär' doch schon oft vorgekommen, daß man das Schatzgraben sechs Zoll von der richtigen Stelle aufgegeben hätte und daß dann ein anderer mit einem einzigen Spatenstich die ganze Herrlichkeit entdeckte. Die Sache schlug aber wieder fehl, und so schulterten sie ihre Geräte und zogen mit ihnen ab, im erhebenden Bewußtsein, nichts versäumt und keineswegs mit dem Glück gespielt, sondern im Gegenteil alle Anforderungen erfüllt zu haben, die an einen echten und rechten Schatzgräber gestellt werden können.

Als sie das Spukhaus erreichten, lag es in seiner Totenstille so schauerlich und unheimlich in der sengenden Glut der Sonnenstrahlen, daß sich die beiden in dem Gefühl dieser bedrückenden Verlassenheit erst gar nicht hineingetrauten. Endlich schlichen sie sich doch an die Tür und hielten zitternd Umschau. Sie erblickten einen mit Unkraut überwucherten Raum, den Boden ohne Dielen, die Wände ohne Bewurf, mit eingefallenem Kamin, leeren Fensterhöhlen und einer halb verfallenen Treppe. Von der Decke und den Wänden hingen verstaubte Spinnweben. Mit Herzklopfen traten sie zögernd ein, die Ohren gespitzt und stets sprungbereit, um beim leisesten Geräusch die Flucht ergreifen zu können.

Bei näherer Bekanntschaft mit der Örtlichkeit verringerte sich jedoch ihre Furcht und machte einer kritischen und eingehenden Prüfung Platz. Sie lobten und bestaunten zugleich ihre eigene Kühnheit und wünschten schließlich auch das obere Stockwerk zu untersuchen. Das hieß eigentlich soviel wie sich den Rückzug abschneiden, aber sie waren nun einmal im Zuge, sich in Tapferkeit zu überbieten, und so warfen sie denn Hacke und Schaufel in eine Ecke und kletterten hinauf. Oben fanden sie dieselben Spuren des Verfalls. In einem Winkel entdeckten sie einen geheimnisvollen Wandschrank, der sich aber als eine Enttäuschung erwies – denn er war leer. Ihr Mut war nun ganz auf der Höhe, und eben wollten sie hinuntergehen und ihre Arbeit beginnen, als Tom zusammenfuhr, »Pscht!« – »Was gibt's?« flüsterte Huck, totenbleich vor Schreck. – »Pscht – du – hörst du nichts?« – »Ja, o Himmel! Laß uns fortlaufen!« – »Halt's Maul! Muckse dich nicht! Sie kommen gerad' auf die Tür zu.«

Die Jungens streckten sich in ihrer Todesangst längelang auf die Dielen aus und spähten durch die Ritzen hinunter. »Sie bleiben

stehn! Nein, sie kommen rein! Da, da sind sie schon! Kein Wort mehr, Huck! Herrgott – wären wir hier nur schon raus!«
Zwei Männer traten ein. Jeder der Knaben sagte bei sich selbst: »Der eine ist der alte taubstumme Spanier, den man in der letzten Zeit 'n paarmal in der Stadt gesehn hat – den andern kenn' ich nicht!«
Der »andere« war ein zerlumpter, ungekämmter Strolch, der wenig vertrauenserweckend aussah. Der Spanier war in seine Mantilla gehüllt, er hatte einen struppigen weißen Schnauzbart, langes weißes Haar war unter dem breiten Hut zu sehen, und er trug eine grüne Brille. Als sie hereinkamen, sprach gerade »der andere« mit leiser Stimme. Sie setzten sich auf den Boden, den Rücken gegen die Wand, das Gesicht zur Tür, und der Sprechende fuhr in seinen Bemerkungen fort, wobei seine Bewegungen immer weniger vorsichtig und seine Worte immer lauter wurden. »Nein«, sagte er, »ich hab's mir überlegt, wir lassen's lieber, die Sache ist doch zu gefährlich!« – »Zu gefährlich?« grunzte der taubstumme Spanier zur ungeheuren Überraschung der Jungens. »Waschlappen!«
Diese Stimme ließ die Horcher vor Entsetzen beben. Es war die

Stimme des Indianer-Joe. Einen Augenblick war's still, dann fuhr er fort: »Gibt's denn was Gefährlicheres als den Streich«, er wies nach dem Städtchen, »den ich dort drüben ausgeführt hab'? Und ist da vielleicht was rausgekommen?« – »Das ist doch ganz was andres! So weit flußaufwärts und kein einziges Haus in der Nähe! Und wie soll denn da überhaupt was rauskommen, wo wir's doch bloß probiert und nix erreicht haben.« – »So, und was ist denn gefährlicher, als bei Tag hierherzukommen? Ich mein' doch, wer uns sieht, müßt' Verdacht schöpfen!« – »Das weiß ich! Aber nach dem mißglückten Stückchen von neulich war kein Versteck so gelegen. Doch ich muß raus aus der Bude hier. Hab's gestern schon gewollt, aber wie kann ich's denn, wenn diese Teufelsjungen gerade drüben auf'm Hügel vor unserer Nase spielen.«
Die Teufelsjungen erbebten von neuem bei dieser Bemerkung und dachten, welches Glück es doch war, daß sie gestern noch rechtzeitig an den Freitag gedacht und gewartet hatten.
Sie wünschten nur in tiefstem Herzensgrunde, statt des einen Tages ein volles Jahr gewartet zu haben. Die beiden Männer holten etwas Essen heraus und aßen. Nach einem langen, nachdenklichen Schweigen sagte der Indianer-Joe: »Hör mal, mein Freund! Du machst dich wieder auf die Strümpfe flußaufwärts, wo du hingehörst! Dort wartest du, bis ich was von mir hören lasse. Ich schleich' mich doch noch mal nach der Stadt, und wenn ich dort rumgeschnüffelt hab' und alles sich gut anläßt, wollen wir den ›gefährlichen‹ Streich ausführen. Dann so schnell wie möglich miteinander auf und davon nach Texas!«
Der Plan fand Beifall. Beide Männer gähnten, und der Indianer-Joe sagte: »Ich bin todmüde! Diesmal hast du die Wache!«
Er rollte sich im Winkel zu 'nem Knäuel zusammen, und gleich darauf schnarchte er. Sein Kamerad stieß ihn ein paarmal an, worauf das Sägen etwas aufhörte. Bald fing auch der Wächter an, mit dem Kopf zu nicken; er sank tiefer und tiefer, und dann schnarchten beide um die Wette.
Die Jungens holten tief und dankerfüllt Atem. Tom flüsterte: »Jetzt nix als fort!« Huck sagte: »Kann nicht! Ich fiel' direkt tot hin, wenn sie aufwachten!«
Tom drängte. Aber Huck zögerte noch immer. Schließlich erhob sich Tom vorsichtig, und leise schickte er sich an, allein sein Glück zu probieren. Aber beim ersten Schritt knarrte die wurmstichige

Diele so abscheulich, daß er halbtot vor Schreck wieder hinsank. Er wagte keinen zweiten Versuch mehr. So lagen denn die Jungens da und zählten die träge dahinfließenden Minuten, die sich ihnen zu Ewigkeiten dehnten.

Jetzt hörte einer zu schnarchen auf. Der Indianer-Joe setzte sich auf, stieß seinen Gefährten mit dem Fuße an und sagte: »Du bist mir 'n feiner Wächter! Gut, daß nix passiert ist.« – »Was? Ich hab' doch nicht – hab' ich denn wirklich geschlafen?« – »Na, so halb und halb ganz gewiß; jetzt wird's aber Zeit zum Abzug. Was machen wir aber mit dem bißchen Geld, das wir noch haben?« – »Weiß ich's? Hierlassen, wie wir's immer gemacht haben, das wird wohl das beste sein. 's hat keinen Zweck, ständig sechshundertfünfzig Dollar in Silber mit sich rumzuschleppen, eh' wir uns südwärts verziehen.« – »Na gut! Schließlich liegt ja auch nix dran, wenn wir nochmal hierher müssen.« – »Nee! Aber ich schlag' doch vor, nachts zu kommen, wie früher, 's ist doch besser für alle Fälle.« – »Meinetwegen, aber hör mal: Vielleicht dauert's 'ne ganze Zeitlang, eh' sich die rechte Gelegenheit zu unserem Stückchen bietet. Es könnten allerlei Zufälle eintreten. 's ist doch kein besonders guter Platz hier. Wir wollen's lieber vergraben – recht tief vergraben!« – »Das ist 'n guter Gedanke«, sagte sein Gefährte, ging quer durch den Raum, kniete am Kamin nieder, lockerte dort einen Backstein und zog einen Beutel heraus, der verheißungsvoll klingelte. Er entnahm ihm zwanzig bis dreißig Dollar für sich selbst und ebensoviel für den Indianer-Joe; er reichte diesem, der inzwischen den Grund mit seinem Bowiemesser gelockert hatte, den Sack.

Die ganze Angst und das ganze Elend der Knaben waren auf einmal wie weggeblasen. Mit glühenden Augen folgten sie jeder Bewegung. So ein Glück! Seine Größe übertraf ihre kühnsten Erwartungen! Sechshundert Dollar waren genug und übergenug, ein halbes Dutzend Jungens reich zu machen! Das nannte sich Schatzgraben unter den verheißungsvollsten Umständen, da gab's keine ermüdende Ungewißheit, wo man graben solle. Sie stießen sich jeden Augenblick verständnisinnig an, und jeder Rippenstoß besagte: Na, bist du jetzt nicht doch froh, daß wir hier sind?

Joes Messer stieß auf etwas Hartes. »Hallo!« rief er. – »Was ist los?« fragte sein Kamerad. – »'ne verfaulte Diele – nee, sieh nur, ich glaub', 's ist 'ne Kiste. Da, pack mal an, woll'n gleich nachsehen! Ho, da hab' ich 'n Loch hineingehauen.«

Er griff mit der Hand in das Loch und zog sie heraus. »Menschenskind, 's ist Geld!«
Die beiden Männer untersuchten die Handvoll Münzen. Es war Gold! Die Knaben oben waren nicht weniger entzückt und aufgeregt als die beiden unten.
Joes Spießgeselle sagte: »Wollen kurzen Prozeß machen! Dort in der Ecke steht 'ne alte rostige Hacke, ich hab's vorhin gesehen.« Der Indianer-Joe nahm die Hacke, betrachtete sie mißtrauisch, schüttelte den Kopf, brummte was vor sich hin und machte sich dann an die Arbeit.
Die Kiste war rasch ausgegraben. Sie war nicht sehr groß, mit eisernen Bändern beschlagen und schien sehr stark gewesen zu sein, ehe der Zahn der Zeit sie benagt hatte. Die Männer starrten eine Zeitlang schweigend mit gierigen Blicken auf den Schatz. – »Mensch, das sind gut und gern tausend Dollar!« sagte der Indianer-Joe. – »Man hat ja immer gemunkelt, daß die Murfelsbande sich mal 'n Sommer lang hier rumgetrieben hat«, bemerkte der Fremde. – »Ich weiß, und das hier sieht ganz danach aus.« – »Jetzt können

wir doch das andere Stückchen aufgeben, was?« Der Mischling runzelte die Stirn. »Du verstehst mich nicht! Wenigstens die Geschichte nicht, um die sich's hier handelt. 's ist mir diesmal nicht ums Stehlen – 's ist Rache.« Ein böses Licht flammte in seinen Augen auf. »Und ich brauch' dabei deine Hilfe, und wenn's geschehen ist, dann auf nach Texas. Mach dich heim zu deiner Nancy und deinen Bälgern; wenn ich dich brauche, hörst du von mir!« – »Gut, wenn du's bestimmst! Aber was woll'n wir hier mit dem machen? Es wieder vergraben?« – »Ja!« (Überwältigendes Entzücken im oberen Stockwerk.) »Nein, beim Satan, nein!« (Tiefste Niedergeschlagenheit eine Treppe höher.) »Beinah hätt' ich's vergessen. An der Hacke da war ja frische Erde!« (Die Jungens wurden fast ohnmächtig vor Schrecken.) »Was hat 'ne Hacke und 'ne Schaufel hier zu tun? Gar mit frischer Erde dran? Wer hat sie hergebracht, und wo sind die Kerls hin? Hast du was gehört oder jemand gesehen? Wie? Es wieder hier vergraben, damit die Kerls nachher kommen und sehn den Grund hier frisch aufgewühlt? Nee, das sollte mir gerad' fehlen! Wir schleppen's in meine Höhle.« – »Aber natürlich! Daran hätt' ich schon vorher denken können! Meinst du Versteck Nummer eins?« – »Nein, Nummer zwei, unterm Kreuz! Der andre Platz ist nix wert – ist zu gewöhnlich.« – »Recht! 's ist bald dunkel genug zum Aufbrechen!«

Der Indianer-Joe ging von Fenster zu Fenster und spähte vorsichtig hinaus. Plötzlich sagte er: »Wer kann nur die Geräte hierhergebracht haben? Glaubst du, daß jemand oben ist?«

Den Knaben stockte der Atem. Der Indianer-Joe nahm sein Messer in die Hand, zögerte einen Augenblick unentschlossen und wandte sich dann der Treppe zu. Die Knaben dachten an den Wandschrank, aber ihre Kräfte hatten sie vollständig verlassen. Die Schritte kamen krachend die Treppe herauf; die fast unerträgliche Not ihrer Lage weckte die erlahmte Entschlossenheit der Burschen. Gerade waren sie auf dem Sprung, sich in den Wandschrank zu flüchten, da gab's einen Krach von splitterndem Holz, und der Indianer-Joe landete wieder zu ebener Erde, inmitten der Trümmer der zusammengefallenen Treppe. Er sammelte seine zerschlagenen Glieder und fluchte gottsjämmerlich. Sein Kamerad sagte: »Wozu das? Wenn jemand da oben steckt, laß ihn stecken – was kümmert's uns? Wenn sie nachher runterspringen und sich was brechen wollen, was liegt dran? In 'ner Viertelstunde ist's stockdunkel, dann soll uns verfolgen, wer will. Meiner Ansicht nach haben die Kerls uns gesehen und uns sicher für Geister oder Teufel oder so was gehalten und sind weggerannt. Ich möcht' wetten, die laufen noch!« Joe brummte noch 'ne Weile, dann stimmte er seinem Gefährten bei, das letzte Tageslicht noch zu den nötigen Vorbereitungen auszunützen. Bald darauf schlüpften sie aus dem Hause in die Dämmerung hinein und schlugen mit ihrer kostbaren Last die Richtung nach dem Flusse ein. Tom und Huck erhoben sich, immer noch schwach, aber doch sehr erleichtert, und starrten ihnen durch die Ritzen im Gebälk nach. Folgen? Kein Gedanke! Sie waren froh, den Boden wieder zu erreichen, ohne sich den Hals gebrochen zu haben, und machten sich dann über den Hügel auf den Heimweg. Sie sprachen nicht viel; sie waren zu sehr in Anspruch genommen durch ihre Wut über sich selbst, über ihre bodenlose Dummheit, die Hacke und die Schaufel mit dorthin zu nehmen und sie liegenzulassen. Ohne das hätte der Indianer-Joe niemals einen Verdacht geschöpft. Er hätte dann das Silber und Gold ruhig hier vergraben, bis er seine Rachepläne ausgeführt hätte, um dann die überraschende Entdeckung zu machen, daß sein Geld inzwischen Beine bekommen hatte. So'n verdammtes Pech, die Werkzeuge stehnzulassen! Sie nahmen sich aber vor, ein Auge auf den Spanier zu haben, wenn er sich, um 'ne günstige Gelegenheit für seinen Racheakt auszuspionieren, in der Stadt sehen ließe, und ihm nach Versteck Nummer zwei zu folgen, wo's auch sein mochte. Auf einmal dämmerte Tom ein füchterlicher Gedanke auf: »Rache? Wenn er uns damit meint, Huck!« – »Er wird doch nicht!« stotterte Huck, einer Ohnmacht nahe.

Diese grausame Möglichkeit beschäftigte sie den ganzen Weg, und als sie die Stadt erreicht hatten, waren sie zu der Ansicht gekommen, daß er vielleicht doch jemand anderen im Auge habe – im schlimmsten Fall könnte er nur Tom allein meinen, weil ja nur der gegen ihn ausgesagt habe. Es war ein sehr schwacher Trost für Tom, sich so allein in Gefahr zu wissen! Einen Leidensgefährten zu haben, wäre ein besserer gewesen, meinte er. Aber Huck schien seine Ansicht nicht zu teilen.

Achtundzwanzigstes Kapitel

Die Abenteuer des Tages quälten Tom nachts im Traum. Viermal hatte er seine Hand auf den Schatz gelegt, und viermal war er ihm unter den Fingern zerronnen, sooft er vom Schlaf auffuhr und das Erwachen ihm die harte Wirklichkeit seines Mißgeschicks wieder vor Augen führte. Wie er dann am frühen Morgen wach dalag und die Ereignisse des großen Abenteuers überlegte, schien es ihm schon ganz verwischt und so fern zu sein, als ob es sich in einer anderen Welt oder vor langer, langer Zeit zugetragen habe; ja, schließlich glaubte er sogar, alles sei nur ein Traum gewesen! Besonders ein Umstand schien ihm stark für diese Auffassung zu sprechen, nämlich so ungeheuer viel Geld auf einen Haufen konnte es ja in Wirklichkeit gar nicht geben! Er hatte nie mehr als fünfzig Dollar beisammen gesehen, und gleich allen Jungens seines Alters dachte er, daß alle »Hunderte« oder gar »Tausende« nichts als phantastische Redensarten seien, und nicht einen Augenblick hätte er gedacht, daß eine solche Summe wie hundert Dollar sich tatsächlich in jemandes Besitz befinden könnte. Wenn er bisher von »vergrabenen Schätzen« gesprochen hatte, hatte er sich höchstens eine Handvoll Schillinge darunter vorgestellt. Die Einzelheiten des Ereignisses aber traten ihm, je mehr er darüber nachdachte, wieder schärfer und klarer vor die Seele, und er ertappte sich bei dem Gedanken, daß möglicherweise doch nicht alles ein Traum gewesen sei. Dieser Unsicherheit mußte ein Ende gemacht werden. Hurtig schlang er sein Frühstück hinunter und suchte Huck auf.

Er fand ihn auf dem Rande eines flachen Ruderbootes sitzen, wie er die Beine ins Wasser baumeln ließ und melancholisch vor sich hinstarrte. Tom beschloß, Huck zuerst von der Geschichte anfangen zu lassen. Tat er's nicht, so war dies ein Beweis, daß er nur geträumt hatte. »Hallo, Huck!« – »Mor'n, Tom!« Minutenlanges Schweigen. »Tom, wenn wir die verdammten Geräte bei dem toten Baum gelassen hätten, besäßen wir jetzt das Geld. Ist's nicht zum Verrücktwerden?« – »'s war also kein Traum! Wirklich kein Traum!« – »Was soll 'n Traum gewesen sein?« – »Och, die Geschichte von gestern. Ich hab' so halb und halb gedacht, es wär' einer!« – »'n Traum? Wenn die Stiege nicht zusammengebrochen wär', hättest du schon was von 'nem Traum erleben können! Ich hab' heut nacht Träume genug gehabt. Die ganze Nacht ist mir der triefäugige spanische Teufel nachgegangen. Hol ihn der Henker!« – »Aber noch nicht gleich, Huck, zuerst wollen wir ihn und das Geld finden!« – »Tom, wir werden ihn nie mehr finden. Die Gelegenheit, so 'ne Masse Geld zu kriegen, bietet sich 'nem Menschen nur einmal im Leben, und die haben wir verscherzt. Ich würd' zu Tode erschrekken, wenn er mir noch mal begegnen würd'!« – »Ja, ich auch, aber ich möcht' ihn trotzdem gern sehen und ihm nachschleichen nach Nummer zwei.« – »Nummer zwei, ja, das ist's! Ich denk' immerfort drüber nach, aber ich kann's nicht rauskriegen. Was glaubst du, was das bedeuten soll?« – »Weiß nicht, ist mir zu hoch.« – »Sag, Huck, könnt's nicht vielleicht 'ne Hausnummer sein?« – »Du meine Güte! Bewahre, Tom! Und wenn's eine wäre, dann gewiß nicht hier, wo's doch überhaupt keine Hausnummern gibt!« – »Natürlich! Laß mich aber mal 'ne Minute nachdenken. Halt! 's muß die Nummer von 'nem Zimmer sein – von 'nem Wirtshaus, weißt du.« – »Zum Teufel, das ist 'ne Idee! Und weil hier nur zwei Wirtshäuser sind, werden wir's bald raushaben.« – »Huck, wart hier, bis ich wiederkomme!«

Tom war wie der Blitz auf und davon. Er wollte sich in Hucks Gesellschaft nicht in der Öffentlichkeit sehen lassen. Eine halbe Stunde war er fort. Als er wieder zu Huck zurückkam, hatte er erfahren, daß in dem besseren Gasthaus das Zimmer Nummer zwei schon lange von einem jungen Advokaten bewohnt sei. Nummer zwei des andern Wirtshauses dagegen sei selbst für den Sohn des Wirtes ein Geheimnis. Der sagte, es werde immer verschlossen gehalten, nur nachts höre er manchmal Geräusch und sehe Licht darin. Näheres wußte er nicht, und er hätte schon immer gedacht, es müsse drin spuken. »Das hab' ich rausgefunden, Huck«, schloß Tom erregt. »Ich glaub' sicher, das ist die Nummer zwei, die wir suchen!« – »Kann schon sein, Tom! Was wollen wir aber jetzt tun?« – »Laß mich mal nachdenken!«

Tom dachte 'ne Weile nach, dann sagte er: »Paß mal auf: Siehst du, die Hintertür von Nummer zwei geht auf den schmalen Weg zwischen der Schenke und der alten Rattenfalle von Ziegelei. Jetzt klaust du alle Schlüssel, die du erwischen kannst, und ich nehm' meiner Tante ihre, und in der ersten dunklen Nacht schleichen wir hin und probieren, ob einer paßt. Und daß du mir auf den Spanier achtest! Du weißt, er will noch mal in die Stadt kommen. Wenn du ihn entdeckst, folgst du ihm nach und siehst, ob er nach Nummer zwei geht, wenn nicht, ist's natürlich nicht der richtige Ort.« – »Teufel, ich trau mich aber nicht, ihm nachzugehen!« – »Unsinn! Er kommt bestimmt nachts. Er sieht dich nicht – und wenn er's tut, denkt er sich nichts dabei.« – »Also ja – wenn's recht dunkel ist, will ich's tun – das heißt, ich – ich weiß noch nicht genau! Aber – na ja, ich will's versuchen!« – »Du kannst dich darauf verlassen, Huck, wenn's ganz dunkel ist, tät' ich's sofort. Denk doch, wenn's nun nix wird mit seiner Rache, und er geht dann gleich hin und holt das Geld!« – »Du hast recht, Tom! Ich geh' ihm nach, beim Henker, ich tu's!« – »Na, das ist 'n Wort! Und werd' nur nicht wieder schwach, Huck, sonst ist's mit unserer Sache Essig.«

Neunundzwanzigstes Kapitel

Am Abend waren Tom und Huck zu ihrem Abenteuer bereit. Sie trieben sich bis gegen neun Uhr in der Nachbarschaft der Schenke herum, einer, um den schmalen Weg, der andere, um das vordere Tor zu bewachen. Aber niemand betrat oder verließ den schmalen Gang, und niemand, der dem Spanier geglichen hätte, betrat oder verließ das Tor der Herberge. Die Nacht war viel zu hell, um unbeobachtet den Versuch mit den Schlüsseln zu machen. Daher zog sich Tom gegen zehn Uhr nach Hause zurück, mit der Verabredung, sofort auf Hucks Miauen bereit zu sein, falls sich der Himmel doch noch bewölken sollte. Aber die Nacht blieb klar, und Huck gab gegen zwölf Uhr seine Wache auf, kroch dann in eine leere Zuckertonne zur Ruhe.

Dienstag nacht verfolgte die Jungens das gleiche Pech, ebenso Mittwoch. Donnerstag endlich standen schwere Wolken am Himmel und ließen eine dunkle Nacht erhoffen. Tom entwischte rechtzeitig von daheim, bewaffnet mit der alten Blechlaterne seiner Tante und einem großen Handtuch zum Abblenden. Er versteckte die Sachen in Hucks Zuckerfaß, und die Wache nahm ihren Anfang. Eine Stunde vor Mitternacht wurde die Schenke geschlossen und ihre Lichter – die einzigen ringsumher – ausgelöscht. Kein Spanier hatte sich blicken lassen, und niemand hatte den schmalen Gang betreten. Alles schien dem Unternehmen günstig. Die Nacht war kohlpechrabenschwarz, und die tiefe Stille wurde nur zuweilen durch ein fernes Donnerrollen unterbrochen.

Tom holte seine Laterne, zündete sie im Zuckerfaß an, wickelte sie fest in das Tuch, und die beiden Abenteurer tasteten sich in der Dunkelheit der Herberge zu. Huck blieb als Schildwache zurück, und Tom schlich vorsichtig den Gang entlang. Dann kam eine lange, fast unerträglich lange Wartezeit, die sich wie eine Bergeslast auf Hucks Gemüt legte. Er sehnte sich danach, nur einen kleinen Schimmer der Laterne zu entdecken – es hätte ihn zwar wegen der Folgen geängstigt, aber es würde ihm doch wenigstens sagen, daß Tom noch lebte.
Stunden schienen verflossen, seit Tom verschwunden war. Gewiß lag er irgendwo ohne Bewußtsein, oder am Ende war er gar tot, vielleicht war sein Herz gebrochen vor Schrecken und Aufregung. In seiner Angst drängte sich Huck dem Gang näher und näher, wobei er sich die gräßlichsten Dinge vorstellte und jeden Augenblick eine Katastrophe erwartete, die ihm den Atem vollends ausgehen lassen würde. Viel Atem war nicht mehr zum Ausgehen übrig, denn er war kaum noch fähig, so viel wie einen Fingerhut voll einzuziehen, und sein Herz schlug in solchem Marschtempo, daß es jeden Augenblick aussetzen mußte. Plötzlich zuckte ein Lichtstrahl auf, und Tom schoß keuchend an ihm vorüber.
»Fort«, schrie er, »fort, wenn dir dein Leben lieb ist!«
Er brauchte den Ruf nicht zu wiederholen; einmal genügte – und Huck hätte bereits dreißig Meilen zurückgelegt, ehe die zweite Warnung erklungen wäre. Die Jungens stürzten davon und hielten nicht an, bis sie den Schutz eines alten verlassenen Schlachthausschuppens am unteren Ende des Ortes erreicht hatten. Gerade, als sie unter dieses Obdach geschlüpft waren, brach das Gewitter los, und es regnete in Strömen. Nachdem Tom Atem schöpfen konnte, stöhnte er:
»Ach, Huck, es war gräßlich! – Ich hab' zwei von den Schlüsseln probiert, so leise ich konnte, aber sie haben doch so 'nen Heidenlärm gemacht, daß mir übel und weh wurde vor Angst. Sie haben sich auch nicht im Schloß rumdrehen lassen. Und dann, ohne zu wissen, was ich tu, fass' ich nach der Klinke, und – die Tür geht auf! Sie war gar nicht verschlossen gewesen! Ich rein, heb' das Tuch von der Laterne und – großer Gott!« – »Was? Was hast du denn gesehen, Tom?« – »Huck, ich bin beinah auf 'ne Hand getreten, und wie ich näher hinguck', ist's dem Indianer-Joe seine!« – »Nee!« – »Doch! Da lag er auf'm Boden und schlief ganz fest mit ausge-

streckten Armen.« – »Donnerwetter – was hast du denn da gemacht? Ist er aufgewacht?« – »Nee, nicht mal gerührt hat er sich, wahrscheinlich ist er betrunken. Ich hab' nur noch schnell das Handtuch aufgepackt und nix wie weg!« – »Ich hätt' ganz gewiß nicht mehr an das Handtuch gedacht!« – »Na, aber ich! Tante Polly hätt' mir die Hölle schön heiß gemacht, wenn ich's verloren hätt'!« – »Du, Tom, hast du die Kiste gesehen?« – »Ich hab' mir wahrhaftig keine Zeit genommen, rumzugucken. Ich sah weder 'ne Kiste noch 'n Kreuz. Nix hab' ich gesehen als 'ne Flasche und 'n Zinnbecher auf dem Boden neben dem Indianer-Joe. Ja, und dann noch zwei Fäßchen und 'ne Masse Flaschen. Weißt du jetzt, was in dem Zimmer spukt?« – »Was denn?« – »Was? Ha, Schnaps spukt drin, Schnaps! Ob wohl alle Temperenzler-Wirtshäuser so 'n Spukzimmer haben? Was meinst du, Huck?« – »Ja, das kann schon sein. Wer hätt' aber so was gedacht! Aber hör mal, Tom, wenn der Indianer-Joe doch so besoffen ist, wär' das nicht 'ne gute Gelegenheit, jetzt die Kiste zu holen?« – »Na, versuch's doch.«
Huck schauderte: »Nee, nee, lieber nicht.«
»Sag' ich auch, Huck. Bei dem Kerl lag nur eine leere Flasche, das reicht nicht. Ja, wenn's drei gewesen wären, dann hätt' man's wagen können.«
Langes nachdenkliches Schweigen. Dann sagte Tom: »Hör, Huck, ich mein', wir wollen die Geschichte nicht mehr probieren, bis wir bestimmt wissen, daß der Joe nicht drin ist. Es ist zu gräßlich! Wir stehn aber jede Nacht Wache, und einmal muß er doch raus aus seinem Loch. Und dann wollen wir die Kiste schon kriegen.« – »Gut! Ich will gern die ganze Nacht wachen, jede Nacht meinetwegen, wenn du nur das andere besorgen willst!« – »Ist mir recht! Du brauchst nur vor unserm Haus zu miauen, und wenn ich eingeschlafen bin, werf mir 'ne Handvoll feinen Kies gegen's Fenster, dann komm' ich schon!« – »Einverstanden!« »So, Huck, jetzt hat der Regen aufgehört, jetzt will ich nach Hause. Es muß schon bald Morgen sein. Du gehst zurück und wachst noch so lange, nicht wahr?« – »Ich hab' gesagt, Tom, ich will's tun, und da tu ich's auch, und wenn's 'n Jahr lang dauert – ich bin jede Nacht da. Ich werde eben bei Tag schlafen.« – »Famos! Aber wo schläfst du denn?« – »Auf Ben Rogers Heuboden. Der hat nix dagegen, und Onkel Jack – weißt du, der alte Nigger, der im Hause ist – auch nicht. Ich hol' ihm immer das Wasser, wenn er mich drum bittet; und er hat mir

schon manchmal was zu essen gegeben, wenn er sich's absparen konnt'. 's ist ein verdammt guter Nigger, der Onkel Jack! Er hat mich gern, weil ich nicht hochmütig gegen ihn bin und nicht tu, als wär' ich was Besseres als er. Ich hab' mich manchmal auch schon zu ihm gesetzt und mit ihm gegessen. Das brauchst du aber niemand zu sagen, Tom. Wenn man so hungrig ist wie ich manchmal, dann tut man manches, was man sonst nicht tät'.« – »Na, also, Huck, wenn ich dich bei Tag nicht brauche, laß ich dich schlafen und stör' dich nicht weiter. Und wenn du in der Nacht was Besonderes merkst, schleichst du zu mir rüber und miaust!«

Dreißigstes Kapitel

Das erste, was Tom am Freitagmorgen erfuhr, war eine freudige Nachricht – Becky Thatcher war mit den Ihren in der Nacht zurückgekommen. Beides, der Indianer-Joe und der Schatz, sanken für den Augenblick zu zweitrangiger Bedeutung herab, und Becky nahm Toms ganzes Interesse in Anspruch. Er sah sie, und sie verlebten wundervolle Stunden mit Blindekuh- und Versteckspielen in Gesellschaft anderer Schulkameraden. Um das Glück dieses schönen Tages voll zu machen, hatte Becky ihrer Mutter noch die Erlaubnis abgeschmeichelt, den folgenden Tag für das lang geplante und immer wieder verschobene Picknick zu bestimmen. Das Entzücken der Kinder war grenzenlos, das Toms nicht am wenigsten. Noch vor Sonnenuntergang wurden die Einladungen versandt, die bei der ganzen jugendlichen Bevölkerung ein wahres Fieber freudiger Erwartung und eifriger Vorbereitung hervorriefen. Toms Aufregung machte es ihm mit Leichtigkeit möglich, noch lange wach zu liegen und auf Hucks Miauen zu warten. Er hoffte stark auf das Zeichen, denn wie herrlich wäre es doch gewesen, die ganze Gesellschaft bei dem Picknick durch den Besitz des Schatzes in Erstaunen zu setzen. Aber kein Signal ertönte in der langen Nacht.
Endlich tagte es, und zwischen zehn und elf Uhr sammelte sich eine lärmende, freudig erregte Schar vor dem Hause des Richters. Alles war zum Aufbruch bereit. Es war dort nicht Sitte, daß ältere Leute solch ein Picknick durch ihre Anwesenheit störten, vielmehr glaubte man die Kinder unter den Fittichen einiger junger Damen von achtzehn und ein paar junger Herren von zwanzig bis dreiundzwanzig

Jahren genügend beschützt. Man hatte diesmal die alte Dampffähre gemietet, und alsbald setzten sich die lustigen Gäste, mit ihren Vorratskörben bewaffnet, die Hauptstraße hinunter in Bewegung. Sid war krank, er mußte auf das Vergnügen verzichten, und Mary leistete ihm zu Hause Gesellschaft. Das letzte, was Frau Thatcher noch zu Becky sagte, war:
»Ihr werdet wohl spät heimkommen; am Ende tust du besser, bei einer deiner Freundinnen zu übernachten, die in der Nähe der Fähre wohnt.« – »Dann bleib' ich bei Susi Harper, Mutter!« – »Meinetwegen. Aber hör, daß du dich hübsch ordentlich beträgst und niemandem zur Last fällst!«
Als sie dann miteinander die Straße hinuntertrabten, sagte Tom zu Becky:
»Paß mal auf, was wir tun wollen: Statt zu Joe Harper zu gehen, steigen wir den Hügel rauf zur Witwe Douglas, die hat sicher Eiscreme – sie hat fast immer welche – 'n ganzen Haufen. Und sie wird 'ne Mordsfreude haben, wenn wir sie besuchen!« – »Ja, das gibt 'n Spaß!«
Dann aber dachte Becky einen Augenblick nach und meinte:
»Was wird aber meine Mama dazu sagen?«
»Wie soll denn die's erfahren?«
Das Mädchen überlegte hin und her und sagte dann zögernd:
»Ich weiß, es ist unrecht, aber –«
»Ach, Unsinn! Deine Mutter erfährt's doch nicht; und was ist denn auch weiter dabei? Sie will doch nur haben, daß du gut aufgehoben bist; ich wett', sie würd' selbst gesagt haben, du sollst dorthin gehn, wenn sie dran gedacht hätt'.«
Die bekannte, glänzende Gastfreundschaft der Witwe Douglas war eine zu große Versuchung. Sie und Toms Überredungskünste trugen den Sieg davon; und es wurde beschlossen, nichts über das nächtliche Programm verlauten zu lassen.
Auf einmal kam es Tom in den Sinn, daß Huck am Ende gerade in dieser Nacht das Zeichen geben könne; dieser Gedanke beeinträchtigte seine freudigen Erwartungen ganz erheblich, aber er konnte sich doch nicht entschließen, den Plan mit Frau Douglas aufzugeben. Und warum auch? Er sagte sich, in der vorigen Nacht sei ja auch alles ruhig geblieben, warum sollte das Signal jetzt gerade in dieser Nacht ertönen? Das sichere Vergnügen, das er sich von dem Abend versprach, überwog bei weitem die unsichere Aussicht auf

den Schatz, und er nahm sich vor – ganz nach Jungenart –, der stärkeren Anziehungskraft nachzugeben und sich jeden Gedanken an die Geldkiste vorerst mal aus dem Kopf zu schlagen.
Das Dampfboot landete drei Meilen unterhalb der Stadt an einer von Wald umschlossenen Bucht. Die fröhliche Schar schwärmte ans Ufer; und bald tönte es zwischen Wald und felsigen Höhen nah und fern von heiterem Stimmengewirr und Gelächter. Alle Methoden, sich heiß und müde zu machen, wurden durchgekostet, bis sich nach und nach die ganze wilde Bande mit einem Riesenhunger im Lager einstellte und den mitgebrachten köstlichen Vorräten alle Ehre antat. Dann trat eine wohlige Ruhepause mit fröhlichem Geplauder ein, bis einer ausrief:
»Wer geht mit in die Höhle?«
Alle waren dazu bereit. Ganze Bündel von Kerzen wurden ausgekramt; und alle erstiegen den Hügel. Hoch oben lag die Mündung der Höhle, eine schwarze gähnende Öffnung in der Form eines A. Die schwere Eichentür stand offen. Im Innern trat man zunächst in eine kleine Kammer, aus der einem die Kälte eines Eiskellers entgegenströmte. Die von der Natur gebildeten festen Kalkmauern waren mit Feuchtigkeit bedeckt, und es lag ein geheimnisvoller Zauber darin, von diesem finstern, eisigen Aufenthalt hinauszusehen auf das sonnige lachende Land. Dieser Zauber war aber schnell gebrochen; und die laute Fröhlichkeit und das Herumtoben begannen von neuem. Sobald jemand eine Kerze anzündete, versuchten die andern, sie auszublasen; und es entspann sich ein Kampf gegen den beharrlichen Verteidiger. Das Licht wurde ihm schließlich entrissen, zu Boden geworfen und ausgelöscht, worauf in der Dunkelheit von neuem die fröhliche, wilde Jagd begann. Aber alles nimmt einmal ein Ende; nach und nach ordnete man sich zu einer kerzentragenden Prozession und bewegte sich vorsichtig den schroffen Abstieg zur Haupthöhle hinunter, wobei der flackernde Schein der Lichter die mächtigen, sechzig Fuß hohen Felswände zu beiden Seiten düster und unsicher erleuchtete. Der Weg war hier nicht mehr als acht bis zehn Fuß breit. Alle paar Schritte zweigten sich andre, noch engere, aber ebenso hohe Gänge nach beiden Seiten ab, denn die Douglas-Höhle war recht eigentlich ein ungeheures Labyrinth gewundener Gänge, die ineinander- und wieder auseinanderliefen und deren Ziel und Ende noch niemand entdeckt hatte. Man sagte, daß man immer tiefer und tiefer bis ins Erdinnere hinuntersteigen

könne, um nur immer neue Irrwege zu finden. Niemand kannte die Höhle ganz – das war ein Ding der Unmöglichkeit. Die meisten der jungen Besucher kannten nur einen kleinen Teil davon, denn gewöhnlich wagte sich keiner über diesen allgemein begangenen Teil hinaus. Auch Tom Sawyer kannte sie nicht besser als die andern. Zuerst bewegte sich der ganze Zug dreiviertel Meilen lang in geschlossener Reihe, allmählich aber trennten sich Gruppen und Paare davon ab, die in den Seitengängen verschwanden, sich an den Kreuzungen der Wege wieder mit anderen trafen und sich gegenseitig erschreckten, wenn sie plötzlich voreinander standen. Halbe Stunden lang konnte man so Versteck spielen, ohne sich auch nur einen Fuß breit von dem bekannten Boden zu entfernen.
Nach und nach fand sich aber die Gesellschaft wieder vor dem Ausgang der Höhle zusammen. Sie war außer Atem, aber sehr vergnügt und von oben bis unten mit Talg betröpfelt und mit Kalk beschmiert, was aber das Entzücken über diesen erfolgreichen Tag keineswegs beeinträchtigte. Man war ganz erstaunt, daß es inzwischen draußen Nacht geworden war. Schon seit einer halben Stunde mahnte die Glocke des Fährboots zur Heimkehr, und als die Fähre mit ihrer wilden Fracht in den Strom hinauslief, bedauerte nur einer an Bord die verschwendete Zeit, und das war der Kapitän.
Huck hatte bereits seinen Posten bezogen, als die Lichter der Fähre vorüberglitten. Nichts regte sich an Bord, denn die jungen Gäste waren so still und zahm geworden, wie man's eben wird, wenn man sich in Lust und Übermut todmüde getobt hat. Huck überlegte sich eine Weile, was für ein Boot das wohl sein könne und warum es nicht an der gewöhnlichen Anlegestelle lande. Dann wandten sich aber seine Gedanken wieder seinen eigenen Angelegenheiten zu. Die Nacht war wolkig und dunkel. Zehn Uhr schlug's. Das Wagengerassel schwieg; die vereinzelten Lichter begannen zu erlöschen, der Lärm der Fußgänger verstummte nach und nach. Das Städtchen bereitete sich zum Schlummer und überließ den kleinen Wächter dem Schweigen ringsum und den Geistern.
Elf Uhr nachts; auch die Lichter in der Schenke erloschen; tiefes Dunkel breitete sich über alles. Huck wartete, wie ihm selber schien, eine Ewigkeit, ohne daß sich irgend etwas ereignete. Sein Vertrauen geriet ins Wanken. Hatte die ganze Sache denn überhaupt einen Zweck und einen Nutzen? Warum sie nicht lieber aufgeben und sich schlafen legen?

Da schlug mit einemmal ein Geräusch an sein Ohr. Im Nu war er ganz lauschende Aufmerksamkeit. Die Tür nach dem Gang schloß sich leise. Er sprang an die Ecke der Mauer, und fast gleichzeitig huschten zwei Männer an ihm vorbei, von denen einer etwas Gewichtiges unter dem Arm zu tragen schien. Das mußte die Geldkiste sein! Der Schatz wurde also fortgeschleppt! Sollte er Tom rufen? Das wäre ja blödsinnig, denn inzwischen würden die Kerle mit der Kiste Gott weiß wohin verschwinden. Nein, er wollte sich an ihre Fersen heften und im Vertrauen auf die Dunkelheit ihren Spuren folgen. Während er dies mit sich selbst ausmachte, schlüpfte er aus seinem Versteck und glitt katzenartig mit seinen bloßen Füßen hinter den beiden her, gerade so weit entfernt, um sie nicht aus dem Auge zu verlieren.

Eine Strecke weit gingen sie den Fluß entlang und bogen dann links in eine Seitenstraße. Immer steil hinauf, kamen sie schließlich zu dem Weg, der nach dem Cardiffhügel führte, dann ging's an dem Haus des alten Wallisers vorbei, höher und immer höher. »Gut«, dachte Huck, »sie wollen's im alten Steinbruch vergraben!« Aber nein, sie ließen den Steinbruch hinter sich und kletterten weiter bis auf den Gipfel. Jetzt drangen sie auf einem schmalen Pfad in das dichte Sumachgehölz ein und waren auf einmal in der Dunkelheit verschwunden. Huck beeilte sich, den Abstand zwischen sich und ihnen zu verkürzen, denn hier war eine Entdeckung ganz unmöglich. Eine Weile rannte er schnell, verlangsamte dann aber seine Schritte wieder aus Furcht, zu rasch vorwärtszukommen. Noch ein paar Schritte, dann hielt er an und horchte – kein Ton, keiner, außer seinem eigenen Herzschlag! Das Gekrächz einer Eule klang aus dem Tal herauf – unheilvoller Laut! Aber kein Fußtritt. Himmel, hatte er sie verloren? Eben wollte er Hals über Kopf vorwärtsstürzen, als sich jemand, keine vier Fuß von ihm entfernt, räusperte. Sein Herz wollte ihm in die Kehle fahren, aber er schluckte es wieder hinunter. Dann stand er da, zitternd wie Espenlaub, als ob ihn tausend kalte Schauer auf einmal gepackt hätten und ihn schüttelten, daß ihm Sehen und Hören verging, er meinte, vor Schreck und Schwäche umsinken zu müssen. Er wußte nun, wo er war. Kaum fünf Schritte entfernt mußte der Zaun sein, der das Anwesen der Witwe Douglas umzog. »Um so besser«, überlegte er. »Wenn sie's hier vergraben, wird's eine Leichtigkeit sein, es wieder auszubuddeln!«

Jetzt hörte er eine leise Stimme – eine sehr leise Stimme, die er trotzdem erkannte – es war die des Indianer-Joe: »Hol sie der Henker! Hat sicher wieder Gesellschaft! 's ist noch Licht, so spät's auch ist!«
»Ich kann nichts sehen!«
Das war des Fremden Stimme – des Fremden aus dem Spukhaus.
Eiseskälte durchfuhr Hucks Herz. – Dies hier war womöglich »die Rache«! Sein erster Gedanke war Flucht. Dann aber dachte er daran, wie gut und freundlich die Witwe Douglas immer gegen ihn, den armen Strolch, gewesen war und daß diese Elenden sie am Ende ermorden wollten. Ach, wenn er nur wagte, sie zu warnen, aber er wußte, daß er's nicht dürfe, weil die Kerle ihm nachjagen und ihn fangen würden. All dies und noch mehr schoß ihm durchs Hirn in dem einen Augenblick, der zwischen der Bemerkung des Fremden und der darauffolgenden Antwort des Indianer-Joe lag: »Du siehst nix, weil der Busch im Weg ist. Komm hierher! So – jetzt siehst du's doch?« – »Ja! Sie muß Gesellschaft haben, besser, wir geben's auf!« – »Aufgeben? Jetzt, wo ich dem verdammten Land für immer den Rücken kehren will? Aufgeben, wo sich mir vielleicht nie mehr 'ne Gelegenheit zur Rache bietet? Ich sag' dir, was ich dir schon mal gesagt hab': Ich frag' den Teufel nach ihrem Krempel; du magst alles für dich nehmen. Aber ihr Mann hat mich gemein behandelt, nicht nur einmal, sondern oft und oft. Er war ja der Hund von Richter, der mich immer wieder wegen Landstreicherei ins Loch steckte. Und das ist noch lange nicht alles, noch nicht der millionste Teil davon! Durchpeitschen hat er mich lassen – durchpeitschen vor dem Gefängnis wie 'n Nigger. Die ganze Stadt konnt's sehn! Durchpeitschen – weißt du, was das heißt? Er ist meiner Rache zuvorgekommen und gestorben; aber an ihr will ich mein Mütchen kühlen!« – »Och, du – nee – du wirst sie doch nicht umbringen?« – »Umbringen? Wer redet dennn davon? Ihn hätt' ich abgemurkst, wenn er da wär' – nicht sie! An einem Frauenzimmer nimmt man ganz anders Rache, so was schlägt man nicht tot! Das bringt man um die hübsche Fratze, man schlitzt ihm die Nase auf – schneidet ihm die Ohren ab, wie 'ner Sau« – »Teufel das –« – »Behalt deine verdammte Meinung für dich, das wird's beste für dich sein! Ich bind' sie an ihr Bett fest, wenn sie sich dann verblutet, was kann ich dann dafür? Ich wein' ihr nicht nach! Hör mal, guter Freund, du wirst mir dabei helfen, dazu bist du da, allein bring' ich's nicht fertig. Wenn du aus-

kneifst, kriegst du eins, daß du krepierst, verstehst du mich? Und wenn ich dich zusammenschlagen muß, dann bring' ich sie auch um, und ich schwör' dir's, dann soll mir keiner dahinterkommen, wer die Sache besorgt hat.« – »Na also, wenn's nicht anders sein kann, dann je schneller desto besser. Dann man ran.« – »Ran – jetzt, solange die Leute auf sind? Sollt' dir wahrhaftig nicht trauen, scheint mir. Nichts da, abgewartet wird, bis die Lichter aus sind – ich hab' keine Eile!«

Huck wußte, daß jetzt Stillschweigen eintreten würde – schauerlicher und gefährlicher als die mörderischen Reden. Er hielt den Atem an und trat vorsichtig Schritt für Schritt zurück, wobei er zuvor sorgfältig mit einem Fuß tastete, ehe er den anderen fest aufsetzte, so daß er beinah das Gleichgewicht verloren hätte. Jetzt brach ein Ast unter seinem Fuße mit leise knirschendem Geräusch. Der Atem ging ihm beinahe aus. Er lauschte. Nichts war zu hören – tiefe Stille. Seine Dankbarkeit war grenzenlos. Jetzt drehte er sich lautlos mit der größten Behutsamkeit um und ging den früheren Weg zwischen den hohen Sumachbüschen zurück, bis er das Haus des alten Wallisers erreichte. Er trommelte an die Tür; und gleich darauf erschien der Alte mit seinen beiden stämmigen Söhnen am Fenster unweit der Tür:

»Was zum Teufel ist denn los? Wer spektakelt denn da? He, was wollt Ihr?« – »Schnell, laßt mich rein, dann sag' ich Euch alles!« – »Wer – ich?« – »Ich, der Huckleberry Finn! Macht nur schnell auf!« – »Huckleberry Finn – so! Das ist gerad' kein Name, dem sich gleich alle Türen öffnen. Aber laßt ihn rein, Jungens, woll'n sehn, was er hat.« – »Verratet's um Himmels willen niemand, daß ich's Euch gesagt hab'«, waren Hucks erste Worte, als er hineinkam, »bitte, bitte, verratet mich nicht – sie würden mich umbringen! Aber die Witwe ist schon oft so gut zu mir gewesen, und ich will's sagen, wenn Ihr versprecht, mich nicht zu verraten!« – »Bei Gott, das muß was Wichtiges sein, sonst würd' sich der Junge nicht so anstellen!« rief der alte Mann aus. »Heraus damit, mein Sohn! Keiner wird dich verraten!«

Drei Minuten später stieg der Alte mit seinen Söhnen wohlbewaffnet den Hügel hinauf und wandte sich mit aller Vorsicht durch das Sumachgebüsch. Huck begleitete sie nicht weiter. Er verbarg sich hinter einem Felsblock und lauschte. Zuerst ein drückendes angstvolles Schweigen – plötzlich mehrere Schüsse und ein gellender

Aufschrei! Huck war nicht erpicht auf weitere Einzelheiten. Er sprang auf und floh im Sturmschritt den Hügel hinunter, so schnell ihn seine Füße tragen konnten.

Einunddreißigstes Kapitel

Als der nächste Tag – es war ein Sonntagmorgen – leise zu dämmern begann, kroch Huck wieder den Hügel hinauf und klopfte schüchtern an die Tür des Wallisers. Die Hausbewohner schliefen noch, aber ihr Schlummer war nach dem aufregenden nächtlichen Ereignis nur sehr leicht. Sofort ertönte ein Ruf vom Fenster: »Wer ist da?« Hucks ängstliche Stimme antwortete in leisem Ton: »Laßt mich rein! Ich bin's nur, der Huck Finn!« – »Das ist 'n Name, dem sich diese Tür bei Nacht und Tag öffnet. Willkommen, mein Junge.«

Das waren ungewohnte Worte für den kleinen Landstreicher, und die angenehmsten, die er je gehört. Er konnte sich nicht erinnern, daß der alte Mann ihn jemals mit »Willkommen!« gegrüßt hatte. Rasch wurde die Tür aufgeschlossen, und Huck trat ein. Man bot ihm einen Stuhl an, während der Alte und seine Riesensöhne sich eilig ankleideten.

»So, mein Junge! Ich hoffe, du hast 'n tüchtigen Hunger mitgebracht. Das Frühstück soll mit Sonnenaufgang fertig sein, und zwar 'n gehöriges! Meine Söhne und ich hatten eigentlich gehofft, du würdest gestern noch mal herkommen und bei uns übernachten!« – »Ich kriegte so 'ne Heidenangst, daß ich den Berg runterstürzte. Wie's zu krachen anfing, bin ich gerannt und gerannt, über drei Meilen weit, ohne anzuhalten. Jetzt bin ich nur gekommen, weil ich gern was wissen möcht' von – Ihr wißt schon –, und hab' mich vor Tagesanbruch auf die Beine gemacht, weil ich den Teufeln nicht in den Weg laufen möcht', nicht mal, wenn sie tot wären.« – »Armer Kerl, man sieht dir wirklich an, daß du 'ne böse Nacht hinter dir hast! Aber, wart nur, nach dem Frühstück sollst du 'n Bett haben! – Nee, tot sind die Lumpenkerle leider nicht, mein Junge – tut uns leid genug! Durch deine Beschreibung kannten wir ihren Aufenthaltsort ganz genau; wir schlichen uns also auf den Zehenspitzen ran bis vielleicht auf fünfzehn Schritt Entfernung, und so stockdunkel, wie in 'nem Keller war's in den Büschen drin; da, auf einmal mußt ich niesen. So 'n Pech! Will's natürlich zurückhalten, aber nee – ging absolut nicht, 's wollt' kommen, und 's kam – und wie! Ich war der vorderste von uns und hielt die Pistole schußbereit. Wie nun die Nieserei losgeht, raschelt's im Gebüsch, ich schrei: ›Feuer! Jungens!‹ und wir schießen nach der Stelle, woher das Geraschel kam. Jawoll, prost Mahlzeit! Die Kerls waren flinker als der Wind, und wir, wie die wilde Jagd, hinter ihnen her – immer tiefer in die Wälder rein. Gekriegt haben wir sie aber nicht. Bevor sie davonjagten, feuerten sie auf uns, aber ihre Kugeln pfiffen an uns vorbei und taten uns nichts. Als wir ihre Schritte nicht mehr hören konnten, gaben wir die Verfolgung auf, gingen runter in den Ort und weckten die Konstabler. Die machten sich auch gleich auf, um das Ufer zu bewachen; und sobald's hell ist, wollen sie und der Sheriff die Wälder absuchen; meine Söhne sollen auch dabeisein. Ich wollt', einer könnt' uns die Schurken beschreiben, das würd' uns gute Dienste leisten, aber du konntest wohl nicht viel von ihnen in der Dunkelheit erkennen, was?« – »Nee, aber ich hab' sie ja schon drunten in der Stadt gesehen und bin ihnen nachgegangen!« – »Großartig! Beschreib sie uns nur schnell, mein Junge!« – »Einer davon ist der taubstumme alte Spanier, der sich schon ein paar Tage hier herumtreibt, und der andere ist 'n gemein und verlumpt aussehender –« – »Schon genug, mein Junge, kenn' die Kerle! Bin ihnen schon mal im Wald, hinter dem Haus der Witwe, begegnet, und sie haben sich gleich verzogen, als sie mich sahn. Jetzt aber schnell fort mit euch, Jungens! Morgen ist auch noch Zeit zum Frühstücken für euch; und sagt alles, was ihr da gehört habt, so schnell wie möglich dem Sheriff!«

Die Söhne des Alten machten sich sofort marschbereit. Als sie die Stube verlassen wollten, sprang Huck auf und rief flehend:

»Oh, bitte, bitte, sagt aber niemand, daß ich's war, der sie beschrieben hat! Bitte, nicht!« – »Gut, wenn du's nicht haben willst. Aber du bringst dich damit um den Lohn für das, was du getan hast, Huck!« – »Ach nein, nein, bitte, sagt nichts!« – »Sie werden's nicht sagen«, beruhigte ihn der Alte, »und ich auch nicht. Aber warum soll's keiner wissen?«

Huck ließ sich auf keine weitere Erklärung ein, sondern sagte nur, er wisse schon mehr als zuviel über den einen der beiden Kerle und wollte nicht um die Welt, daß der dahinterkomme, denn sonst würde er ihn sicher töten.

Der Alte gelobte ihm nochmals Verschwiegenheit und sagte: »Wie kamst du denn darauf, die beiden zu verfolgen? Sind sie dir so verdächtig vorgekommen?«
Huck schwieg, um sich eine einigermaßen glaubhafte Erklärung zurechtzulegen; dann erwiderte er: »Ja, seht Ihr, ich bin doch so 'ne Art Strolch; wenigstens sagen es die Leute immer wieder; und ich kann nix Rechtes dagegen einwenden. Manchmal kann ich aber deshalb nicht schlafen und muß immer drüber nachdenken, ob und wie das anders mit mir werden könnt'. So war's auch wieder gestern nacht. Ich konnt' nicht schlafen, und so steh' ich wieder auf und bummle mal, so gegen Mitternacht, die Straßen runter, um mir das alles zu überlegen. Wie ich dann an die alte Mauer bei der Temperenzler-Schenke komm', lehn' ich mich mit dem Rücken dran, um weiter nachzudenken. Ja, und da streichen auf einmal die beiden Kerls dicht an mir vorbei, und der eine trägt was unterm Arm, und ich denk', das hat er gewiß gestohlen. Der eine rauchte, und der andere wollte Feuer von ihm. Da halten sie dicht bei mir an, und bei dem Schein von den Zigarren seh' ich, daß der eine der taubstumme Spanier ist und der andre 'n ruppiger, zerlumpter –« – »Was, hast du auch die Lumpen bei dem Licht der Zigarren erkennen können?«
Das machte Huck einen Augenblick stutzig; dann aber meinte er: »Ja, ich weiß auch nicht recht, aber 's ist mir so vorgekommen.« – »Dann gingen sie also weiter, und du –« – »Ja, ich ging ihnen nach. Wollt' mal sehen, warum sie sich so verdächtig rumschlichen. Ich hab' ihre Fährte bis zum Garten von der Witwe verfolgt und bin dort im Dunkeln gestanden und hab' gehört, wie der Verlumpte für die Witwe bat und wie der Spanier geschworen hat, ihr das Gesicht zu verschimpfieren, so wie ich's gestern schon Euch und Euren Söhnen erzählt' hab'.« – »Was? Der Taubstumme hat das gesagt?«
Da – nun hatte Huck schon wieder einen schweren Fehler begangen! Er hatte doch sein möglichstes getan, um den Alten nicht auf die Spur zu führen, wer der Spanier eigentlich war, und trotz aller Vorsicht schien ihn seine Zunge immer wieder in Verlegenheit bringen zu wollen. Er machte krampfhafte Anstrengungen, sich aus der Schlinge zu ziehen, aber unter den fest auf ihn gerichteten Augen des Alten beging er ein Versehen nach dem andern. Plötzlich sagte der Walliser: »Vor mir brauchst du dich nicht zu fürchten, mein Junge. Mit meinem Willen soll dir keiner ein Haar auf deinem Haupte krümmen! Ich will dir schon helfen, kannst dich drauf ver-

lassen. Der Spanier ist nicht taubstumm, soviel hast du dir nun schon entschlüpfen lassen und kannst es nicht mehr zurücknehmen. Du weißt aber noch mehr über ihn, was du gern verschweigen möchtest. Komm mal her, Junge, vertraue mir, sage, was es ist! Du kannst mir ruhig alles erzählen, ich verrate dich nicht.«

Huck blinzelte einen Augenblick in die ehrlichen Augen des Alten; dann beugte er sich vor und flüsterte ihm ins Ohr: »Er ist ja gar kein Spanier – 's ist der Indianer-Joe!«

Der Walliser stürzte fast von seinem Stuhl. Nach kurzer Pause sagte er: »Jetzt ist mir alles klar! Als du vom Ohrenabschneiden und Nasenaufschlitzen sprachst, dacht' ich, das wär' deine eigene Erfindung, denn ein Weißer rächt sich nicht auf solche Art. Aber 'n Indianer! Das verändert die Sache allerdings!«

Während des Frühstücks erzählte der alte Mann, daß seine Söhne und er, noch bevor sie zu Bett gingen, mit einer Laterne den Zaun und seine Umgebung nach Blutspuren abgesucht hätten. Es waren aber keine da, wohl aber 'n großes Bündel mit – »Mit was?!!«

Ein Blitzstrahl hätte nicht rascher niederfallen können, als diese Worte Hucks erblaßten Lippen entfuhren. Seine Augen waren weit geöffnet; sein Atem kam stoßweise, während er mit Zittern auf eine Antwort wartete. Der Walliser stutzte, starrte wiederum Huck an, drei Sekunden – fünf Sekunden – zehn – endlich sagte er: »Na, mit Diebeswerkzeugen. Aber sag mal, was ist denn mit dir los, Junge?«

Huck sank erleichtert aufatmend zurück. Der Alte beobachtete ihn mit neugieriger Spannung und sagte: »Ja, Diebswerkzeuge! Das scheint dir ja 'ne gewaltige Erleichterung zu sein? Was hast du denn aber gedacht? Was hätten wir denn sonst finden sollen?«

Da saß Huck wieder in der Patsche. Die Augen seines Gegenübers waren forschend auf ihn gerichtet, und er hätte wer weiß was um eine einigermaßen glaubhafte Antwort gegeben. Aber ihm fiel nichts Passendes ein. Der forschende Blick bohrte sich tiefer und tiefer, es blieb keine Zeit zum Überlegen, so daß er unbesehen nach der ersten sich ihm bietenden Entgegnung griff und mit schwacher Stimme hervorstieß: »Vielleicht – Sonntagsschulbücher!«

Der arme Huck war viel zu niedergedrückt, um sich dabei ein Lächeln abnötigen zu können, während der alte Mann so laut und schallend lachte, daß sein ganzer Umfang wackelte. Als er wieder zu Atem kam, meinte er, so ein Lachen sei bares Geld wert, weil's den Doktor erspare. Dann fuhr er fort: »Armer, kleiner Kerl, du siehst ganz weiß und angegriffen aus. 's ist kein Wunder, daß du 'n bißchen aus dem Gleichgewicht geraten bist. Ruhe und Schlaf werden dich schon wieder in die Reihe bringen, hoff' ich.«

Huck hätte sich verprügeln mögen, daß er sich wie ein Esel benommen und solch eine verdächtige Aufregung verraten hatte. Dabei waren ihm doch schon, als er die Schurken bei dem Zaun der Witwe sah, Zweifel gekommen, ob das Paket der Schatz sei. Jedoch war dies ja nur eine Vermutung von ihm; sicher gewußt hatte er es noch nicht, und so war die Erwähnung des Werkzeugbündels zuviel gewesen für seine Selbstbeherrschung. Aber nun hatte er wenigstens volle Gewißheit, und es wurde ihm wieder ruhig und behaglich zumute. Alles schien jetzt wirklich im rechten Geleise zu verlaufen; der Schatz mußte sich noch in Nummer zwei befinden, die beiden Kerle würden wohl noch heute erwischt werden; und er und Tom konnten sich dann mühe- und gefahrlos in den Besitz des Goldes setzen.

Wie sie gerade fertig gefrühstückt hatten, klopfte es an die Haustür. Huck sprang auf ein Versteck zu, denn er hatte nicht die geringste Lust, mit den letzten Ereignissen in Verbindung gebracht zu werden. Der Walliser öffnete und ließ verschiedene Herren und Damen, darunter die Witwe Douglas, herein; dabei bemerkte er, daß ganze Gruppen von Bürgern den Hügel heraufkamen, um den Schauplatz der nächtlichen Taten zu besichtigen. Die Neugier hatte sich demnach schon verbreitet.

Der Alte mußte den Besuchern die Geschichte der Nacht haarklein berichten;, und die Witwe Douglas sprach ihm ihren Dank aus. »Bitte, kein Wort mehr, Madame. Es gibt einen, dem Sie viel größeren Dank schulden als mir und meinen Söhnen; er will aber nicht genannt sein. Ohne ihn wären wir nie zur Stelle gewesen.«

Natürlich wurde dadurch die Spannung in so hohem Grade erregt, daß man die Hauptsache beinah darüber vergaß. Der Alte aber ließ sich durch die brennende Neugier seiner Besucher, die sich durch deren Vermittlung nach und nach dem ganzen Städtchen mitteilte, nicht irre machen und gab sein Geheimnis nicht preis. Nachdem alle Einzelheiten erörtert waren, sagte die Witwe: »Ich las noch im Bett und schlief dann so fest ein, daß ich gar nichts hörte von all dem Lärm. Warum haben Sie mich denn nicht geweckt?« – »Wir dachten, es wär' nicht der Mühe wert. Diese Kerls würden kaum wiederkommen, nachdem sie keine Werkzeuge mehr hatten; weshalb sollten wir Sie da aufwecken und Ihnen 'nen Todschreck einjagen? Meine drei Nigger haben den Rest der Nacht hindurch Ihr Haus bewacht; eben sind sie zurückgekommen.«

Mehr und mehr Besucher kamen; und die Geschichte wurde ein paar Stunden lang immer wieder von neuem erzählt.

Während der Ferien war keine Sonntagsschule – und, wie immer an ereignisvollen Tagen, kam alles sehr frühzeitig in die Kirche. Das aufregende Erlebnis wurde nach allen Richtungen hin durchgesprochen, und man erzählte, daß man bis jetzt noch keine Spur von den Bösewichten entdecken konnte. Als die Predigt zu Ende war, kam die Frau des Richters Thatcher auf Mrs. Harper zu und fragte: »Schläft meine Becky denn heute den ganzen Tag? Ich hab' mir's aber gedacht, daß sie todmüde sein würde.« – »Ihre Becky?« – »Nun ja«, erwiderte die Frau Kreisrichter erschrocken, »war sie denn nicht bei Ihnen über Nacht?«

»Nein!« –

Mrs. Thatcher sank leichenblaß in einen Kirchenstuhl zurück, gerade als Tante Polly in lebhaftem Gespräch mit einer Freundin vorbeikam. Tante Polly sagte: »Guten Morgen, Mistress Thatcher. Guten Morgen, Mistress Harper. Ich hab' wieder mal 'nen verlorenen Sohn. Er wird wohl bei einer von Ihnen beiden übernachtet haben und traut sich jetzt nicht in die Kirche. Hab' überdies noch ein Hühnchen mit ihm zu rupfen.«

Mrs. Thatcher schüttelte den Kopf und wurde noch bleicher.

»Bei uns ist er nicht gewesen«, sagte Mrs. Harper, die jetzt auch ängstlich aussah. Tante Pollys Gesicht zeigte alle Anzeichen des Schreckens. – »Joe Harper, hast du Tom heute früh schon gesehen?« – »Nein.« – »Wann hast du ihn zuletzt gesehen?«

Joe suchte sich darauf zu besinnen, konnte es aber nicht angeben. Man war allmählich auf die bestürzte Gruppe aufmerksam geworden. Die Leute blieben stehen, ein Flüstern ging durch die Versammlung, und auf allen Gesichtern malten sich Unruhe und Sorge. Die Kinder und die jungen Hüter wurden ängstlich ausgefragt, aber alle sagten, daß sie in der Dunkelheit auf dem Fährboot nicht beachtet hätten, ob Tom und Becky auf dem Heimwege mit dabei gewesen wären. Keiner hatte daran gedacht, nachzusehen, ob auch niemand fehle. Endlich äußerte ein junger Mann die Befürchtung, sie könnten am Ende noch in der Höhle sein. Mrs. Thatcher fiel in Ohnmacht; Tante Polly weinte und rang die Hände.

Die Befürchtung sprang von Mund zu Mund, von Gruppe zu Gruppe, von Straße zu Straße. Fünf Minuten später läutete es Sturm; und die ganze Stadt war auf den Beinen. Das Ereignis am Cardiffhügel sank im Augenblick in nichts zusammen; die Räuber waren vergessen. Pferde wurden gesattelt, Schiffe bemannt, die Fähre zur Abfahrt gerichtet; und ehe der neue Schrecken noch eine halbe Stunde alt war, strömten schon zweihundert Menschen den Hauptweg hinunter, dem Fluß und der Höhle zu.
Den ganzen Mittag lang lag der Ort wie ausgestorben. Viele Frauen besuchten Mrs. Thatcher und Tante Polly, um sie zu trösten oder mit ihnen zu weinen – und das war besser als alle Worte.
Die ganze lange Nacht hindurch wartete man im Städtchen auf Nachricht, aber als es endlich dämmerte, bekam man nur zu hören: »Schickt mehr Kerzen und Lebensmittel!« Mrs. Thatcher und Tante Polly waren fast von Sinnen. Richter Thatcher sandte von Zeit zu Zeit ein Wort der Hoffnung und Ermutigung aus der Höhle, das aber keinen rechten Trost brachte.
Der alte Walliser kam in der Morgendämmerung ganz talgbespritzt und lehmbeschmiert und zum Umsinken müde aus der Höhle zurück. In dem Bett, das er für ihn gerichtet hatte, fand er Huck in den tollsten Fieberphantasien. Da alle Ärzte mit in der Höhle waren, kam die Witwe Douglas und nahm sich des Patienten an. Sie sagte, sie wolle ihr Bestes für ihn tun, denn, ob er nun gut, schlecht oder keines von beiden sei, so sei er doch Gottes Geschöpf; und nichts, was des Herrn sei, dürfe vernachlässigt werden. Der Alte sagte, es steckt ein guter Kern in Huck; und die Witwe erwiderte: »Ganz gewiß – den hat der Herr in ihn gelegt. Er unterläßt es nie – und irgend etwas Gutes versenkt seine Hand ja doch in jedes Geschöpf.«
Am frühen Vormittag kehrten ganze Trupps erschöpfter Männer in die Stadt zurück, während die stärkeren noch weiter suchten. Alles, was man erfahren konnte, war, daß die entlegensten Winkel der Höhle abgesucht wurden, die man nie zuvor gekannt hatte, daß jede Ecke und jede Nebenhöhle gründlich durchforscht werde und daß man überall, wohin man sich auch wende, in dem Gewirr der Gänge Lichter hin und her huschen sehe und daß fortwährend Pistolenschüsse von den Felsengründen widerhallten. An einer Stelle, die sonst niemals von Touristen besucht werde, habe man die Namen Tom und Becky mit Kerzenrauch an die Felsenwand eingeschwärzt gefunden, und dicht dabei ein mit Talg beflecktes Stückchen Band.

Frau Thatcher erkannte es und vergoß heiße Tränen bei seinem Anblick. Sie sagte, das sei das letzte Zeichen, das sie von ihrem Kinde erhalten werde, und daß kein andres Andenken ihr so wertvoll sein könne, denn sie hätte es bis zuletzt auf ihrem Körper getragen, bevor ihn der grausame Tod zerstörte. Einige erzählten, wie dann und wann in der Höhle an einer ganz entfernten Stelle ein Licht aufflimmerte und wie sich dann ein Trupp Männer unter lauten Freudenrufen drauflos stürzte. Immer aber folgte bittere Enttäuschung – es waren nicht die vermißten Kinder, sondern nur die Kerze eines Suchenden.

Drei schreckliche Tage und Nächte dehnten sich zu endloser Länge, und der Ort versank in dumpfe Mutlosigkeit. Keinem stand der Sinn nach irgendeiner Arbeit. Die zufällige Entdeckung, daß der Besitzer des Temperenzler-Gasthauses im geheimen Schnaps ausschenkte, erregte kaum die Gemüter, so unerhört auch die Tatsache an und für sich war.

In einem lichten Augenblick suchte Huck mit schwacher Stimme die Rede auf die Wirtshäuser im allgemeinen zu lenken und fragte schließlich, das Schlimmste befürchtend, ob, seit er krank sei, irgend etwas in der Temperenzler-Wirtschaft entdeckt worden sei.

»Ja«, bestätigte die Witwe.

Mit wildstarrenden Augen fuhr Huck im Bett in die Höhe.

»Was – was denn?« – »Schnaps! Deshalb ist sie auch sofort geschlossen worden. Lieg still, Kind – wie hast du mich erschreckt!« – »Sagen Sie mir nur noch etwas; bitte, bitte, nur dies eine: Hat's Tom Sawyer entdeckt?«

Die Witwe brach in Tränen aus. »Still, Kind! Ich hab' dir doch schon gesagt, du sollst nicht sprechen. Du bist sehr, sehr krank!«

Also nur Schnaps wurde gefunden; denn von dem Gold hätte man doch sicher ein großes Aufsehen gemacht. Der Schatz war demnach verloren – für immer und ewig verloren! Warum aber weinte die Witwe? Sonderbar, was hatte sie wohl zu weinen?

Diese Erwägungen arbeiteten sich mühsam einen Weg durch Hucks mattes Gehirn und erschöpften ihn so, daß er einschlief. Die treue Pflegerin beobachtete ihn und flüsterte: »Da – nun schläft er wieder, der arme kleine Kerl! Ob's Tom Sawyer fand? Großer Gott, wenn nur jemand den Tom Sawyer selbst finden würde! Ach, es sind ja nur noch wenige übrig, die genug Hoffnung und Stärke haben, um weiterzusuchen.«

Zweiunddreißigstes Kapitel

Kehren wir jetzt zu Toms und Beckys Beteiligung am Picknick zurück. Sie schlenderten mit der übrigen Gesellschaft durch die unheimlichen Gänge, um die bekannten Wunder der Höhle zu besichtigen – Wunder mit vielversprechenden, prunkenden Namen wie der »Sitzungssaal«, die »Kathedrale«, »Aladins Palast« und dergleichen.

Als dann das Versteckspiel losging, beteiligten sich Tom und Becky eine Zeitlang mit Eifer daran, bis sie der Sache schließlich müde wurden. So wanderten sie durch die vielverschlungenen Gänge, hielten die Kerzen hoch und lasen bei ihrem Scheine das Gewirr von Namen, Daten und Adressen, die mit Kerzenrauch gemalt auf den Felswänden als Fresken prangten. Da sie im Weitergehen immer lustig drauflosplauderten, bemerkten sie kaum, daß die Wände in dem weiteren Teil der Höhle keine Inschriften aufwiesen. Sie brachten ihre eigenen Namen auf einem überhängenden Felsblock an und gingen weiter. Nun kamen sie an eine Stelle, wo ein kleines, von einer Wand niederrieselndes Wässerchen, das einen kalkigen Bodensatz mit sich führte, im Laufe endloser Zeiträume einen Miniatur-Niagara von Spitzen und Schnörkeln in schimmerndem, unvergänglichem Gestein gebildet hatte. Tom zwängte seinen schmächtigen Körper dahinter, um zu Beckys Vergnügen dieses Spitzenwerk zu illuminieren, und entdeckte, daß es gewissermaßen einen Vorhang vor einer steilen, natürlichen Treppe bildete, die zwischen engen Felswänden in die Tiefe führte. Da ergriff ihn der Entdeckerehrgeiz. Becky folgte seinem Ruf, und nachdem sich die beiden noch mit Rauch ein Erkennungszeichen für den Rückweg an die Wand gemacht, traten sie ihre Entdeckungsreise wohlgemut an. Sie schlugen in der Tiefe bald diesen, bald jenen Weg ein und gelangten nach und nach in die geheimsten Schlupfwinkel der Höhle; sie machten sich wieder ein Erkennungszeichen und zweigten von neuem ab, um immer neue Wunder zu erforschen und dann der staunenden Oberwelt davon berichten zu können. Sie kamen zu einer geräumigen Halle, von deren Decke riesige schimmernde Tropfsteingebilde niederhingen. Staunend beschauten sie die Pracht und verließen die Halle durch einen der zahlreichen Seitengänge. Dieser führte sie nach kurzem Wandern zu einer reizenden kleinen Quelle, die in ein Becken sprudelte, das von glitzernden Kristallen ganz überzogen war. Diese Quelle befand sich inmitten eines neuen Gewölbes, dessen Decke von schimmernden Pfeilern gestützt wurde, die durch das jahrhundertelange Herabrieseln der Wassertropfen entstanden waren. Unter der Wölbung hatten sich riesige Klumpen von Fledermäusen zusammengeballt, Hunderte auf einem Knäuel. Der Schein der Kerzen störte das Nachtgetier auf, so daß es in Scharen herniederflatterte und mit tollem Gequieke auf die Lichter losschoß. Da Tom ihre Art kannte, begriff er auch die Gefahr, welche in dem Gebaren der Tiere für sie beide lag. Er griff Becky bei der Hand und zog sie schnell in den ersten besten Gang hinein, der sich vor ihnen auftat. Es war nicht zu früh gewesen, denn schon hatte eine der Fledermäuse Beckys Kerze mit ihren Flügeln ausgelöscht. Tom gelang es, die seine zu hüten, jedoch die aufgescheuchten Tiere verfolgten die Kinder noch ein gutes Stück, so daß die Flüchtlinge vor ihnen her in immer neue Gänge flohen, bis sie endlich der Gefahr entronnen waren. Kurz darauf fand Tom einen unterirdischen See, dessen Ufer sich im ungewissen Dunkel verloren. Er wünschte diese Ufer zu erforschen. Doch zuvor beschlossen die Kinder, sich etwas auszuruhen. Jetzt, zum ersten Male, legte sich die tiefe Stille des Ortes wie eine eiskalte Hand auf ihre Gemüter, und Becky sagte: »Ich hab' nicht darauf geachtet, aber mir kommt's wie 'ne Ewigkeit vor, seitdem wir die andern nicht mehr gehört haben.« – »Na, Becky, denk doch nur, wie tief wir unter ihnen sind und wieviel weiter nördlich oder südlich oder östlich oder was es ist, 's ist ganz unmöglich, hier etwas von ihnen zu hören.« Becky wurde ängstlich: »Ich möcht' wissen, wie lang' wir schon hier unten sind, ich glaub', 's ist höchste Zeit umzukehren!« – »Ja, ich glaube auch, 's wird besser sein.« – »Weißt du den Weg, Tom? Mir kommt es wie das krümmste Durcheinander vor.« – »Ja, ich glaub' schon, ich find' ihn; aber 's ist nur wegen der Fledermäuse. Wenn die uns nun die Kerzen auslöschen? Wir wollen's lieber mit 'nem andern Weg versuchen!«

»Gut! Aber ich hoffe, wir verirren uns nicht; das wär' ja schrecklich!«

Das Kind schauderte beim Gedanken an diese fürchterliche Möglichkeit. Sie wandten sich nach einem Gang, den sie lange schweigend durchschritten, dabei starrten sie in jeden neuen Seitenweg, ob sie kein bekanntes Zeichen entdeckten; aber alles war ihnen hier fremd. So oft Tom die Örtlichkeit prüfte, sah ihm Becky ängstlich

ins Gesicht, um etwas Ermutigendes darin zu finden. Er sagte auch jedesmal in heiterem Tone: »Oh, 's ist ganz recht, wenn wir das Zeichen auch noch nicht haben, wir werden schon hinkommen!« Er wurde aber immer mutloser bei jeder neuen Enttäuschung und begann schließlich die Gänge nur noch auf gut Glück zu durchwandern, in der verzweifelten Hoffnung, so doch schließlich noch den rechten Weg zu finden. Er sagte noch immer: »Ja, ja und ganz recht!« Aber es legte sich ihm so lähmend aufs Herz, daß die Worte allen Klang verloren hatten und sich so anhörten, als ob er sagte: »Alles ist verloren!« Becky drängte sich in ihrer Todesangst fest an seine Seite und kämpfte vergebens gegen ihre Tränen an. Schließlich sagte sie: »Oh, Tom, was liegt an den Fledermäusen, laß uns zurückgehen, hier scheint's ja immer schlimmer zu werden!«
Tom blieb stehen.

»Horch!« sagte er.
Tiefes, tiefes Schweigen, so daß die Kinder ihren eigenen Atem hören konnten. Tom rief ein paar Worte, die in den einsamen Gängen gewaltig widerhallten. Weit in der Ferne schien der Ruf als schwacher Laut zu ersterben, der einem Hohngelächter glich.
»Oh, Tom, mach das nicht wieder! 's ist zu gräßlich!« flehte Becky. – »Ja, gräßlich ist's, aber es ist doch besser, wenn ich's tu, Becky, man könnte uns doch vielleicht hören!«
Das »könnte« war fast noch schrecklicher als das geisterhafte Lachen, lag doch solch verzweifelte Hoffnungslosigkeit darin! Die Kinder standen still und lauschten, aber wieder vergebens! Tom wandte sich zurück und schlug ein rascheres Tempo ein. Bald darauf ließ eine gewisse Unsicherheit und Unruhe in seinem Benehmen Becky die fürchterliche Tatsache ahnen, daß er den Rückweg nicht mehr finden konnte.
»Oh, Tom, oh, Tom, du hast ja gar keine Zeichen mehr gemacht!« – »Ja, Becky, ich war ein Narr, ein dummer, blinder Narr! Ich hab' gar nicht daran gedacht, daß wir wieder zurück müssen! Nein, ich kann den Weg nicht mehr finden; es geht ja hier alles durcheinander.« – »Tom, Tom, wir sind verloren! Wir kommen nie mehr aus dieser fürchterlichen Höhle raus; nie – nie mehr! Oh, warum sind wir auch von den andern weggegangen?« Sie warf sich auf den Boden und brach in ein so herzzerreißendes Weinen aus, daß es Tom angst und bange wurde, sie könnte sterben oder zum mindesten den Verstand verlieren. Er setzte sich zu ihr und schlang die Arme um sie; sie barg das Gesicht an seiner Brust, schmiegte sich fest an ihn und ergoß all ihre Angst, all ihre Reue in schmerzliche Klagen, die das ferne Echo als Spottgelächter wiedergab. Vergebens flehte Tom sie an, Mut zu fassen. Da begann er, sich selbst bitter anzuklagen, daß sie allein durch seine Schuld in diese furchtbare Lage geraten sei!
Dies wirkte besser. Sie sagte, sie wolle versuchen, wieder zu hoffen, und ihm überallhin folgen, wohin er sie auch führe, nur dürfe er nicht so reden, denn er sei nicht mehr zu tadeln als sie selber.
So setzten sie sich also wieder in Bewegung, ziellos, planlos, auf gutes Glück. Alles, was sie tun konnten, war, vorwärtszugehen. Eine kurze Zeitlang belebte sich ihre Hoffnung von neuem, nicht, weil irgendein Grund dazu vorhanden gewesen wäre, sondern einfach, weil es nun einmal in der Natur der Hoffnung liegt, nicht zu erlah-

men, solange Alter und Enttäuschungen ihr nicht die Schwingen geknickt haben.

Bald darauf griff Tom nach Beckys Kerze und löschte sie aus; diese Sparsamkeit war vielsagend, und es bedurfte keiner Worte. Becky verstand, und ihre Hoffnung starb wieder. Sie wußte, daß Tom noch eine ganze Kerze und drei oder vier Stümpfchen in der Tasche trug – und doch mußte er sparen.

Nach und nach machte die Müdigkeit ihre Rechte geltend; die Kinder suchten sie nicht zu beachten; denn es kam ihnen schrecklich vor, sich auszuruhen, da doch die Zeit so kostbar war. Sich vorwärtszubewegen nach einer beliebigen Richtung bedeutete doch immerhin einen Fortschritt, der erfolgreich sein konnte. Sich hinzusetzen, hieß den Tod herbeirufen und beschleunigen.

Schließlich versagten Beckys schwache Glieder aber doch ihren Dienst; sie mußte sich setzen. Tom ließ sich neben ihr nieder, und sie sprachen von zu Hause, von ihren Freunden und von ihren behaglichen Betten und vor allem – vom Tageslicht! Becky weinte, und Tom zermarterte sich das Hirn, wie er sie wohl trösten könne, aber jedes ermunternde Wort war schon längst verbraucht und klang beinahe wie Hohn. Bleierne Erschöpfung lastete auf Becky und drückte ihr schließlich die Augen zu. Tom war glücklich darüber. Er saß da und starrte in ihr bekümmertes Gesicht und sah, wie sich unter dem Einfluß heiterer Träume die Spannung löste und die natürliche Weichheit der Züge wiederkehrte. Von dem friedlichen Gesicht strömte etwas wie heilender Frieden in seine eigene Seele, und seine Gedanken wandten sich vergangenen Tagen und träumerischen Erinnerungen zu. Während er so tief im Nachsinnen versunken war, erwachte Becky mit einem leisen Lachen, das ihr aber sofort auf den Lippen erstarb und einem Schluchzen Platz machte.

»Oh, wie konnte ich nur schlafen! Ich wollte, ich wäre nie – nie wieder aufgewacht! Nein, nein, 's ist ja nicht wahr, Tom. Sieh mich doch nicht so traurig an; ich werd's nie mehr sagen!« – »Ich bin ja so froh, Becky, daß du geschlafen hast; du fühlst dich jetzt gewiß erfrischt, und wir werden den Weg schon finden.« – »Wir wollen's versuchen, aber ich hab' im Traum so ein wunderschönes Land gesehen – ich glaube, wir gehn dorthin!« – »Noch nicht, Becky – vielleicht noch nicht! Nur Mut, laß es uns wieder probieren!«

Sie standen auf und wanderten weiter Hand in Hand, aber ohne Hoffnung. Sie versuchten zu schätzen, wie lange sie wohl schon in

der Höhle herumirrten. Sie wußten aber nur, daß es ihnen wie Tage und Wochen vorkam, während das sicher nicht sein konnte, denn ihre Kerzen waren noch nicht abgebrannt.
Eine lange Zeit war vergangen – sie hätten nicht sagen können, eine wie lange – da schlug Tom vor, leise zu gehen und zu horchen, ob sie nicht irgendwo Wasser herabrieseln hörten – sie müßten eine Quelle finden.
Bald darauf fanden sie wirklich eine, und Tom meinte, nun wäre es Zeit, sich auszuruhen. Beide waren todmüde; trotzdem sagte Becky, daß sie gern noch ein wenig weitergehen wolle. Zu ihrer Überraschung widersprach Tom, sie konnte nicht verstehen, warum. So setzten sie sich, und Tom befestigte seine Kerze mit ein wenig Lehm an der Felswand. Die Gedanken kamen und gingen, aber gesprochen wurde lange Zeit nichts. Schließlich brach Becky das Schweigen:
»Tom, ich bin hungrig!«
Tom zog etwas aus der Tasche.
»Kennst du das?« fragte er.
Sie lächelte ein wenig:
»'s ist unser Festkuchen, Tom!« – »Ich wollt', 's wär' so groß wie 'ne Tonne«, brummte Tom, »'s ist alles, was wir haben!« – »Ich hab's uns vom Picknick aufbewahrt, um davon zu träumen, so wie's die großen Leute mit Hochzeitskuchen machen; aber es wird unser –«
Sie sprach den Satz nicht aus. Tom teilte den Kuchen, und Becky aß ihr Stückchen mit gutem Appetit, während Tom nur an seiner Hälfte herumknabberte. Es gab eine Menge kaltes Wasser als Festgetränk zum Kuchen. Schließlich drängte Becky zum Weitergehen. Tom schwieg einen Augenblick, dann sagte er: »Becky, kannst du's ertragen, wenn ich dir was sage?« – Becky erbleichte. »Ich – ich glaube«, sagte sie mit schwankender Stimme. – »Na also, Becky, wir müssen da bleiben, wo wir Wasser haben; denn das hier – ist unser letztes Kerzenstümpfchen.«
Nun brach Becky doch in Tränen aus und wimmerte leise. Tom tat sein Bestes, um sie zu trösten, aber mit wenig Erfolg. Schließlich hauchte sie: »Tom!« – »Ja, Becky.« – »Sie werden uns doch daheim vermissen und uns suchen!« – »Natürlich tun sie das – ganz sicher.« – »Vielleicht sucht man uns jetzt schon, Tom?« – »Vielleicht – ich hoff's wenigstens.« – »Wann können sie uns wohl vermißt haben?«

– »Na, ich denk', wie sie aufs Boot zurückkamen!« – »Tom, da ist's schon dunkel gewesen – da konnten sie vielleicht gar nicht merken, daß wir fehlten.« – »Das kann freilich sein. Aber dann hat dich sicher deine Mutter vermißt, als die andern heimgekommen sind.« Ein erschreckender Blick aus Beckys Augen belehrte Tom über seinen Irrtum. Becky sollte ja diese Nacht gar nicht heimkommen! Die Kinder wurden still und nachdenklich. Ein neuer Verzweiflungsausbruch Beckys bewies Tom, daß ihr wie ihm selbst der Gedanke gekommen war, der halbe Sonntagmorgen könnte noch vergehen, ehe ihre Mutter entdecken würde, daß Becky gar nicht über Nacht bei Harpers gewesen sei. Die Kinder hefteten ihre Augen auf das kleine Stückchen Kerze und beobachteten, wie es erbarmungslos kleiner und kleiner wurde, wie schließlich nur noch ein halber Zoll Docht übrig war – sie sahen die Flamme auf und nieder flackern, eine kleine Rauchsäule vom Docht aufsteigen, und dann – dann brachen die Schrecken der Dunkelheit herein.
Wie lange danach sich Becky dämmernd bewußt wurde, daß sie weinend in Toms Armen lag, hätte keines von beiden sagen können. Sie wußten nur, daß sie nach einer anscheinend endlosen Zeit aus einem totenähnlichen Schlaf zu neuer Erkenntnis ihres Elends erwachten. Tom meinte, es müsse Sonntag, vielleicht auch schon Montag sein. Er versuchte, Becky zum Sprechen zu bringen, aber ihr Kummer war zu niederdrückend, sie hatte alle Hoffnung verloren. Tom behauptete, man müßte sie schon lange vermißt haben, und sie wären zweifellos schon auf der Suche nach ihnen. Er wolle schreien, sagte er, und dann werde sie schon jemand finden! Er versuchte es; aber in der Dunkelheit klang das ferne Echo so schauerlich, daß er's nicht zum zweitenmal wagte. Die Stunden dehnten sich endlos, und die armen Gefangenen wurden aufs neue vom Hunger gequält. Ein Stückchen von Toms Kuchen war noch übrig, sie teilten es, aber die armseligen Krümel erweckten nur das Verlangen nach mehr.
Auf einmal sagte Tom: »Pscht! Hörst du nichts?«
Beide lauschten angestrengt mit verhaltenem Atem. Ein Laut drang an ihr Ohr, der wie ein schwacher Ruf aus weitester Entfernung klang. Sogleich antwortete Tom, und Becky bei der Hand fassend, tastete er sich mit ihr den Gang entlang, der Richtung des Tones nach. Er horchte von neuem; wieder wurde der Schall hörbar, und diesmal schon ein wenig näher.

»Sie sind's! Sie kommen! Nur Mut, Becky, nun ist alles gut!«
Die Freude der Gefangenen war geradezu überwältigend. Sie kamen aber nur langsam vorwärts wegen der vielen Spalten, die in der Dunkelheit überschritten werden mußten. Bald standen sie vor einer solchen und konnten nicht weiter. Sie war vielleicht nur drei Fuß tief, vielleicht aber auch hundert Fuß – wer konnte das wissen? Jedenfalls war an kein Hinüberkommen zu denken. Tom legte sich auf den Bauch und versuchte, so tief er konnte, hinunterzugreifen. Kein Boden! Sie mußten also hier warten, bis ihre Retter kamen. Sie lauschten – die Rufe ertönten offenbar in immer größerer Entfernung; einen Augenblick später – und sie waren ganz verhallt. Oh, diese herzzerreißende Verzweiflung! Tom schrie, tobte, brüllte, bis er ganz heiser war, immer vergebens! Er sprach tröstend auf Becky ein; aber es verging eine Ewigkeit, und kein Laut wurde hörbar.
Die Kinder tasteten sich wieder an die Quelle zurück, lange, schwere Stunden schleppten sich träge dahin; sie schliefen ein und erwachten hungrig und trostlos. Tom glaubte, es müsse jetzt wohl Dienstag sein.
Da kam ihm ein Gedanke! Ganz in der Nähe befanden sich ein paar Seitenwege. Es war immerhin noch besser, sie zu erforschen, anstatt die lastende Zeit müßig zu ertragen. Er zog eine Drachenschnur aus der Tasche, schlang sie um einen Felsvorsprung und schritt dann, indem er die Schnur im Weiterschreiten aufrollte, vorwärts. Becky folgte ihm nach. Nach etwa zwanzig Schritten endete der Gang in einer Vertiefung. Tom ließ sich auf die Knie nieder und tastete nach unten und so weit um die Felsenecke herum, wie er mit den Händen reichen konnte. Eben machte er den Versuch, sich noch mehr nach rechts zu wenden, als sich plötzlich, keine zwanzig Meter von ihm entfernt eine Hand hinter einem Felsen vorstreckte, die ein Licht hielt. Tom stieß einen Freudenschrei aus, und sofort folgte der Hand der ganze Mensch! Es war der Indianer-Joe. Tom war vor Schreck wie gelähmt, er konnte kein Glied rühren. Zu seiner Verblüffung sah er, wie der »Spanier« sich im nächsten Augenblick umwandte und verschwunden war. Er konnte es nicht begreifen, daß er seine Stimme nicht erkannt und ihm nicht sofort wegen seiner gerichtlichen Aussage den Garaus gemacht hatte. Das Echo mußte also wohl seine Stimme unkenntlich gemacht haben, anders konnte er sich's nicht erklären. Die Herzensangst lähmte jeden Muskel seines

Körpers. Er nahm sich vor, wenn noch Kraft genug in ihm sei, sich zur Quelle zurückzuschleppen und dort zu bleiben. Nichts in der Welt könne ihn bewegen, sich der Gefahr auszusetzen, noch einmal dem Indianer-Joe in die Hände zu laufen. Er verbarg vorsichtig vor Becky, was er gesehen hatte, und behauptete, nur auf gut Glück gerufen zu haben.
Hunger und Elend trugen aber schließlich doch den Sieg über diese Angst davon. Ein neuer bleierner Schlaf und eine neue schreckliche Zeit des Harrens und Bangens an der Quelle änderten Toms Entschluß. Er glaubte, es müsse Mittwoch oder Donnerstag, ja, vielleicht sogar Freitag oder Samstag sein, und die Suche nach ihnen hätte man wohl schon als erfolglos aufgegeben. Er schlug vor, einen anderen Seitengang zu erforschen. Er fühlte sich jetzt entschlossen, es mit dem Indianer-Joe und allen anderen Schrecken aufzunehmen. Aber Becky war zu schwach; sie war in eine träumerische Teilnahmslosigkeit versunken, aus der nichts sie aufrütteln konnte. Sie erklärte, wo sie jetzt sei, den Tod erwarten zu wollen, der wohl bald kommen werde. Aber Tom solle nur den Gang mit der Drachenleine weiter erforschen, doch sie beschwor ihn, immer nach kurzer Zeit wiederzukommen und mit ihr zu reden. Er mußte ihr auch versprechen, wenn dann das Schlimmste und Letzte einträte, ihre Hand zu halten, bis alles vorüber sei. Tom küßte sie, während ihm die Kehle wie zugeschnürt war, und gab sich dabei den Anschein, als rechne er sicher darauf, die Suchenden oder den Ausgang aus der Höhle zu finden. Dann griff er zur Leine und kroch seinen Weg auf Händen und Füßen, von Hunger ganz ermattet und von Todesahnungen gequält.

Dreiunddreißigstes Kapitel

Der Dienstagnachmittag kam und näherte sich schon der Dämmerung. Das Städtchen St. Petersburg trauerte, denn die verlorenen Kinder waren noch immer nicht aufgefunden. In der Kirche wurde öffentlich für sie gebetet, und wie viele Gebete mochten im stillen aus qualvollem Herzen zum Himmel emporgestiegen sein! Aber noch immer kam keine hoffnungsvollere Nachricht aus der Höhle. Die Mehrzahl der Suchenden hatte ihre Bemühungen aufgegeben und war zu ihrer täglichen Beschäftigung zurückgekehrt, da nach ihrer Meinung die Kinder wohl niemals wiedergefunden würden. Frau Thatcher war schwer erkrankt und lag meistens in hitzigen Fieberphantasien. Die Leute sagten, es sei geradezu herzzerreißend, mit anzuhören, wie sie nach ihrem Kinde rufe, den Kopf hebe und lausche, um ihn dann mit einem Seufzer wieder in die Kissen zurücksinken zu lassen. Tante Polly war in tiefste Schwermut versunken, ihre grauen Haare waren beinah ganz weiß geworden. Alles im Städtchen ging Dienstag nacht traurig und hoffnungslos zur Ruhe.

Gegen Mitternacht aber tönten mit einem Male die Kirchenglocken laut und schallend. Im nächsten Augenblick waren die Straßen erfüllt mit halb angekleideten Menschen, die wie wahnsinnig schrien: »Heraus! Heraus! Sie sind gefunden!« Blechdeckel und Hörner verstärkten das Getöse noch mehr; die Menschenansammlung wurde immer größer und drängte sich dem Flusse zu, um die Kinder in Empfang zu nehmen, die in einem offenen Wagen daherkamen, der von jubelnden Bürgern gezogen wurde. Im Nu war der Wagen dicht umringt, und mit Hurrarufen bewegte sich der Zug durch die Straßen.

Das Städtchen wurde festlich beleuchtet, niemand ging mehr zu Bett, es war die großartigste Nacht, die man je in dem kleinen Nest erlebt hatte. Während der ersten halben Stunde zog eine wahre Prozession durch das Haus des Richters. Man umarmte und küßte die Geretteten, drückte Frau Thatchers Hand, versuchte zu sprechen und konnte es nicht und ging wieder weinend von dannen.

Tante Pollys Glückseligkeit war vollkommen und die Frau Thatchers beinahe, denn vollständig konnte ihr Glück erst sein, sobald der Bote, den man in die Höhle geschickt hatte, dem dort immer noch trostlos umherirrenden Vater die Freudenkunde überbracht haben würde.

Tom lag auf dem Sofa, von einem wißbegierigen Auditorium umgeben, dem er die Geschichte seiner wunderbaren Abenteuer berichtete, wobei er nicht verfehlte, manch wirkungsvollen Zug aus freier Erfindung zur Ausschmückung beizufügen. Zum Schluß gab er eine besonders ausführliche Beschreibung davon, wie er Becky verlassen, um auf eine neue Forschungsreise auszuziehen; wie er sich durch zwei Gänge, soweit die Drachenschnur reichte, tastete; wie er auch noch einen dritten in der ganzen Länge der Leine verfolgte und gerade umkehren wollte, als er ganz, ganz fern einen Strahl erspähte, der wie Tageslicht flimmerte. Da habe er die Leine fallen lassen und sei drauflosgekrochen, habe Kopf und Schultern durch ein schmales Loch gezwängt und plötzlich die Fluten des Mississippi dahinströmen sehen! Wenn es aber zufällig Nacht gewesen wäre, dann hätte er den Lichtschimmer niemals entdeckt und wäre umgekehrt, ohne den Gang weiter zu untersuchen. Er erzählte, wie er sich dann zurück zu Becky getastet, um ihr die Glücksbotschaft zu überbringen, und wie sie ihm sagte, er solle sie doch nicht zum besten halten mit solchem Unsinn, denn sie sei müde und überzeugt, daß sie bald sterben werde – und sie wünsche sich den Tod herbei. Er beschrieb, welche Mühe er gehabt habe, um sie zu überzeugen, und wie sie dann wirklich beinahe vor Freude gestorben sei, als sie mühsam bis dahin gekrochen war, wo sie den blauen Streifen des Tageslichtes sehen konnte. Wie er sich zuerst durch das Loch gezwängt und dann ihr herausgeholfen und wie sie dann draußen gesessen und vor Freude und Glück geweint hätten. Und dann, erzählte er weiter, seien ein paar Männer mit einem Boot vorbeigekommen, er habe sie angerufen und ihnen seine und Beckys Lage und ihren halbverhungerten Zustand geschildert. Aber die Männer hätten ihnen zuerst nicht glauben wollen, »denn«, sagten sie, »ihr seid ja ganze fünf Meilen stromaufwärts von der Bucht, in der die Höhle liegt.« Schließlich hätten sie sie doch an Bord genommen, sie nach einem Hause gerudert und ihnen ein Abendessen gegeben, um sie dann, nachdem sie zwei oder drei Stunden lang geschlafen, hierherzubringen.

Vor Tagesanbruch wurde dann auch noch der Kreisrichter mit seinen letzten Getreuen, die ihm noch immer suchend halfen, an der Hand des Leitfadens, den sie hinter sich herlaufen ließen, ausfindig gemacht und ihnen die frohe Botschaft überbracht. Nun herrschte eitel Freude und Entzücken!

Drei Tage und drei Nächte der Aufregung und des Hungers lassen sich jedoch nicht auf einmal abschütteln, wie Becky und Tom bald erfahren sollten. Mittwoch und Donnerstag blieben sie im Bett und schienen nur immer müder und erschöpfter zu werden. Tom konnte am Donnerstag schon wieder etwas herumkriechen, zeigte sich am Freitag auf der Straße und war am Samstag schon beinahe wieder der alte; aber Becky verließ das Zimmer nicht vor Sonntag und sah dann noch aus, als ob sie eine schwere Krankheit durchgemacht hätte.

Tom hörte von Hucks Krankheit und suchte ihn am Freitag auf, wurde aber nicht zu ihm gelassen, selbst am Samstag und Sonntag noch nicht. Nachher durfte er ihn täglich sehen; es wurde ihm aber anbefohlen, über sein Abenteuer zu schweigen und überhaupt jedes aufregende Gespräch zu vermeiden. Die Witwe Douglas saß stets dabei und paßte auf, daß er gehorchte. Zu Hause erfuhr Tom dann von den Ereignissen am Cardiffhügel; auch, daß man den Leichnam des zerlumpten »Fremden« im Fluß, nahe der Landungsstelle, gefunden habe – er war sicherlich bei der Flucht angeschossen worden und ertrunken.
Ungefähr vierzehn Tage nach seiner Rettung machte sich Tom wieder einmal zu einem Besuch bei Huck auf, der inzwischen so weit bei Kräften war, um ein aufregendes Gespräch vertragen zu können. An Stoff fehlte es Tom wahrlich nicht. Der Weg führte ihn an des Kreisrichters Haus vorüber, und er trat ein, um Becky zu begrüßen. Ihr Vater und ein paar seiner Freunde zogen Tom ins Gespräch und fragten ihn im Scherz, ob er nicht gern wieder einmal in die Höhle ginge. »Warum nicht«, sagte Tom, »ich habe nichts dagegen.«
»Ja«, meinte der Richter, »ich will's glauben, daß es noch mehr solche Tollköpfe gibt wie dich. Aber wir haben schon dafür gesorgt, daß sich keiner mehr dort verlaufen kann!« – »Wieso?« – »Weil ich das schwere Eichentor mit Eisen beschlagen und dreifach verschließen ließ und weil ich den Schlüssel selbst aufbewahre.«
Tom wurde so weiß wie der Kalk an der Wand.
»Was ist dir, mein Junge? Schnell! Hol einer ein Glas Wasser!«
Das Wasser wurde gebracht und Tom damit bespritzt.
»So, so, nun bist du ja wieder in der Reihe! Was war denn mit dir, Tom?« – »Ach, Herr Kreisrichter, in – in der Höhle war ja der – der Indianer-Joe!«

Vierunddreißigstes Kapitel

In wenigen Minuten hatte sich die Neuigkeit über den ganzen Ort verbreitet, und kurz darauf war ein Dutzend Bootsladungen von Menschen unterwegs nach der Douglashöhle, denen bald die vollgestopfte Dampffähre folgte. Tom Sawyer begleitete den Kreisrichter in seinem Boot. Als man das Tor der Höhle öffnete, bot sich ein schauriger Anblick. Auf der Erde lag der Indianer-Joe, tot und kalt, das Gesicht dicht am Türspalt, als ob sein Auge bis zur letzten Minute sehnsüchtig das Licht der freien Gotteswelt da draußen eingesaugt hätte. Tom war tief ergriffen, denn er wußte ja aus eigener Erfahrung nur zu gut, was der Bösewicht erduldet haben mußte. Neben dem rege gewordenen Mitleid empfand er aber ein überquellendes Gefühl der Erleichterung, das ihn erst den vollen Umfang der Furcht und Angst erkennen ließ, die seit jenem Tage auf ihm lasteten, da er vor Gericht gegen den Unmenschen seine Stimme erhoben hatte.

Das Bowiemesser des Indianer-Joe lag mit zweimal durchbrochener Klinge dicht neben ihm. Die dicke eichene Türschwelle war mit unendlicher und nutzloser Mühe von ihm angeschnitten und schließlich auch durchbohrt worden, aber die heiße Arbeit war erfolglos geblieben, weil der Pfosten mit der Außenseite an der harten Felswand aufsaß, die selbst dem schärfsten Messer Widerstand leistete und an dem es endlich zersplittern mußte. Jedoch auch ohne dieses steinerne Hindernis würde alle Mühe umsonst gewesen sein, denn er hätte seinen Körper unmöglich unter der Tür durchzwängen können – und er wußte das. So hatte er denn wohl nur weitergeschnitzt, um überhaupt etwas zu tun, um die träge dahinschleichende Zeit auszufüllen und seine Qualen zu betäuben. Gewöhnlich fand man in dieser Vorhalle der Höhle eine ganze Anzahl Lichtstümpchen, die Besucher dort zurückgelassen hatten, heute entdeckte man kein einziges. Der Gefangene hatte sie wohl alle zusammengesucht und aufgegessen. Auch einige Fledermäuse mußte er zu demselben Zwecke gefangen haben, wie man aus den herumliegenden Klauen sehen konnte. Der Unglückliche war buchstäblich Hungers gestorben. Nicht weit von ihm stand ein Tropfstein, der sich im Laufe vieler, vieler Jahrhunderte durch die herabrieselnden Wassertropfen gebildet hatte. Der Indianer-Joe hatte ihm die Spitze abgebrochen und auf den Stumpf einen Stein gelegt, den er zuvor ausgehöhlt hatte, um darin den köstlichen Tropfen aufzufangen, der alle zwanzig Minuten einmal herunterfiel, mit der langsamen Pünktlichkeit eines Uhrpendels, um im Verlauf des ganzen Tages ungefähr einen Teelöffel zu füllen. Dieser Tropfen fiel schon, als die Pyramiden erbaut wurden, er fiel, als Troja sank und als Rom gegründet wurde. Er fiel, als Christus den Kreuztod erlitt und als Wilhelm der Eroberer das britische Reich schuf, als Kolumbus aufs weite Meer hinaussegelte und als das Blutbad von Lexington die

Tagesneuigkeit bildete. Er fällt heute, und er wird noch fallen, wenn all diese Dinge längst dem Spätnachmittag der Geschichte oder der Dämmerung der Sage angehören, ja, wenn sie schon lange das Dunkel der Vergessenheit verschlungen hat. Hat alles hienieden seinen Zweck und seine Bestimmung? Mußte solch ein Tropfen geduldig durch fünftausend Jahre niederfallen, um zur bestimmten Stunde für die Bedürfnisse dieser menschlichen Eintagsfliege bereit zu sein? Wer kann das sagen? Manch langes Jahr ist schon verflossen, seit jener erbarmungswürdige Unglückliche den Stein aushöhlte, um den kostbaren Tropfen aufzufangen. Bis zum heutigen Tage verweilt jeder Besucher noch immer am längsten bei diesem Stein, der ihm als »Becher des Indianer-Joe« gezeigt wird und mit dem kein anderes Wunder der Höhle, selbst nicht »Aladins Palast« als Sehenswürdigkeit konkurrieren kann.

Der Indianer-Joe wurde dicht beim Höhlenausgang begraben. Die Leute strömten zu Boot und Wagen herbei und brachten ihre Kinder mit, sie kamen von allen Städten und Farmen und Dörfern sieben Meilen in der Runde, hatten sich mit Vorräten versehen und bekannten, daß dieses Begräbnis sie fast ebenso befriedige, als wenn man den Indianer aufgeknüpft hätte.

Am Morgen nach der Beerdigung nahm Tom seinen Freund Huck beiseite, um etwas Wichtiges mit ihm zu besprechen. Huck hatte inzwischen Toms Abenteuer von dem Walliser und der Witwe erfahren, aber Tom meinte, es gäbe wohl noch etwas, von dem er sicher nichts gehört hätte, und gerade darüber wollte er jetzt mit ihm reden. Hucks Gesicht verfinsterte sich. »Ich weiß schon, was es ist«, sagte er. »Bist in Nummer zwei gewesen und hast dort nix als Schnaps gefunden, was? Es hat mir niemand gesagt, daß du's warst, aber ich hab' mir's gleich gedacht, wie ich von der Schnapsgeschichte gehört hab'. Geld hast du keins gefunden, das weiß ich, sonst hättest du es mich auf irgend 'ne Weise wissen lassen. Na, Tom, ich hatte ja immer so 'ne Ahnung, daß es Essig ist mit dem Schatz.« – »Aber Huck, ich will ja gar nicht von dem Schenkwirt reden – mit seiner Wirtschaft war ja noch alles in Ordnung, wie ich am Samstag zu dem Picknick gegangen bin. Weißt du nicht mehr? Du hast doch in der Nacht dort wachen sollen?« – »Natürlich weiß ich's, aber es kommt mir vor, als wär's 'n Jahr her. Es war ja dieselbe Nacht, wo ich dem Joe zur Witwe nachgeschlichen bin.« – »Du bist ihm nachgeschlichen?« – »Ja, aber halt reinen Mund, hörst du. Ich

fürchte, der Freund vom Indianer-Joe lebt noch. Ich möcht' ihn wahrhaftig nicht auf mich hetzen. Wenn ich nicht gewesen wär', säß er jetzt schon heil und sicher drunten in Texas.«
Und Huck teilte nun dem Freund im Vertrauen sein ganzes Abenteuer mit, denn wie alle andern hatte Tom bisher nur den Anteil gekannt, den der Walliser an der Sache gehabt hatte.
»Na«, schloß dann Huck, indem er auf die Hauptsache zurückkam, »wer den Branntwein in Nummer zwei weggeschnappt hat, der hat auch das Geld weggeschnappt, denk' ich, jedenfalls ist's uns beiden flöten gegangen!« – »Huck, das Geld ist niemals in Nummer zwei gewesen!« – »Was?« Huck starrte seinem Kameraden verdutzt ins Gesicht. »Tom, bist du am Ende dem Schatz noch mal auf der Spur?« – »Huck, er ist in der Höhle!«
Hucks Augen funkelten. »Sag's noch mal, Tom!« – »Das Geld ist in der Höhle!« – »Tom – auf Ehr und Seligkeit – ist das nun Spaß oder Ernst?« – »Ernst, Huck! Ich bin in meinem ganzen Leben nicht ernsthafter gewesen! Willst du mitkommen und 's rausholen?« – »Ob ich will! Das heißt, wenn's wo liegt, wo wir's finden können – ohne den Weg zu verlieren.« – »Huck, wir können's ohne die geringste Gefahr von der Welt!« – »Dann bin ich natürlich dabei! Aber, warum glaubt du, daß das Geld –« – »Wart nur, bis wir drin sind. Wenn wir's nicht finden, schenk' ich dir meine Trommel und alles, was ich habe, so gewiß wie –« – »Gut! Ist 'n Wort! Wann also?« – »Gleich jetzt, wenn du willst! Bist du wieder stark genug?« – »Ist's weit drin in der Höhle? Ich bin seit drei Tagen wieder auf den Beinen, aber mehr als 'ne Meile, glaub' ich, werd' ich noch nicht gehen können, sie sind noch zu wacklig!« – »Auf dem gewöhnlichen Weg sind's allerdings beinah' fünf Meilen, aber ich weiß noch 'n andern, Huck, einen, der mächtig abschneidet und den ich ganz allein kenn'. Ich bring' dich im Boot hin und wieder zurück, ohne daß du 'ne Hand zu rühren brauchst.« – »Na, dann man los, Tom!« – »Gut! Wir brauchen nur 'n bißchen Brot und Fleisch und ein oder zwei kleine Säcke und zwei oder drei Drachenschnüre und dann noch 'n paar von dem neumodischen Zeugs, das sie Streichhölzer nennen. Ich sag' dir, ich wär' elend froh gewesen, wenn ich neulich solche Dinger gehabt hätt'.«
Kurz nach Mittag »pumpten« sich die Jungens von einem Mann, der grad' nicht daheim war, ein Boot und gondelten los. Als sie ein paar Meilen unterhalb der Höhlenbucht waren, sagte Tom: »Siehst du,

Huck! Die ganze steile Uferstrecke von der Bucht bis hierher sieht überall ganz gleich aus, kein Haus, kein Wald, nur Gestrüpp. Aber, guck mal, dort oben der weiße Fleck, wo mal 'n Erdrutsch gewesen sein muß, das ist mein Erkennungszeichen, da legen wir an!«
Sie taten es. »Jetzt, Huck, könntest du das Loch, aus dem wir damals rausgekrochen sind, mit 'ner Angelrute berühren. Such mal, ob du's findest.«
Huck suchte vergeblich überall herum, da ging Tom stolz auf ein dichtes Gewirr von Sumachbüschen zu und sagte: »Hier ist's! Sieh dir's nur an, Huck, ist das nicht das famoseste Loch, das man im ganzen Lande finden kann? Daß du aber 's Maul hältst! Ich hab' mir schon lange gewünscht, Räuber zu werden, aber dazu braucht man eben so was wie das Loch hier, nur konnt' ich nie was Passendes finden. Jetzt hab' ich's, und wir reden mit keiner Menschenseele drüber als mit Joe Harper und Ben Rogers, denn wir müssen doch 'ne ganze Bande haben, sonst hat die Geschichte keinen Schick. Tom Sawyers Bande! Klingt patent, nicht?« – »Jawoll, Tom, ganz famos! Und wer wird beraubt?« – »Na, fast alle! Wir lauern den Leuten auf, wie man's eben immer macht.« – »Und töten sie?« – »Nee, immer nicht! Wir schleppen sie in die Höhle und erheben 'ne Buße.« – »Was ist denn das?« – »Geld natürlich! Ihre Freunde müssen alles zusammenkratzen, was sie können, und wenn du sie 'n Jahr lang gefangengehalten hast und das Geld kommt nicht, dann werden sie getötet. Das ist so der herkömmliche Weg. Nur Frauen tötet man nicht, die sperrt man bloß ein. Die sind immer schön und reich und furchtbar ängstlich. Man nimmt ihnen die Uhren ab und ihre anderen Sachen, aber man muß sie immer sehr höflich behandeln und immer den Hut abnehmen, wenn man mit ihnen spricht. Es gibt nix Höflicheres als Räuber, das kannst du in jedem Buch lesen. Na, und die Weiber, die lieben einen dann, und nach zwei oder drei Wochen hören sie auf zu weinen, und nachher kann man sie gar nicht wieder loswerden. Schmeißt man sie raus, dann kehren sie sofort um und kommen immer wieder zurück. So steht's in allen Büchern!« – »Du, das ist verdammt lustig! Ich glaub', das ist noch hundertmal feiner, als Seeräuber sein!« – »Ja, 's ist in mancher Hinsicht besser, schon weil man's näher nach Hause und zum Zirkus und so 'n Zeugs hat!«
Inzwischen hatten die Knaben alles vorbereitet, und sie schlüpften in die Höhle. Tom hatte die Führung. Sie krochen mühsam bis an

das andere Ende des Ganges, dann befestigten sie ihre aufgewickelten Drachenleinen und drangen weiter vor. Wenige Schritte brachten sie zu der Quelle, und Tom schauderte. Er zeigte Huck das letzte Dochtendchen, das noch mit dem Lehm an der Felswand klebte, und beschrieb ihm, wie er und Becky das letzte Aufflammen und Erlöschen beobachtet hatten.

Sie redeten nur noch im Flüstertone, denn die Stille und Düsterkeit des Ortes bedrückte sie. Tom ging, von Huck gefolgt, voran, betrat den andern Gang und schritt weiter bis zu dem »Abgrund«, an dem er damals hatte haltmachen müssen. Die Lichter zeigten ihnen jetzt, daß es kein richtiger Abgrund, sondern nur eine steile Lehmwand war, die zwanzig bis dreißig Fuß tief abfiel. Tom flüsterte: »Jetzt will ich dir was zeigen, Huck!« Er hielt seine Kerze in die Höhe und sagte: »Guck mal so weit um die Ecke rum, wie du kannst. Siehst du was? Dort, an dem großen Felsblock da über dir – mit Kerzenrauch angezeichnet?« – »Tom, das ist ein Kreuz!« – »Na, und wo ist deine Nummer zwei? Dort, ›unter dem Kreuz‹, he? – Gerade dort, von wo ich den Indianer-Joe mit der Kerze rausleuchten sah, Huck!«

Huck starrte auf das geheimnisvolle Zeichen und sagte mit zitternder Stimme: »Tom, wir wollen machen, daß wir fortkommen.« – »Was, jetzt? Und den Schatz dalassen?« – »Ja, laß ihn da! Der Indianer-Joe spukt sicher hier rum!« – »Denkt gar nicht dran! Der spukt doch an der Stelle, wo er gestorben ist, dort am Höhlenausgang, fünf Meilen von hier!« – »Nee, Tom, das glaub' ich nicht. Er kommt doch nicht von der Stelle los, wo das Geld verborgen liegt, ich weiß doch, wie's Geister machen, und du weißt's auch!«

Tom begann zu fürchten, daß Huck recht haben könnte. Böse Ahnungen stiegen in ihm auf, dann aber kam ihm ein erlösender Einfall: »Aber Huck, was sind wir doch für Esel! Der Indianer-Joe kann doch nicht an 'ner Stelle spuken, wo 'n Kreuz ist!«

Der Einwand war schlagend. »Ach, natürlich, Tom, daran hab' ich gar nicht gedacht. Was für 'n Glück für uns, daß 'n Kreuz dasteht. Ich denk', wir klettern mal runter und suchen nach der Kiste!«

Tom ging wieder zuerst und machte sich daran, rohe Stufen in die Lehmwand zu hauen. Huck folgte ihm. Vier Gänge öffneten sich von der kleinen Höhle aus, in welcher der Felsblock stand. Drei davon untersuchten die Jungens ohne Erfolg. Sie entdeckten nur einen kleinen Schlupfwinkel, in dem ein paar Decken, ein alter Hosenträger, ein Stück abgeknabberte Speckschwarte und ein paar abgenagte Geflügelknochen herumlagen. Aber von einer Geldkiste nicht die Spur! Sie durchsuchten alles wieder und immer wieder – aber vergebens! Tom meinte: »Er sagte doch: ›unter dem Kreuz‹. Ja, und hier sind wir am nächsten drunter. Es kann doch nicht unter dem Felsblock selber sein, weil der ganz fest aus dem Boden rauswächst.«

Wieder suchten sie überall herum und setzten sich dann ganz entmutigt nieder. Huck wußte nichts weiter vorzuschlagen, aber Tom sagte nach einer Weile: »Guck doch mal her, Huck! Da sind Fußspuren und Kerzenspritzer an der einen Seite von dem Fels! Nur an einer Seite, an der anderen nicht! Was bedeutet das? Am Ende liegt das Geld doch unter dem Felsen! Ich werd' mal hier im Lehm graben!« – »Das ist 'n guter Gedanke, Tom!« erwiderte Huck lebhaft. Toms »echtes Hornmesser« trat sofort in Aktion, und ehe er noch vier Zoll tief gegraben hatte, stieß er auf Holz. »Hoho, Huck, hörst du's?«

Jetzt begann auch Huck zu graben und zu kratzen, und bald waren ein paar Bretter bloßgelegt und herausgezogen. Sie hatten eine natürliche Spalte verborgen, die unter den Felsen führte. Tom kroch hinein und hielt seine Kerze so tief hinunter, wie er nur konnte, vermochte aber das Ende der Spalte nicht zu entdecken. Er schlug daher vor, noch weiter zu forschen, schlüpfte hinunter und kroch auf dem etwas abschüssigen Wege vorwärts. Er folgte seinen Windungen, erst rechts, dann links, und Huck blieb ihm immer dicht auf den Fersen. Plötzlich machte Tom noch eine kleine Wendung und schrie: »Herr du meines Lebens – sieh nur, Huck!«

In der kleinen schmucken Höhle stand wirklich und wahrhaftig die Schatzkiste! Daneben lagen ein leeres Pulverhorn, ein paar Gewehre in Lederhüllen und anderes Zeug, das ganz vom herabrieselnden Wasser durchnäßt war. »Gefunden, endlich gefunden!« jauchzte Huck, indem er mit den Händen in den funkelnden Münzen herumwühlte. »Wie sind wir aber jetzt reich, Tom!« – »Ich hab' ja immer drauf gerechnet, Huck, aber jetzt kommt mir's doch viel zu schön vor, als daß es wahr sein könnt'! Aber soviel ist sicher: Wir haben den Schatz! Jetzt bloß nicht rumgetrödelt, sondern schnell mitgenommen! Zeig mal her, ob ich die Kiste tragen kann.« Sie wog vielleicht fünfzig Pfund. Tom konnte sie nur mit großer Mühe ein bißchen heben, an ein Fortschaffen war nicht zu denken. »Hab' mir's gleich gedacht, damals im Spukhaus schleppten die

Kerle ziemlich schwer daran, hab's wohl bemerkt. Gut, daß wir die kleinen Säcke mitgenommen haben.«

Das Geld wurde rasch in den Säcken untergebracht, und die Jungens trugen es zu dem Felsen mit dem Kreuzzeichen. »Jetzt wollen wir noch die Flinten und das andre Zeugs holen«, schlug Huck vor. »Nee, Huck, laß das nur ruhig dort liegen. Das sind doch gerade Sachen, die wir famos brauchen können als Räuber. Hier wollen wir auch unsere Orgien abhalten, 's ist 'n mächtig gemütlicher Platz für Orgien!« – »Was ist denn das: Orgien?« – »Ja, das – das weiß ich selber nicht, aber Räuber halten immer Orgien ab, und drum müssen wir's auch. Komm jetzt, Huck, wir sind schon furchtbar lange hier, 's wird spät, glaub' ich. Und 'n Bärenhunger hab' ich auch; wir wollen doch gleich essen und rauchen, wenn wir aufs Boot kommen!«

Kurz darauf schlüpften sie wieder ins Sumachgebüsch, spähten vorsichtig nach allen Seiten aus, sahen, daß die Luft rein war, und saßen bald essend und rauchend im Boot. Als die Sonne am Horizont niedersank, stießen sie vom Ufer ab und machten sich auf den Weg. Tom ruderte in der zunehmenden Dämmerung der Küste entlang, und lustig plaudernd landeten sie kurz nach Einbruch der Dunkelheit. »Jetzt hör, Huck. Wir wollen das Geld im Holzschuppen der Witwe Douglas verstecken. Morgen komm' ich dann in aller Herrgottsfrühe, und wir zählen und teilen, und dann vergraben wir's im Wald an 'nem sichern Platz. Du bleibst hier ganz ruhig als Wache liegen, ich hol' indessen Benny Taylors kleinen Schubkarren. Bin im Augenblick wieder da!«

Er verschwand und erschien wirklich in kurzer Zeit mit dem Karren. Er lud die beiden kleinen Säcke auf, warf allerlei alte Lumpen drüber, und beide zogen ihren Schatz hinter sich her. Am Hause des Wallisers hielten sie an, um sich ein bißchen zu verschnaufen. Als sie gerade weitergehen wollten, trat der Alte heraus und rief: »Hallo, wer ist denn da?« – »Huck und Tom Sawyer!« – »Gut, kommt nur mit, Jungens. Alles wartet auf euch! Schnell, macht vorwärts, ich will den Karren schon ziehen, her damit! Na, der ist aber nicht so leicht, wie er aussieht! Habt ihr Backsteine drauf oder altes Eisen?« – »Altes Metall!« sagte Tom. – »Dacht' mir's doch! Die Jungens hier machen sich mehr Mühe und vertrödeln mehr Zeit, um so altes Zeugs zusammenzuscharren, für das sie in der Gießerei doch nur 'n paar Pfennige kriegen, als sie brauchen würden, um

zweimal soviel mit ehrlicher Arbeit zu verdienen. Na, 's liegt mal so in der menschlichen Natur! Jetzt aber vorwärts, vorwärts!«
Die Knaben wollten gern wissen, weshalb sie sich so eilen sollten. »Fragt jetzt nicht lange – nur zu, werdet's schon sehen, wenn ihr zur Witwe Douglas kommt!«
Huck, der schon lange daran gewöhnt war, fälschlich beschuldigt zu werden, sagte ängstlich zu dem Alten: »Ach, Herr Jones, ganz gewiß, wir haben's nicht getan.« – Der Alte lachte. »Na, ich weiß doch nicht, Huck, mein Junge, weiß doch nicht; bist du denn nicht gut Freund mit der Witwe?« – »Ja-a, wenigstens ist sie immer freundlich zu mir gewesen!« – »Na, also! Was fürchtest du dich dann?«
Huck war sich noch nicht ganz klar über diese Frage geworden, als er schon mit Tom ins Wohnzimmer der Witwe geschoben wurde. Mr. Jones ließ den Karren an der Tür stehen und folgte ihnen.
Das Zimmer war festlich beleuchtet, und wer irgend etwas im Städtchen zu bedeuten hatte, war anwesend. Thatchers waren da und Harpers und Rogers, Tante Polly, Sid, Mary, der Prediger, der Zeitungsverleger und noch 'ne ganze Menge Leute – und alle in ihren besten Kleidern. Die Witwe empfing die Jungens so herzlich, wie man zwei derartig aussehende Menschenkinder überhaupt empfangen konnte. Sie waren über und über mit Lehm und Talg beschmiert. Tante Polly errötete vor Scham, runzelte drohend die Stirn und schüttelte vorwurfsvoll den weißen Kopf. Keiner aber konnte sich unbehaglicher fühlen als die beiden Burschen selber. Mr. Jones sagte: »Tom war nicht zu Hause, ich hatte schon alle Hoffnung aufgegeben, ihn zu finden, da hab' ich ihn aber grad' noch vor meiner Haustür mit Huck aufgegabelt und sie alle zwei so schnell wie möglich hergebracht.« – »Das war recht«, sagte die Witwe. »Kommt mit mir, Jungens!« Sie führte sie in ein Schlafzimmer und sagte: »So, jetzt wascht euch und zieht euch an! Hier sind zwei neue Anzüge, Hemden, Strümpfe – alles vollständig. Die gehören dir, Huck – nein, bedank dich nicht– der eine ist von Mister Jones, der andere von mir. Du leihst Tom den einen wohl heut abend, sie werden euch beiden schon passen! Also flink, wir warten solange. Kommt schnell herunter, wenn ihr euch schön rausgeputzt habt!« Und sie ging.
»Tom«, flüsterte Huck, »wenn wir 'n Strick finden, können wir uns vom Fenster runterlassen, es ist nicht hoch!« – »Blödsinn! Weshalb

sollen wir denn zum Fenster raus?« – »Ich – ich bin nicht an so 'n Haufen Menschen gewöhnt – das kann ich nicht aushalten, ich verdufte, Tom!« – »Blech! Da ist doch nix dabei. Mir machts's kein bißchen was aus. Komm nur, ich geb' schon acht auf dich!«

Da erschien Sid. »Tom«, sagte er, »Tante hat den ganzen Nachmittag auf dich gewartet, und Mary hat deine Sonntagskleider zurechtgelegt, und niemand hat gewußt, wo du bist. Sag mal, ist das nicht Talg und Lehm an euren Kleidern?« – »Kümmern Sie sich gefälligst um Ihre eigenen Angelegenheiten, Herr Siddy! Sag aber mal, weshalb ist denn der ganze Rummel da unten?« – »'s ist einfach so 'ne Gesellschaft, wie sie die Witwe ja oft mal gibt, diesmal macht sie's für den Alten und seine Söhne, von wegen neulich nachts. Und dann – dann kann ich dir noch was verraten, wenn du's wissen willst!« – »Na, was denn?« – »Ach, der alte Jones will die Gesellschaft noch mit was überraschen, ich hab's gehört, wie er's heute mittag der Tante erzählt hat, als 'n großes Geheimnis natürlich, ist aber jetzt schon keins mehr. Jeder weiß es – selbst die Witwe, wenn sie auch so tut, als wüßt' sie von nix. Ja, und Mister Jones wollt' dafür sorgen, daß Huck auch ja hier wär', denn ohne den Huck wär' ja natürlich sein großes Geheimnis nicht die Bohne wert gewesen.« – »Was für'n Geheimnis, Sid?« – »Na, daß der Huck hinter den Räubern hergeschlichen ist bis zur Witwe, weiter nix. Ich kann mir vorstellen, wie der Alte da 'n großes Getue mit seiner Überraschung machen wollt; sie wird aber wohl jetzt 'n bißchen mager ausfallen.« Sid lachte hämisch und selbstzufrieden vor sich hin. »Sid, wer hat geklatscht?« – »Ist doch ganz schnuppe, einer hat's gesagt, soviel ist sicher.« – »Sid, 's gibt nur einen Kerl in der Stadt, der so hundsgemein ist, so was zu tun, und der bist du! Wenn du an Hucks Stelle gewesen wärst, hättest du dich rückwärts den Hügel runter verfügt und Räuber Räuber sein lassen! Du kennst überhaupt nix als Niederträchtigkeiten und kannst nicht hören, wenn mal 'n anderer gelobt wird. Da – und ›bedank dich nicht‹, wie die Witwe sagt.« Und Tom packte Sid bei den Ohren und beförderte ihn unter nicht gerade zarten Püffen vor die Türe. »Jetzt lauf und klatsch bei der Tante, wenn du dich getraust. Ich zahl' dir's dann morgen schon wieder heim!«

Wenige Minuten später waren die Gäste um den Eßtisch der Witwe versammelt. Zur gegebenen Zeit hielt dann Mr. Jones eine Rede, in der er der gütigen Wirtin für die ihm und seinen Söhnen erwiesene

Ehre dankte, aber da wäre noch ein anderer, sagte er, der auch anwesend sei, dem es nur die Bescheidenheit verbiete...

Und so weiter, und so weiter! Und nun zog er das große Geheimnis von Hucks Anteil an dem Abenteuer ans Tageslicht, und zwar so dramatisch er konnte, trotzdem aber hatte die Überraschung einen mehr künstlichen Anstrich und war nicht so lärmend und ursprünglich, wie's unter günstigeren Umständen hätte sein können. Jedoch die Witwe verstand es vorzüglich, eine aufs höchste erstaunte Miene aufzusetzen und Huck mit so vielen Komplimenten und so heißen Dankesversicherungen zu überschütten, daß der beinah das ihm durch die neuen Kleider verursachte Unbehagen über dem noch stärkeren vergaß, alle Blicke auf sich gerichtet zu sehen und die allgemeinen Lobsprüche mit anhören zu müssen.

Die Witwe erklärte, Huck ein Heim unter ihrem Dache bieten und ihn sorgfältig erziehen zu wollen und ihm später, soweit es in ihren schwachen Kräften stünde, zu einem Beruf zu verhelfen. Jetzt war Toms Zeit gekommen, er platzte los: »Das braucht Huck gar nicht, Huck ist reich!«

Nur der Zwang, den die gute Lebensart der Gesellschaft auferlegte, war imstande, einen Ausbruch des Gelächters über diesen vermeintlichen guten Witz zurückzuhalten; aber das Schweigen war etwas unbehaglich. Tom brach es alsbald: »Huck hat Geld, auch wenn Sie's nicht glauben, sogar 'n ganzen Haufen! Sie brauchen gar nicht darüber zu lachen, warten Sie nur 'n Augenblick, ich werd's gleich beweisen!«

Er rannte zur Tür hinaus. Die Anwesenden blickten zuerst einander in maßlosem Erstaunen an und schauten dann auf Huck, der gänzlich die Sprache verloren zu haben schien. »Sid, was ist denn mit Tom?« fragte Tante Polly; »er – na, da werd' mal einer klug aus dem Bengel. Ich –«

Da kam der Bengel wieder rein und keuchte mühsam unter der Last seiner Säcke. Tante Polly blieb mitten in ihrem Satze stecken. Tom schüttete den Haufen blinkender Goldstücke auf den Tisch und rief triumphierend: »Na, glaubt ihr mir jetzt? Was hab' ich euch gesagt? Die eine Hälfte davon gehört Huck, die andere mir!«

Der Anblick raubte allen den Atem. Jeder starrte auf die glänzenden Goldstücke, und niemand fand im ersten Augenblick ein Wort. Dann aber erhob sich ein stürmischer Ruf nach Aufklärung. Tom sagte, die könne er geben, und er gab sie auch. Die Geschichte war lang, aber hochinteressant. Man hörte kaum eine Bemerkung, die ihren Reiz etwa hätte zerstören oder auch nur schmälern können. Als Tom fertig war, wurde das Geld gezählt, die Summe belief sich auf etwas über zwölftausend Dollar. Es war mehr, als irgendeiner der Anwesenden jemals beisammen gesehen hatte, wenn auch einige von ihnen bedeutend mehr als das an Grundbesitz ihr eigen nannten.

Fünfunddreißigstes Kapitel

Man kann sich wohl vorstellen, daß dieser Fund in dem kleinen St. Petersburg ein riesiges Aufsehen machte. Solch eine Riesensumme in barem Gelde grenzte ans Unglaubliche. Es wurde darüber geschwatzt und diskutiert und phantasiert, bis der gesunde Menschenverstand manch ehrsamen Bürgers bedenklich ins Wanken zu geraten schien. Jedes Haus, in dem es nur irgend spuken sollte, in St. Petersburg selbst und den angrenzenden Orten, wurde auf den Kopf gestellt, die Dielen aufgerissen, die Grundmauern aufgewühlt und nach verborgenen Schätzen durchforscht, und das nicht etwa von Jungens, sondern von Männern – von ernsten, verständigen, meist nichts weniger als romantischen Männern. Wo sich Tom und Huck zeigten, wurden sie angestaunt, bewundert und ihnen der Hof gemacht. Sie konnten sich nicht erinnern, daß man ihren Bemerkungen je zuvor irgendein Gewicht beigemessen, jetzt aber wurde aus jedem ihrer Worte ein großes Aufheben gemacht. Alles, was sie taten, was sie redeten, erschien bemerkenswert, sie hatten augenscheinlich die Fähigkeit verloren, irgend etwas Alltägliches zu sagen oder zu tun. Ihre ganze Vergangenheit wurde unter die Lupe genommen, und man entdeckte auch da Spuren außerordentlicher Begabung, ja, das Wochenblättchen veröffentlichte sogar ihre Lebensbeschreibung.

Die Witwe Douglas legte Hucks Geld in sechsprozentigen Papieren an, und dasselbe tat Richter Thatcher auf Tante Pollys Bitte mit Toms Anteil. Jeder der Knaben hatte nun ein geradezu märchenhaftes Einkommen: einen Dollar für jeden Wochentag und einen halben für Sonntag. Es war genau soviel, wie der Prediger bekam, oder vielmehr, wie er bekommen sollte, denn meistens kam nicht soviel zusammen. Einundeinviertel Dollar war in jenen alten einfachen

Zeiten in der Woche vollkommen ausreichend für Kost, Wohnung und Schulgeld eines Jungen, und dabei konnte man ihn noch sauberhalten und gut kleiden.

Der Herr Kreisrichter hatte eine sehr hohe Meinung von Tom gefaßt; er sagte, einem gewöhnlichen Jungen wäre es nie und nimmer möglich gewesen, seine Tochter aus der Höhle zu befreien. Als ihm Becky einmal im strengsten Vertrauen erzählte, wie Tom in der Schule ihre Prügel auf sich genommen, war er sichtlich bewegt, und als sie die Lüge zu entschuldigen suchte, durch die Tom ihre Schuld auf die eigenen Schultern gewälzt hatte, meinte der Richter ganz begeistert, das sei eine edle und großmütige, ja, eine hochherzige Lüge gewesen, eine Lüge, für die man den Kopf hochtragen dürfe, eine Lüge, die es wohl wert sei, neben Washingtons vielgerühmter Wahrheitsliebe auf den Blättern der Geschichte zu glänzen! Nie zuvor war Becky ihr eigener Vater so groß und herrlich erschienen wie jetzt, wie er hin und her ging, aufstampfte und diese Rede hielt. Sie lief schnurstracks zu Tom und erzählte ihm alles.

Herr Thatcher hoffte, Tom einmal entweder als großen Rechtsgelehrten oder als berühmten Krieger zu sehen. Er versicherte, dafür sorgen zu wollen, daß er in der Landesmilitärakademie erzogen werde und später noch auf die beste Juristenschule des Landes komme, so daß er vollständig ausgebildet wäre für den einen oder den andern Beruf – oder auch für alle beide.

Huck Finn wurde durch seinen Reichtum und den Schutz der Witwe in die Gesellschaft eingeführt – nein, hineingestoßen, hineingezerrt – und seine Leiden wurden nahezu unerträglich. Die Dienstboten der Witwe hielten ihn sauber und rein – wuschen, kämmten und bürsteten ihn täglich und betteten ihn nachts erbarmungslos zwischen unsympathische blütenweiße Leintücher, die nicht einen einzigen Flecken oder Makel aufwiesen, den er freudig hätte als alten Freund ans Herz drücken können. Er mußte mit Messer und Gabel essen, eine Serviette, Tasse und Teller benutzen, mußte seine Aufgaben lernen und zur Kirche gehen, mußte sich so fein ausdrücken, daß ihm die Sprache aus seinem Mund ganz saft- und kraftlos vorkam. Kurz, wie er sich auch drehte und wendetete, immer schnitten ihn die Fesseln der Zivilisation tief ins Fleisch und banden ihn an Händen und Füßen.

Drei Wochen lang trug er sein Elend heldenhaft, dann war er plötzlich verschwunden. Achtundvierzig Stunden ließ die gramerfüllte

Witwe überall nach ihm suchen. Jedermann nahm den herzlichsten Anteil; man suchte hier und dort, an allen Ecken und Enden, und durchforschte den Fluß nach seiner Leiche. In der Frühe des dritten Morgens schlenderte Tom Sawyer an den alten leeren Fässern vorbei, die bei dem jetzt unbewohnten Schlachthaus vergessen ihr Dasein fristeten. In einem der Fässer entdeckte er den Flüchtling. Huck hatte da geschlafen, sich von allerlei gestohlenen Dingen ernährt und lag nun urbehaglich da, die Pfeife im Munde. Er war ungewaschen und ungekämmt und in dieselben Lumpen gehüllt, die ihm in den alten glücklichen Tagen der Freiheit einen so malerischen Anstrich verliehen hatten. Tom rüttelte ihn auf, erzählte ihm von dem Kummer, den er verursacht hatte, und drängte ihn, wieder heimzugehen. Aus Hucks Gesicht schwand der Ausdruck wohliger Zufriedenheit und machte dem tiefer Melancholie Platz.
Ängstlich bat er: »Sprich mir nicht davon, Tom! Ich hab's ja versucht und wieder versucht, aber 's geht nicht, Tom! Es ist einfach nix für mich, ich bin an so was nicht gewöhnt! Die Witwe ist gewiß gut und freundlich zu mir, aber dieses Leben halt' der Kuckuck aus! Jeden Morgen zur selben Zeit raus, und dann schrubben und scheuern sie mich, daß die Fetzen fliegen. Im Holzschuppen darf ich nicht schlafen und muß die verflixten Kleider tragen, in denen ich keine Luft krieg', Tom. Und so eklig fein sind sie, daß man nicht recht drin sitzen und liegen und noch weniger sich drin rumwälzen kann. Ich weiß gar nicht mehr, seit wie lange ich auf keiner Kellertreppe mehr herumgerutscht bin; mir kommt's schon wie 'n Jahr vor! Ich muß in die Kirche gehn und drin steif dasitzen und schwitzen – und dann

die verdammt langen Predigten! Ich darf keine Fliege fangen, nicht Tabak kauen, und sonntags muß ich sogar noch Stiefel tragen! Wenn die Witwe ißt, bimmelt 'ne Glocke, geht sie zu Bett, bimmelt's wieder, und wenn sie morgens aufsteht, ebenfalls. 's ist alles so gräßlich regelmäßig – das kann der Teufel aushalten, ich nicht!« – »Huck, so macht's aber doch jeder anständige Mensch!« – »Ist mir ganz schnuppe, Tom, ich bin eben kein anständiger Mensch, und ich halt's nun mal nicht aus! 's ist gräßlich, so gebunden zu sein! Und 's Futter fliegt einem auch nur so ins Maul, daß es einem gar nicht mehr schmeckt. Soll fragen, wenn ich fischen gehn will, fragen, wenn ich baden gehn will – hol's der Henker, wenn man wegen jedem Dreck erst fragen muß! Und ich hab' so fein sprechen müssen, daß es mir gar keinen Spaß mehr gemacht hat, das Maul überhaupt aufzutun. Ich hab' einfach auf den Speicher aufsteigen müssen, um wieder mal jeden Tag 'n paar kräftige Flüche in den Mund nehmen zu können, sonst wär' ich von all der Feinheit erstickt, sag' ich dir. Rauchen durft' ich nicht und brüllen und nicht gähnen und nicht rumrekeln und mich nicht mal am Kopf kratzen, wenn einer dabei war. Und«, fuhr er mit einem Ausdruck ganz besonderen Ingrimms fort, »hol mich der Henker, den ganzen Tag betet sie. In meinem Leben hab' ich noch nie so 'ne Frau gesehen. Ich mußt' mich drücken, Tom, es ging nicht anders! Weißt du was, Tom, reich sein ist nicht halb so schön, wie man immer sagt. Nix wie Plage und Schinderei hat man davon, so daß man lieber tot sein möcht'! In diesen Kleidern hier und in der Sonne ist mir's wohl, und keiner bringt mich mehr raus! Tom, ich wär' nie in diese ganze Misere hineingeraten, wenn das verflixte Geld nicht gewesen wär'. Tu mir die Liebe und nimm's allein für dich und schenk mir manchmal 'n Zehner, aber nicht oft, weil ich kein bißchen nach was frag', was so leicht zu haben ist! Du mußt aber gehn und mich von der Witwe losbitten, Tom!« – »Ach, Huck, du weißt ganz gut, daß ich so was nicht tun kann, weil's einfach nicht anständig von mir wär'. Und dann – versuch's nur noch 'ne Weile, dann gewöhnst du dich an das bessere Leben, und 's wird dir schon gefallen.« – »Gefallen! Ja, so ungefähr wie 'n heißer Ofen, wo man draufsitzen soll. Nee, Tom, ich will nicht reich sein und nicht in den verfluchten stickigen Häusern wohnen, ich brauch' den Wald und den Fluß und 'n leeres Faß, und dabei bleib' ich! Hol der Teufel die ganze Geschichte! Ausgerechnet jetzt, wo wir Gewehre und 'ne Höhle haben und alles so fein für die Räu-